孩子们必读的诺贝尔文学经典

苔依丝

【法】A.法朗士◎著　伦静　朱春晔◎译

·法朗士卷·

北京联合出版公司
Beijing United Publishing Co.,Ltd.

图书在版编目（CIP）数据

苔依丝 /（法）法朗士著；伦静，朱春晔译. -- 北京：北京联合出版公司，2015.2（2023.2重印）
（孩子们必读的诺贝尔文学经典）
ISBN 978-7-5502-4492-4

Ⅰ. ①苔… Ⅱ. ①法… ②伦… ③朱… Ⅲ. ①长篇小说-法国-近代②童话-法国-近代 Ⅳ. ①I565.44 ②I565.88

中国版本图书馆CIP数据核字（2015）第010855号

苔依丝

作　　者：（法）法朗士/著；伦静，朱春晔/译
选题策划：王成国　郎爱民
责任编辑：王　巍
封面设计：尚世视觉
版式设计：许　可

北京联合出版公司出版
（北京市西城区德外大街83号楼9层　100088）
福州俊丰彩印有限公司　新华书店经销
字数180千字　650毫米×950毫米　1/16　15印张
2015年2月第1版　2023年2月第2次印刷
ISBN 978-7-5502-4492-4
定价：25.00元

未经许可，不得以任何方式复制或抄袭本书部分或全部内容。
版权所有，侵权必究。
本书若有质量问题，请与本公司图书销售中心联系调换。
电话：010-64243832　4006586676

目录
Contents

苔依丝 / 1
莲花篇 / 2
纸草篇 / 36
宴会 / 64
大战篇 / 104

蜜蜂公主 / 145
白玫瑰 / 146
两小无猜 / 149
马仆 / 152
在教学 / 155
登高望远 / 160
探险去 / 164
水妖湖畔 / 171

矮人国的"俘虏" / 174
奉若上宾 / 179
在矮人国的日子 / 184
公主的金冠 / 188
加冕与求婚 / 192
美梦成真 / 194
洛克王的单相思 / 198
努尔的启示 / 201
解救乔治 / 206
洛克王远征 / 212
裁缝约翰的奇遇 / 217
小缎子鞋的故事 / 221
解救 / 225
洛克王的胸怀 / 231

苔依丝
Thais

 莲花篇

古代的沙漠中有许多隐士。他们用树枝和黏土搭造窝棚，在里面孤独地生活着，必要的时候也会相互扶持。每逢瞻礼日，这些隐士们都要到教堂里去参加神圣的庆祝仪式。有些修道士住在河边的房子里，为了更深切地体验孤独，他们常把自己关在一间狭窄的斗室里。

他们非常注重节食。直到太阳落山，才吃点儿面包、盐和海索草，而这些便是修道士们一天的食物。有些修道士还要钻进沙漠，住进洞穴或是坟墓，过着另一种别样的生活。

所有的修道士都谨守禁欲主义，身着苦衣，戴着风帽。在长时间的冥想后便开始祈祷、唱歌，然后睡在光秃秃的地上，日日苦修。为了赎罪，他们拒绝着肉体的满足和快乐，甚至是常人所能维持的最基本的调

养。在他们眼中，肢体的病疾能净化灵魂；而肉体的溃烂和创伤正是肉体最辉煌的印证。先知曾说："沙漠里将开遍花朵。"终于在此实现。

隐士们居住于神圣的荒凉之地，有的长年累月地苦行和静修，有的则靠搓棕榈绳谋生，或是农忙时节给邻近的农家帮忙以此换取食物。但异教徒却不以为然，疑心有些隐士干抢劫勾当，或者是加入抢劫商队的阿拉伯游牧部落。然而事实上，这些遭受怀疑的修道士鄙视金钱，他们高尚的德行非常人所比。

天使们握着手杖，装扮成年轻的旅客，接踵而至拜访修道士；至于恶魔，则假扮埃塞俄比亚人或是野兽，游荡于修道士们的周围，用邪念加以诱惑。到了早上，修道士们拿着水壶到泉源取水，他们望见沙面上印着林神的足迹。从现实和精神层面来说，隐居之所都是十足的战场。在这里，尤其是晚上，时刻交织着来自天堂与地狱的激烈斗争。

在上帝与天使的帮助下，苦行者依靠戒斋、忏悔、苦修等各种方法，对抗着大批魔鬼的诅咒，保全了自己。有时候，他们受不了肉体的残酷折磨，便发出痛苦的哀号，那凄厉的叫声，划破满天星斗的夜空，与饿狗的狂吠此起彼伏应和着。此时，恶魔们便装扮出诱人的美貌——恶魔原本丑陋不堪却善于伪装，在斗室里显现种种淫逸不堪的幻影，世俗罕见，荒唐十足。所幸修道士们依靠着十字架，终不为之所动。黎明之时，恶魔们无计可施，原形毕露，羞耻愤怒地逃跑了。因此，破晓之时，不难遇到一两个含泪而逃的恶魔。如果有人上前来问，恶魔便回答："一个住在这儿的基督徒用鞭子抽我，用恶毒的言语逼迫我。"

沙漠里的老修道士们威力很大，令犯罪者和异教徒们心惊胆战。老修道士从信徒身上获取权威，以此惩罚对上帝的亵渎。他们高过任何世俗的权力，而凡是受此惩罚的人，判罪后将永世不得翻身。住在附近村里的村民,甚至是远在亚历山大城的百姓,都相信那些耸人听闻的传言:凡是被他们手杖责罚的人,都会被开裂的大地所吞噬。由此,无赖们,尤其是哑剧演员、小丑、娶妻的神甫以及娼妇,都对修道士望而生畏。

基督徒功德无量,甚至能降伏猛兽。据说有个修道士临死前,有头狮子走来,用爪子替他挖了一个墓穴,修道士知道这是上帝召他回去的征兆,于是便与道兄们接吻告别。然后,安然地躺在墓穴中,快乐地与主安眠。

自从一百多岁的安东尼和最亲近的弟子米加利阿斯和阿麦斯,退隐于科尔津山中后,在此隐居之地,便没有一个修道士的道行比得上安提诺埃的修道士巴福尼斯了。实际上,埃福雷姆和塞拉皮翁的修道士最为众多,修道院里对精神和身体的管理,也都很好,可是在苦行这一点上,总不及巴福尼斯。他遵守着最严格的斋戒,三天三夜不吃饭,身上戴着一根顶硬的毛织的惩戒带,早晚鞭策自己,并且常常跪在地上。

巴福尼斯的二十四个门徒在附近搭起了棚屋,模仿起他的苦行。他以耶稣基督之名亲切地爱护着门徒,并且时时训诫他们去行善举。在他众多弟子之中,有几个曾盗窃多年,因听受这位神圣的修道士的教诲而被感化,过起了修道的生活,他们纯正的修道生活也感召着同道者。阿比西尼亚女王身边的一个厨子,也因受了巴福尼斯的感召而皈依了基督徒,总是流着感恩的眼泪。还有做助祭的弗拉文,他认识经典,且能说会道,也同样接受巴福尼斯的感化。但在巴福尼斯众多追随者中,最可爱的一个却要算那个叫保尔的年轻乡下人。他绰号叫老实人,因为个性单纯,人们都嘲笑他,但上帝却托梦给他,赐予他预言的天赋。

巴福尼斯是个禁欲主义者,他身体力行教诲着门徒在禁欲中修行。

他经常对着圣书冥想参悟其中的奥秘。他年纪虽轻，功德却已很大。恶魔们粗暴地袭击那些善良的隐士，却从不敢靠近巴福尼斯。月明之夜，有七匹小豺，蹲在他的屋子前面，竖起耳朵安静地坐着，一动不动。据说这七匹小豺是恶魔，因受制于巴福尼斯品德的力量，扣留在此。

巴福尼斯生于亚历山大城里的贵族之家，父母让他接受世俗的教育，也曾被诗人的虚伪所诱惑。少年时代，他误入歧途，思想混乱，相信人类在杜加利翁的时候遇到过大洪水，并和他的同学们讨论自然，甚至讨论到天主的本质以及存在性。那时候他过着异教徒般的糊涂生活。每当想起那个年代，巴福尼斯总不免羞愧万分，且经常和他的道兄们说："那个时候，我在虚伪欢乐的釜镬里备受煎熬。"

他说这句话的意思是，那时候他衣食讲究，光鲜亮丽，常常到公共的浴堂去洗澡。他说这样的生活，与其叫它为生活，还不如称之死亡的好。直到二十岁，这样的世俗生活才宣告终结——在神父马克林努斯的引导下，他脱胎换骨。

真理一直深埋在巴福尼斯的心底，他常说真理犹如一把刀子已刺入他的灵魂。他抱定了加尔凡山上基督教义，他敬拜那钉在十字架上的基督。在洗礼之后的一年里，他依旧是个异教徒，无法摆脱旧习惯的羁绊。但是有一天，他走进一个教堂，听到助祭念着圣书里的一节道："如果你要做个完全的人，那么就去把你所有的一切卖掉，所得的金钱布施给穷人。"于是，他卖掉了自己所有的财产，把钱给了穷人，并且接受了修道的生活。

巴福尼斯远离俗世已有十年，他不再在肉欲的欢乐的釜镬里欢畅，而是选择浸泡在忏悔的薰香里，用有益的苦行来磨砺自己。有一天，他照常思考着，想到从前在亚历山大城中剧院里见过一个漂亮的女演员，名叫苔依丝。这个女人在公众面前,出卖着自己的色相,她无所顾忌地表演,那曼妙的舞姿让人想起最可怕的激情。她模仿着异教徒所传说的所有关于维纳斯、莱达、帕茜法艾的种种放荡寡耻的行为,煽起所有观客们淫荡的火焰来。那些英俊的青年,有钱的老头儿,心怀一腔欲火,把美丽的鲜花送到她门前,她总是招待他们进门并委身于他们。就是如此,她失去自己的灵魂,同时也毁灭了许多人的灵魂。

巴福尼斯也曾几乎被苔依丝所诱惑,堕入肉欲的罪障里,有那么一次,被点起欲火的他走到苔依丝的门前。但却站在门前不敢进去。那时的巴福尼斯年纪太小,只有十五岁,自然而然地有点怕羞,而且父母管束严格,不准他多花钱,没钱的巴福尼斯也害怕自己被人推出门外。

慈悲的天主用自己的方法挽救了巴福尼斯即将犯下的大错。起初,巴福尼斯并不感激上帝,年轻的他不善于认清自己的利益,依旧渴望着俗世的幸福。现在,在独居的斗室里,他跪在那像天平一样吊着尘世赎罪者的木像前面,想起了苔依丝,原来苔依丝是他罪恶的对象。有那么一天,按照修行的习惯,他久久默想着肉欲的丑恶不堪以便自我反省。过了一会儿,眼前便浮现了苔依丝清晰的轮廓。那美丽的肉体,跟他当初差点儿被诱惑时一模一样。一开始,她像莱达那般,懒洋洋地横在一张有风信子的床上,头向后仰着,水汪汪的眼睛里充满着光彩,鼻翼微微颤动,那微启的嘴,鲜花般的胸脯,还有如小溪般清丽的双臂。眼见此景,巴福尼斯拍打着胸膛,说道:

"天主,请为我做证,我只是反思着自己罪孽的丑恶!"

然而,苔依丝的表情发生了变化,她的嘴唇一点儿一点儿地咧开,显出不可思议的痛楚来。她睁大了的双眼含着泪水,胸口膨胀得满满的,像暴风雨初起时那般的,吐出了一口气,见此情状,巴福尼斯感到身心不安。他跪倒在地上，祈祷道：

"请把怜悯洒进我的心田，犹如晨露洒进牧场，公正慈悲的上帝呵，赞美你！请让你的仆人摆脱开这淫欲虚伪的温存吧，请赐我恩惠，让我像你一样爱人，因为一切都在改变，而你是永恒的。我怜悯这个女人，只是因为她是你的作品，就连天使都在关注她。呀，主啊，她的生命难道不是你所赐予？她应停止罪孽。一想到她罪孽深重，我就吓得毛发战栗，可是她罪孽愈深，我却愈应怜悯着她。想到恶魔们永久地折磨着她，我就非常痛心。"

他默默地祈祷着，忽然发现一只小豺坐在脚边，便不觉吃了一惊——因为房间的门从早起就没打开过。小豺仿佛读出了他的疑虑，随即摇起了尾巴。巴福尼斯用手画了个十字，赶走了小豺。他意识到这是魔鬼第一次闯进房里，于是祈祷了一会儿，接着又想起了苔依丝，他自言自语道：

"上帝保佑，我一定要去救她！"

第二天早上做完祈祷，巴福尼斯去见柏来蒙。柏来蒙是一位圣徒，住在离巴福尼斯不远的地方，过着一种隐遁的生活。柏来蒙老了，却依旧笑容可掬、平和安详，他经营着一小块田园，虽然经常有许多野兽来舔他的手，而恶魔却从不敢靠近他。

"赞美天主！"柏来蒙手握锄头说道。

"赞美天主！"巴福尼斯回应着，"祝福平安幸福！"

"你也是。"柏来蒙边说边用衣袖拭去额上的汗滴。

"柏来蒙兄，我们所说的一切都是为了赞美天主。天主说过，哪里有信仰，哪里就有他。为了赞美天主，我专程来找你商量。"

"愿天主祝福你的打算，像他祝福我的菜一样！天主每天早上用甘露灌溉我的田园，这是他的恩惠，让人不由得赞美，保佑我们生在平和，远离那扰乱我们平静的可怕的冲动。我们受着冲动的驱使，如同一个醉汉摇摇晃晃，随时都有摔跟头的可能。有时，冲动的热情会把纵情欢乐，沉溺于这种逸乐的人，像野蛮人在污浊的空气中狂笑。这种可悲的欢乐，会让人越陷越深。但是有时这种感官的骚动，灵魂的不安也会把我们投入于一种无信仰的悲伤里，比欢乐还要危险千百倍。巴福尼斯兄，我只是一个可怜的罪人。但是在我悠长的一生中，我体验到悲伤便是隐士最大的敌人，它会像雾一般地包裹灵魂，遮住天主的光芒，要知道信奉宗教者若心生一种惨淡的忧伤，那正是解脱的反面，正是恶魔最大的胜利。假使我们只受到欢乐的诱惑，还远远不如忧伤可怕呢，唉，恶魔最善于让我们忧伤。恶魔不是在我们的神甫安东尼面前幻化出一个皮肤黝黑且美丽的小孩子吗？那个小孩子真美丽，让人禁不住喜极而泣！我们的神甫，在天主庇佑下，未让恶魔得逞。神甫和我们同在，他遭遇过忧伤，他和门徒们住在一处相互安慰，从没有堕入到忧郁里去。道兄，你来不是要和我说你的打算吗？假如你的打算是为了赞美上帝，我倒很乐意帮忙！"

"道兄柏来蒙，我确是为了天主的光荣。希望你的高见能增强我的信心。你学识渊博：众恶绝然不会蒙蔽你的智慧。"

"巴福尼斯兄，我实在还够不上替你排忧解难，我所犯的罪恶，可以说像沙漠里的沙，数也数不清。但是我年纪大了，我绝不会拒绝你，我的经验也许对你会有帮助。"

"柏来蒙兄，我一想到亚历山大城里有个叫苔依丝的妓女，便感到非常痛苦。她生活在罪恶的深渊，做尽了人间丑事。"

"巴福尼斯兄，这真是桩让人悲痛的渎神的事。但是异教徒当中，像这样生活着的女人多着呢。对付这种滔天罪恶，你有什么好办法吗？"

"柏来蒙兄，我想到亚历山大去找这个女人，想靠天主的援助，让她皈依天主。这是我的打算，道兄，你觉得呢？"

"巴福尼斯兄，我只是一个可怜的罪人，但是我们的神甫安东尼经常说：'不论你在什么地方，总不要急于离开这里而想到其他地方去。'"

"柏来蒙兄，你觉得我的想法有什么不好吗？"

"巴福尼斯兄，天主做证，我绝不怀疑你老兄的意向！但是我们的神甫安东尼又说：'放在旱地上的鱼都要死的，同样，走出了独居的斗室，到世俗中去的修道士，就脱离了善境。'"

说完，老人家柏来蒙用脚把铲子踩进地里，开始用力去挖小苹果树四周的泥土了。就在他垦掘的时候，一头羚羊跃过田园的一棵矮树跳了过来，它步伐轻灵，就连一片树叶都没落下。羚羊一看见巴福尼斯便停住了，惊奇不安地周身战栗，接着它又跳到柏来蒙的身边，一头扎进老朋友的怀里。

"为这沙漠中的羚羊，赞美天主！"柏来蒙说。

他走进房间，拿出一块黑面包，把它放在手心里，去喂这头伶俐的畜生。

巴福尼斯站立着，目不转睛盯着路上的石子沉思，过了一会儿，他便缓缓地走向自己的屋子，一边思索着柏来蒙的话，一边自言自语道："柏来蒙隐士确是个好顾问，他谨小慎微，但是让魔鬼占有苔依丝，把她抛弃给恶魔，我会更痛苦。愿上帝赐予我光明，给我指引一条路吧！"

路上，他发现一只雌斑鸠，已落进猎人铺在地上的网子里，有只雄斑鸠飞到网边，正用嘴啄网子，试图啄出一个洞来，好让它的伴侣脱身。巴福尼斯虔诚地注视着这个场景，他最易于了解事物神秘的本质。此情此景，让他觉得落在网里的雌斑鸠，就是苔依丝，而他自己像是啄网的雄斑鸠，要用有力的语言，将那绊住苔依丝的罪孽网线一一啄破。想到这里，他便更加坚信自己最初的决定。但是后来，当那只雄斑鸠的脚也被网住时，他又不禁疑惑起来。

他整夜未眠，天快亮的时候，苔依丝的幻影又再次浮现在眼前——她的脸上没有一丝放逸罪恶的神情；身上也不是从前披着的那块薄纱，而是一块布裹遍了全身，就连脸也被遮挡了起来，只露出一双流泪的眼，望着巴福尼斯。

巴福尼斯以为是上帝托的梦，禁不住哭了起来。他不再迟疑，站起身来，拿了一根多节的木杖——信仰基督教的象征，走出房间去，小心翼翼地关上门——以防沙漠里的野兽和乌雀进入，弄污他藏在床头的圣书。他唤助祭弗拉文过来，把二十三个门徒交托他去管理。然后，裹着一块布，便朝尼罗河的方向走去，他想沿着里利比亚河岸一直步行到马其顿人所建的城市。巴福尼斯日夜兼程地在沙漠里行走，全然不顾疲乏与饥渴。血色的河水在金色和火红色的岩石间流淌，已近傍晚，他依然沿着河岸走，走进散居在沙漠中的隐士家里，以天主之名，向隐士们乞食，遭到谩骂、拒绝和威吓，却依旧幸福满怀。他不怕盗贼，也不怕猛兽，竭力回避着途中的村庄和市镇。为什么要避开市镇呢？因为他怕遇见小孩们在自家的屋前玩弄着骨牌，或是担心遇到那些只穿件湖色短衣的妇女们在水边拿着水壶微笑。对于修道者而言，这些都是危险的。《圣经》里关于天主游历诸城，和弟子们一道晚餐的情景，有时对巴福尼斯而言是种危险。隐士们专心地刺绣在信仰丝绢上的德行，虽然壮丽，但同时也极脆薄，若被世俗的娇风一吹，就会把那可爱的颜色，吹成灰暗。巴福尼斯之所以要避开城市，就怕看见的世人会摧毁他的信心。

于是，他从荒漠的道上走。晚上，柳条被风吹着，喃喃微语，他不禁战栗起来，拉低了帽子，把眼睛遮住，不看这万物的美丽。六天的长途跋涉后，他来到了一个名叫西尔西来的地方。尼罗河便在此汇入到一个狭小的山谷里，山谷的两旁是起伏着的花岗石的山脉。在那埃及人崇拜恶魔的时代，此地便是筑像的场所。巴福尼斯看见斯芬克司的大头颅依旧残留在岩石中，担心这个大头还保持着恶魔的魔力，于是便用手画了个十字架，边呼着耶稣的名字；果然，立刻有只蝙蝠从斯芬克司的一只耳朵里逃了出来。巴福尼斯觉得自己把一个住在石像里几千年的恶魔赶跑了，顿时热心起来，拾起一块大石子，向石像的脸上掷去，斯芬克司神秘的脸上立刻显出一种深沉的悲哀，巴福尼斯也为之感动。老实说，这石像的脸上所刻着的超出人间的苦痛表情，就是铁石心肠的人也要为之感动。所以，巴福尼斯对斯芬克司说："呀，畜生，学学我们的神甫安东尼在沙漠里遇见的林神、半人马神吧，承认耶稣基督的神圣吧！我便以父子与圣灵的名义来祝福你。"斯芬克司的眼中竟闪出一丝蔷薇色的光芒，厚重的眼睛眨了一下，花岗石的嘴唇艰难地在发出声音，像人间的回声一般，叫出了耶稣基督的圣名，巴福尼斯于是伸出左手，为西尔西来的斯芬克司送去祝福。

他继续赶路，狭窄的山谷渐渐扩展开来，一个大城市的遗迹出现在眼前。残余的庙堂靠石柱支持着，石柱中有几个长着牛角的女人的头像，仿佛是得到了上帝的允许，呆望着巴福尼斯，吓得他脸色发白。就这样走了十七天，他吃着青草，夜里睡在倒塌的废墟里，与法老时代的野猫和老鼠为伍，其中还有一些下半身长着鱼尾的女人，巴福尼斯知道这是地狱的使者,便用手画着十字架,将她们赶走。

第十八天,在离开城市很远的地方,他发现一间已埋入飞沙的草棚,走近这间用椰子叶搭建却没有门的草棚,棚内的一切一览无余:一个水瓶,一堆葱,一张干草做的床。这当中一定住着个圣洁的隐士。

他自言自语道:"这正是修道者的居住之所。隐士大都不会离开自己独居的房子,那我一定会遇到这儿的隐士。像圣洁的神甫安东尼走近隐士保尔,我也要去给这里的隐士一个平和的吻,我们就可以谈一些永恒的事情,或许天主会叫乌鸦送一篮面包来,这间草棚里的主人很快就会热诚地叫我进去切面包吧。"

他一边自言自语,一边在草棚四周寻觅。果然,没走多远,他发现有个人在尼罗河的岸边打坐,此人浑身裸露,头发像胡须一样的雪白,身体比红砖还要红。巴福尼斯觉得这是个隐士。于是,便用修道士们相见时所讲惯的话说道:

"谨祝你平安,我的道兄!谨祝有一天尝到天国的甘露。"

那个人却没有回应,一动不动坐在那里,仿佛什么也没听到。巴福尼斯以为此人的默然不语,大概是因为进入恍惚的境地。圣者是常常会投入于恍惚里的。他跪下来,两手合十,跪在未相识者的身旁祈祷。直到日没,那个人还是一动也不动,他便说道:

"我的神甫,我见你浸在恍惚的境地里,如果你现在清醒过来,那请你以我们的主耶稣基督的名义给我祝福。"

那个人头也不回,答道:

"旅客呀,我不懂你在说什么,我不认识天主耶稣基督。"

"怎么,预言者已预言了主的诞生,殉教者都承认了主的名字,皇帝自己也崇拜他,不久之前,我还用西尔西来的斯芬克司显示出主的荣耀，你竟能说不认识他？"

巴福尼斯叫喊起来。

"我的朋友，"那个人回答，"我不认识他是可能的，如果地球上有'确实'这件东西的话，那我确实不认识他。"

巴福尼斯听闻后，不胜惊奇，看着此人的愚鲁，颇为悲伤。

他便说道：

"如果你不认识耶稣基督，那你所做的一切都是徒劳的，你不会得到永恒的生命。"

那个老人说道：

"修行是没有用的，就是生与死也没有什么两样。"

巴福尼斯便问道：

"怎么？你不想得到永生吗？但是，请你告诉我，你不是依照隐士的样子，住在这沙漠里的一间斗室里吗？"

"好像是。"

"你不是全身裸露，抛弃了一切的吗？"

"好像是。"

"你不是只吃着树根，遵守着禁欲生活的吗？"

"好像是。"

"你不是放弃了尘世的一切繁华吗？"

"我确实放弃了追逐虚名。"

"这样说来，你和我一样，贫穷、清廉、孤独呀，但你竟不能像我一样爱天主，也不像我这样追求天国的幸福？我实在不明白。假使你不信耶稣基督，你为什么要积德，假使你不希望得到永久，为什么要舍去尘世一切的幸福呢？"

"旅客呀，我并没有舍去任何的幸福呀，我只是有幸发现了一种比较满意的生活方式罢了，确切地说，原本并没有什么好和坏。从人的本性来讲，原没有什么廉洁和羞耻这回事，没有什么正当与非正当，没有什么愉快和悲伤，也没有什么善恶之分。这正像盐是给肴馔以滋味一般，'意见'这个东西是给事物以种种不同的性质。"

"照你这样说起来，天下就没有靠得住的事情。你连偶像崇拜者所要寻找的真理也否认了。你愚鲁无知还安然自得，简直是躺在烂泥中的一条懒狗。"

"旅客呀，诅咒狗和哲学者一样是没有用的。狗是什么呢？我们又是什么呢？我们什么都不知道。"

"呀，老人家，那么你是个低劣的怀疑主义的信徒吗？他们对于运动与静止，同样地加以否定，根本不区分太阳的光明和夜的黑暗。难道你就是这类疯子吗？"

"我的朋友，我的确是一个怀疑主义者，属于那类你认为荒谬，我却认为值得赞美的学派。因为同样的东西，有种种不同的假象，这正如孟菲斯的金字塔在日出时看起来，是闪着蔷薇色的光彩的圆锥形，到日没时看它耸立于红光满天的空中，便像黑色的三角形了。但是谁能知道它的本体呢？你责备我否定假象，哪里知道其实恰恰相反，只有假象是我认识的唯一的实在。我觉得太阳是光辉的，但我不知道它的本体。我感觉火是热的，但我不知为什么火是热的，火如何会热的。朋友，你误解我了。但是，人们无论怎样理解我，我都无所谓。"

"我倒还要请教你，为什么你在沙漠里只用葱头和枣子来过活呢？为什么你要继续承担那巨大的苦痛呢？我和你一样孤独地苦行，在孤寂的荒漠里经营着禁欲的生活，为了讨上帝的欢心，获取那永恒的幸福，为此而遭受苦难是聪明人的做法。反之，徒劳无功，自讨苦吃那便是疯子。如果我不信仰——呀，光明的创造者，请宽恕我的冒犯——如果我不信仰，用先知的声音、耶稣基督的典范、使徒们的行为、教会的威信、殉教者的请求等所昭示出真理，如果我不知道肉体的苦痛对于灵魂的健全是必要的，如果我像你一般沉溺于无知之中而不知圣洁的神秘，那我就会立刻回到世俗的世界，过着一种游手好闲的生活。我会追求一切享乐：'来呀，我的姑娘们，来呀，我的婢女们，你们都来吧，把你们的酒，把你们的媚乐，把你们的香水都倾倒在我身上吧！'但是你这个老头，抛弃了一切利益，却一无所求，仿佛一只猴子在墙上乱涂乱抹，自以为模拟出名作，模仿起我们隐士的伟大的苦业来。呀，你真是愚钝透顶，你为什么要这样生活呢？"

巴福尼斯激动异常，那老人家却十分安详。

"朋友，"他静静地回答说，"睡在污泥里的狗和顽皮的猴子，和你有什么关系呢？"只想着上帝光荣的巴福尼斯，听完便不再发怒。他以一种高尚的克制向老人致歉：

"呀，老人家，呀，我的弟兄，真理的热情使我分寸尽失，请你宽恕我吧。上帝可以做证，我憎恨的是你的错误，不是你。看到你堕落在黑暗里，我觉得心有不忍，我因耶稣基督而爱你，迫切想要解救你。请你说说你的理由，我一定要听一听，我很想反驳它。"

那老人家静静地回答道：

"在我看来，说与不说没什么不同，那我就说说理由给你听吧。但我并不要求你把理由说给我听，作为交换的条件。老实讲，我对你并不感兴趣，你的幸福或是不幸与我无关，你任何的评论在我看来也没什么区别。所以，我怎么会爱或是憎恨你呢？嫌恶和同情其实都一样。但是你既然问起来,我就讲给你听吧,我的名字叫第莫克来斯,生于科斯岛上,父母依靠做生意而发了财。我的父亲是做军舰的武备装置的,他的智慧如同亚历山大大帝,所以人们给他取个绰号叫'巨头'。其实,他根本不及亚历山大大帝,总之,这是人类可怜的本性。我的两个哥哥继承了父业,我则修身养性。我的大哥,由父亲做主,娶了个名叫蒂美莎的加里亚女人。大哥讨厌她,她总是沉浸在阴暗的忧郁里。后来,我的二哥却爱上了她,这种对情欲痴迷不久就变成极端狂乱的行为。原来那个加里亚女人是爱着一个吹笛的男人,每天晚上,她便招他到自己的房里。一天早上,这个吹笛的人把在宴会时一个常戴的花冠落在女人的房里。两个哥哥发现了花冠,非常愤怒,发誓要把这个吹笛的人杀死。第二天,两个哥哥用鞭子抽打他,无论他怎样哭泣哀求都无济于事,最后竟被打死了。我的嫂嫂因此而绝望发狂。这三个野兽般的可怜人,他们被一群小孩子责骂、投石子,他们像狼一样地叫喊着,嘴里吐着白沫,眼睛望着地,狂乱着在科斯岛岸边乱闯。后来,他们都死了,我的父亲亲手埋葬了他们。不久,父亲生了胃病,什么东西都吃不下去。他虽然很富有,可以买尽亚洲市场上一切的肉类和果品,但最后他竟饿死了。他失望地不得不把他的财产留给我。我游历过意大利、希腊和非洲,但是一路上,却没有人是聪明和幸福的。我在雅典和亚历山大城研究过哲学,那时候,我被那种辩论弄得头昏目眩。于是,我到了印度,在恒河边上看见一个完全赤裸的人,他盘膝坐在那儿,一动也不动,已经整整三十年。树枝缠绕着他干枯的身体,鸟雀在他的头发里做了巢窠,然而他活着。他让我想起了蒂美莎、吹笛的人、我的两个哥哥以及我的父亲,这个印度人让人佩服。我扪心自问:'人为什么痛苦呢?不是因为忍受着他们所认为的苦难,便是因为他们失去了自己所认定的幸福,或者是有了幸福又害怕失去。把这一切想法都抛开，那一切苦痛也会完全消失了。'因此我决定抛开尘世的一切，把这世上所谓的幸福也一起抛弃，决心学着这个印度人的样子，在静止中孤独地生活。"

巴福尼斯用心地听着老人的话，他回答道："科斯岛的第莫克来斯，你的话的确意味深长。看轻这世上所谓幸福的东西是对的，但是连永久的幸福也看轻，甚至不再惧怕上帝的发怒便是错的，第莫克来斯，你的无知让我心生怜悯，我要把你引到真理上去，你会承认确有三位一体的上帝存在，那么你就会像个小孩子顺从父亲一般，顺从上帝了。"

但是，第莫克来斯却打断他的话：

"陌生人，别再兜售你的信仰，也不必博得我的赞同。一切的争议都是无用的。我的'意见'就是不要'意见'。我避去烦恼而无选择地生活着。你走你的路吧，别想把我从幸福的处境里拉出来了。我陶醉于此，如同劳作之后沉浸在舒适的浴场里，别想把我拉出来。"

巴福尼斯精通教义，以他的经验，他知道上帝的恩惠还没有洒到这个老人家的头上，对于这个挣扎在失败路上的灵魂，解救的日子还远着呢。

他不再回应，生怕说的话反而变为冒渎教义的言辞。因为有时和没有信仰的人议论，不但不能让他们皈依真理，反而会把有信仰的人重新带入到罪恶的深渊。所以，掌握真理的人在传播真理的道路上，不得有一点马虎。他说："再会了，可怜的第莫克来斯。"

他深深叹了一口气，黑夜之中，继续开始他信仰的旅程。

第二天早上，他看见水边有一群红鹤，一动也不动地伫立着。仙鹤那青里泛红的头颈，倒映在水面上，煞是美丽。杨柳树舒展着柔嫩的枝条，仙鹤在明净的天空里飞舞，隐于芦叶间的鹭鸶一声声地啼叫。尼罗河碧水涟涟,汪洋一片,水面上漂着的风帆,有如鸟翼,几间白色的屋子倒映在水中,远远的轻轻的雾霭浮在水面。包着一重重椰树、一重重花果的岛屿的阴影里,有一群喧闹的家鹜、白鹅、青鹭、小鸭浮游而出。左边那肥沃的山谷,伸展着它的田亩,伸展着它那闪动着欢乐的果园,一直延伸到沙漠里。太阳照耀下的麦穗仿佛镀上了一层金边:土地的丰饶化作芳尘而四散。巴福尼斯眼见此景,不禁跪下来,呼唤道:

"祝福天主,保佑我的行程!主啊,你把甘露洒在亚历山大城那朵无花果上,也请你把愿恩洒进苔依丝的灵魂里吧。你创造了田野上的鲜花,园子里的树,怀着同样的爱,你创造了苔依丝。愿在我的保护下,她会像一朵芬芳的玫瑰,在天国的耶路撒冷开放。"

每当他看见一棵开花的树或是一只美丽的鸟,便不由得想到苔依丝。他沿着尼罗河的左岸走,穿过了几多富饶繁昌的土地,没几天,就到了希腊人称为美人和黄金的亚历山大城了。日出之后的一小时,他望见屹立于小山巅之上的这个广阔的城市,城市里房屋的屋脊都在蔷薇的蒸气里泛着光。他站定了,将两臂交叉在胸前,自言自语道:

"啊,我到了这儿了!在那个美妙的地方,我出生于罪恶之中!在那明亮的空气,我呼吸过有毒的芳香!我听见过美人鱼歌唱!啊,这儿是我的肉体的摇篮!这儿是我俗世的故乡,在庸人的眼中,你是鲜花的摇篮,你是光明的故国;亚历山大城啊,你们的孩子们,像爱母亲般地爱你。我也曾在你盛装的怀抱里成长,但是禁欲者是蔑视自然,神秘家不看假象,基督徒把俗世故国当成放逐地。修道士避去凡土,亚历山大城啊,我已从你的爱情里逃了出来了。我恨你!因为你的富裕、你的科学、你的温柔、你的美丽而恨你。恶魔的庙堂!异教徒无耻的寝床,希腊教徒腐化的肉体,都该受到诅咒!啊!生着羽翼的天使,当我们的神甫安东尼为了坚定忏悔者的信仰和殉难者的决心,从沙漠里出来,之所以来到这座崇拜偶像的城市里,是受着你的指引啊。美貌的天使啊,无形的孩子啊,上帝最初的呼吸啊,请飞到我面前,振动你的羽翼,将芬芳施与这腐化的空气!"

说完,他加紧步伐,从朝阳门进城。这扇城门是用石子做的,巍然屹立。穷人们都躲在城门的阴影里,向行人兜售着香橼和无花果,或是显出一副可怜相,向人们讨几个小铜钱。

有个褴褛的老妇人,跪在地上,看见巴福尼斯走来,便拉住他的衣布来亲吻,道:"虔诚的人,请给我祝福,那么上帝也会给我祝福。我在世上受够了痛苦,盼望在另一世得到永恒的幸福,你是从上帝身边来的,呀,圣人,所以你足上的尘埃比黄金还珍贵。"

"赞美天主!"巴福尼斯说。

他伸开了手,在老妇人的头顶上做了一个救世的动作。但是,还没走二十步路,便有一群小孩追上来,朝他扔石子,叫道:

"呀,这个可恶的修士!你比猩猩还黑,胡子比山羊的毛还多哩!大坏蛋!把他吊到果园里去,像木头的普里亚普一般,去吓吓鸟雀吧!不行,他或许会招来冰雹,打坏开花的果树。他是个灾星,把他扔给乌鸦吃!"

石子和着谩骂向巴福尼斯飞来。

"上帝呀!祝福这些可怜的孩子。"巴福尼斯喃喃地说。

他边走边想:

"我受老妇人的敬爱,却也遭受孩子们的诅骂。人们对同样的人却持有不同的评价。人的判断靠不住,常常陷于迷误。所以那个异教徒第莫克来斯,还是有点见识的。他两眼漆黑,还懂得放弃光明,比起那沉溺在黑暗里还高呼着'我看见光明'的异教徒，不是高明得多了吗？在这世上，一切都是空中楼阁，都是变动无常的沙漠，只有上帝才是永恒。"

他在城中穿梭，脚步飞快。

十年的久别，他还认识路上的每一块石子，而每一块石子都是可耻的，使他想起一桩桩罪恶。他赤着脚，尽力踏着那大道上的石子，得意地把脚后跟的血迹洒在石板上。他看见左手是塞拉比斯寺院壮丽的回廊，他沿着一条建有巨宅的道路走去，周围富家的巨宅仿佛在芬芳里睡着。在红色的飞檐和金色的饰像上方，露出了松树、枫树和漆树。从那邸宅的半开的门中，可以窥见大理石的走廊里装饰着青铜的肖像，绿叶丛中立着喷水台。宅第一片平和，只听到远处的笛声。巴福尼斯在一座不大却不失高贵的屋子旁停住了，犹如少女般柔美的大理石人像柱亭亭玉立，周围竖立着希腊杰出的哲学家的青铜半身像。

他认出其中有柏拉图、苏格拉底、亚里士多德、伊壁鸠鲁和芝诺的铜像，在等待开门的片刻，他想着：

"赞美这些虚伪的贤人真是无聊，他们的谎言会被拆穿，灵魂也会沉入地狱。就连以雄辩闻名世界的柏拉图，以后也只有和魔鬼去争论了。"

有个奴隶来开门，看见门口的嵌花砖地上赤着脚的巴福尼斯，便凶狠地说道：

"讨饭的修道士，滚到别处去，不要等我用木棍来赶你走。"

巴福尼斯回答道：

"兄弟，我不是来向你讨饭的，我想见见你的主人尼西亚斯。"

奴隶愤怒地说道：

"像你这类狗畜生，我的主人不会接见。"

巴福尼斯又说道：

"请答应我的请求吧，你去对主人说我要见他。"

"滚开，龌龊的讨饭人！"看门的奴隶怒吼着，挥舞着棍子，向着这个圣徒的脸上打过去；圣徒却将手臂叉在胸口，作十字形，一动也不动地忍受，接着又温和地说道：

"请你答应我的请求吧！"

看门的奴隶浑身颤抖，喃喃地说道："这个人难道不怕疼吗？"

他便去告诉主人。

尼西亚斯从浴室里出来，漂亮的女奴隶们替他擦背。他是个优雅可亲的绅士，面部闪出一丝轻微的讽刺，一看见巴福尼斯，他便站了起来，伸开双臂奔跑过去，叫道：

"原来是你，巴福尼斯，我的同窗，我的朋友，我的弟兄！我竟还会认识你，不瞒你说，你现在变得不像人倒像野兽，我们来吻抱一下吧。你还记得我们在一处学习文法、修辞、哲学的时光吗？那时候的你性情古怪，但是我却因为你的诚朴而爱你，我们说你是用马的眼睛去观察世界，难怪你总是胆战心惊。你说起话来少了一点风雅，但是你却无比慷慨。至于金钱和生命，你都不会留意。你有一种奇特的禀赋，灵性使然，非常吸引我。我真诚地欢迎你的到来，我亲爱的巴福尼斯，我们俩阔别已有十年。你离开了沙漠，抛却了对基督教的迷信，恢复了往日的生活，我将以白石纪念今天。"随即转过身对妇女们说道："克洛皮勒、米尔达尔，你们去为我这位要好的客人的手脚胡子洒些香水。"

妇女们微笑着拿来了水壶、香料瓶和铜镜子。但是，巴福尼斯急忙用手势制止了，他低垂着眼不去看她们，因为她们都是裸体着的。尼西亚斯为他拿坐垫,以种种肴馔来犒赏他,巴福尼斯却都轻蔑地拒绝了。

巴福尼斯说道:"尼西亚斯,我并未抛弃你所说的基督教的信仰,基督教是真理中的真理。太初有道,道与上帝同在,道即上帝。一切都是上帝所创造的。如果没有上帝,便没有一切。生命在他手里,这生命就是人之光。"

尼西亚斯披上了件薰香的衣裳,回答道:

"亲爱的巴福尼斯,你想用这些陈词滥调、没有意义的争论来吓倒我吗?你忘记了我也是个小小的哲学者吗?你想想阿美利尤斯、波菲利和柏拉图这些伟大的光荣尚不能使我满足,愚人从阿美利尤斯的红袍上撕下的碎片能使我满足吗?贤人所创的学说,只是为了愚弄人类永恒的幼稚而想象出来的无稽之谈……应该把他们当成那些驴、洗衣桶、爱菲兹产婆的故事,或是别的米利都寓言来消遣。"

他挽着客人的臂膊,来到一间房里。有许多纸莎草藏在篮子里。他说:

"这是我的图书馆,哲学家们创造了各种学说,里面珍藏的仅是一部分。这些学说原来都是为了要解脱宇宙才创设的。学说真多,就连富厚的山拉博寺院也不能收藏完整。可惜!这些厚重的学说都不过是病人的幻梦罢了。"

他强拉着客人和自己一起坐在一张象牙的椅子里。巴福尼斯对着那书架上的书籍阴郁地望了一望,说道:

"这所有的书都应该烧毁。"

"客人呀,那损失太大了!"尼西亚斯回答说,"病人的呓语,有时也很有趣。假使把人类所有的呓语和幻梦都破坏了,大地就会失去颜色,我们也将沉眠于惨淡的痴愚中了。"

巴福尼斯依循着自己的思想说道：

"那是一定的，异教徒的学说只是空虚的说谎罢了。上帝是真理，他在人类面前显示奇迹。他有肉体，他就在我们之中。"

尼西亚斯回答道：

"说得好，可爱的巴福尼斯，你说上帝也有肉体，也会思想和行动，他也说话，在自然中散步，犹如古时奥德修斯在蔚蓝的海上散步，那简直就是个人了。在伯里克利时代，雅典的孩子们都不再相信古人了，你怎么还会去相信朱庇特呢？不说了，你来不是和我辩论三位一体的。好朋友，你要我帮你什么忙呢？"

巴福尼斯答道：

"那是一桩极好的事，请借给我一件薰香的衣裳，就像你刚才穿在身上的那件。除此之外，还要一对金黄色的鞋，一瓶梳头发和胡子用的香油，最好还给我个装有一千个德拉克马的钱袋。呀，尼西亚斯，想到上帝的爱，想到我们的友情，所以敢来恳求你。"

尼西亚斯于是叫克洛皮勒和米尔达尔拿来一件最华贵的衣裳，它富有东亚风格，绣着花卉鸟兽。两个女人抖开衣裳，巧妙地使它闪耀出鲜艳的色彩。她们只等巴福尼斯脱去身上那块拖到脚跟的布了，但却遭到拒绝，于是，她们把那衣裳披在布上。两个女人很漂亮，虽是奴隶却不惧怕男人，看见装扮奇特的巴福尼斯，不禁大笑起来。克洛皮勒把镜子递给他，叫他"亲爱的浪子"，米尔达尔来替他梳胡子。但巴福尼斯却祈祷着天主，不去看她们一眼。穿上金黄色的鞋，在腰带上系了钱袋，他向那欢喜地望着他的尼西亚斯说道：

"呀，尼西亚斯！别把这件事当成耻辱。要知道这衣裳，这钱袋，这双鞋，我是用来做一件虔敬的事情。"

"好朋友，"尼西亚斯回答说，"我根本没往坏处想。因为我相信人类既不会行善也不会作恶。所谓善恶者，只是争论上的东西罢了。贤人实际也只是依照风俗习惯做出的评判罢了。我遵循亚历山大城的风习，也因此被称为一个很正直的人。朋友，你去自寻快活吧。"

巴福尼斯把自己的意图讲述给朋友听，又问道：

"你认识一个在舞台上表演喜剧的苔依丝吗？"

"她是一个美人儿，"尼西亚斯回答说，"有段时间，我为她花去不少钱。为了她我卖了一个磨坊，二亩麦田，写了三册诗歌来赞美她。在这个时代，这种国土，文艺创作仿佛是为了'忘却'才产生的。美这个东西在这个世界上是最有力量的，要是我们生来就占有它，那么我们大可不必留心柏拉图派的什么造物主，更不必留心其他哲学者的一切梦幻了，善良的巴福尼斯，但是你从沙漠里来，却来和我讲到苔依丝，免不了让人惊奇。"

说完，他轻轻地叹了口气。巴福尼斯望着他，想不到如此罪孽深重的人，还会坦然地说出自己的罪恶，不觉便有点骇然，他真希望大大地张开嘴来，将尼西亚斯吞入于火焰之中。这个亚历山大人一声不响，双手托着额头，对着他过去的青春忧伤地微笑。那个修道士，站起身来，以严肃的口吻说道：

"呀，尼西亚斯！靠上帝的帮助，我将让苔依丝摆脱人间邪恶的爱情，让她嫁给耶稣基督。如果圣灵不抛弃我，苔依丝今天就会离开这个城市而前往修道院。"

"不要冒犯了维纳斯，"尼西亚斯回答说，"她是一位强有力的女神，如果你把她最美丽的女仆抢了去，她会对你发怒呢。"

"上帝会保护我，"巴福尼斯说，"尼西亚斯，希望上帝照亮你的心，把你从深陷的地狱里救起来！"

尼西亚斯把他送到门口，将手放在巴福尼斯的肩上，向他耳语道：

"不要冒犯了维纳斯，要是你夺走了她的仆人，她会对你动怒。"

巴福尼斯对这种轻薄的言辞不予理睬，头也不回地便离开了。但是，当想到他的朋友曾接受过苔依丝的妩媚，他便感到不堪至极。他认为，尼西亚斯和苔依丝一起犯罪比他和其他女人犯罪相比，要可恶百倍。他对此极为反感，对尼西亚斯只有憎恶。他常常憎恨不洁之事，但这件罪行却冲破了他的底线。他从未像现在这样分担耶稣基督和天使们的忧愁。

这愈增强了想把苔依丝从异教徒中救起的那份热情，他迫不及待地要去看这个女人表演，尽可能早地救她出来。但是要到这个女人的家里去，总要等到白天的酷暑退去。时间尚早，巴福尼斯便顺着一条热闹的街道走去。他决定一天不吃饭，以免辜负了自己向天主求来的恩惠。他非常悲伤，不敢进城里的任何一间教堂，因为他知道这教堂被阿里乌斯的教徒们污秽过，打翻过天主的圣餐台。事实上，这些受到过东方皇帝支持的异教徒，曾经把阿塔那斯主教赶下宝座，用一片混乱取代了亚历山大的基督徒。

他就这样漫无目地地走着，有时仿佛因为屈辱而低着头看着地面，有时仿佛处于忘我之境地而仰视天空。闲荡了一阵，他走到了一个码头，人工港口里停着很多船只。银光闪烁、蔚蓝的大海一望无际，在靛青与银白之中，浮起微微的笑意。一只船头刻着海中仙女的战舰刚刚起锚，在水手们歌声中破浪前行；浪花飞舞，舵手们驾驶越过和安诺史督海相通的狭窄的海峡，转眼间，这个水上的白色女郎已进入深海，逐渐消失，只留下一条浪花飞溅的航痕。

巴福尼斯想:"我从前也曾想坐着船,唱着歌,到尘世的大海里去,但是不久,我就感悟到了自己的痴愚,海中的仙女也无法动摇我的心。"

他在一堆缆绳上坐着胡思乱想,后来竟睡去。他做了个梦,仿佛听见嘹亮的号筒响声,天被染红了一片。他知道时机已到,就虔诚地向主祈祷。一头巨兽向他冲了过来,头上带着个光亮的十字架,他认出巨兽就是那西尔西来的斯芬克司。斯芬克司将他叼起,却并不伤害他,仿佛老猫叼着小猫般的,叼在口中。就这样,巴福尼斯经过了许多的国土,穿过了许多的河流,越过了无数的山岳,最后到了一个尽是炎热的火灰的地方。可怕的岩石,四处裂开的地面,仿佛张张未合的大嘴,吐出火热的气息来。巨兽将巴福尼斯轻轻地放下,对他说道:

"请你看看!"

巴福尼斯站在那裂口的边上,俯身望去,原来这便是地狱。一条火焰般的河流在地下双重黑色的断崖之中流淌。透过苍白的火光,只见一群恶魔正在折磨人类的灵魂,那带有人形的灵魂,甚至还挂着破衣的碎片。那种灵魂虽然处在苦难中,但是却还像很平静的样子。在这之中,有个很大的雪白灵魂,头上戴着雪白的帕子,手里拿着笏,唱着歌。他的歌声悠扬,一直飘到远方,歌曲的内容是关于天神和英雄。有许多绿色的小鬼,用烧红的铁来刺他的嘴唇和喉咙却无法阻止荷马的歌声。离此不远,秃顶白发的老头克萨哥拉正用圆规在尘土上作图。一个恶魔把沸油浇入他耳中,却仍不能打断学者的冥想。巴福尼斯又看见一群人,在火焰河河畔的岸上,冥想或者徘徊着谈天,或者像学院里梧桐树荫下的师生那样,沿着滚烫的火河散步交谈。只有那个老人家第莫克来斯独自坐在一旁摇头,仿佛一个人在否定什么似的。地狱里的一个使者,拿起一个火把,在他眼前摇荡,但是第莫克来斯不予理睬。

巴福尼斯惊得目瞪口呆,转过头才发现那匹巨兽已经消失,只有一个戴着面具的女人站在那里,女人对他说道:

"你看看,这种非基督徒是如何地固执,沉溺于他们生前的幻影,而做了幻影的牺牲品,现在落入地狱里,死亡都不能让他们觉悟,光是死,显然还不能见上帝。这些在俗世都不了解真理的人,是永远不知道真理的。试问这些折磨着灵魂在四周狂暴的恶魔,是什么东西呢?不就是上帝裁判的化身吗?所以一种灵魂一无所见,亦一无所感。他们与真理毫无相关,连上帝都无法使他们痛苦。"

巴福尼斯说道:"上帝是万能的。"

那个女人回答说:

"上帝不可胡作非为!要惩罚他们,应当先启迪他们,如果他们有慧根,那么就和上帝的选民一样了。"

巴福尼斯充满着忧虑和恐惧,他再次俯视那无底的深渊,看见了尼西亚斯的幽灵,头上戴着花冠,在化为灰烬的爱神木下微笑。尼西亚斯的一旁,立着那个米雷的阿斯巴西娅,身上穿着件漂亮的羊毛大衣,两人仿佛正谈论恋爱和哲学,表情平和且高贵。那火焰滴落在身上,他们却当做清凉的甘露,双脚踏在火热的地上,竟像走在软软的草地上般,毫不介意。看见了这光景,巴福尼斯不禁愤怒了起来,叫道:

"上帝!打死他们!打呀!这是尼西亚斯呀!要他哭!要他呻吟!要他把牙齿咬着呻吟……他和苔依丝一起犯过罪呀!"

巴福尼斯骤然从梦中醒来,发现自己在一个强健的船夫的臂怀里。

"安静一点,安静一点!海王菩萨保佑你!你在睡梦中乱动,要不是我把你拉住,你早就跌入安诺史督海里去了。像我母亲卖掉了咸鱼一样千真万确,是我救了你的命。"

那个船夫这样叫着,一边拉着巴福尼斯。

巴福尼斯回答道:"真心感谢你。"

他站起身来,向前走去,回想着梦中景象,便自言自语道:

"这个梦境显然是坏的,梦把地狱的情形虚幻地显现出来,这是侮辱天主的仁慈;这个梦一定是从恶魔那儿来的。"

巴福尼斯为什么会这样想呢?原来他能够识别梦的来源,是来自上帝还是恶魔。孤独的隐遁者常处于各种幻景之中,这种识别力对于他们而言,是很有帮助的。沙漠里本来最多的是幽灵,他们避开了世人自然会遇到。当宗教巡礼者走进隐士安东尼所隐居的废城里,他们听见一阵嘈杂的声响,仿佛城市里庆祝之夜的街道,其实这声音是恶魔想诱惑安东尼所玩弄的把戏。

巴福尼斯想起了这位令人怀念的老人,又记起埃及的圣约翰,六十年间,恶魔用着幻术来引诱他,但圣约翰挫败了地狱的诡计。然而有一天,恶魔扮着一副人的长相,走到可敬的圣约翰所住的窟洞里去,对圣约翰说道:"你的斋戒要持续到明天晚上。"圣约翰以为是天使,竟听从了恶魔,一直斋戒到了第二天晚祷之后。这是撒旦对圣约翰的唯一的胜利,却是渺小至极。所以,巴福尼斯能立即在梦里辨认出魔鬼,也没什么大惊小怪的。

他正抱怨上帝把他抛给了恶魔,忽然觉得被一群人簇拥着奔向一个方向。他已经失去了在城里走路的习惯,因此木然地被人们推来推去。衣裳的襞褶碍手碍脚,有几次差点儿把他绊倒。他想知道这些人到底去哪里,便拉住一个人,问他为何要如此匆忙?

那人回答道:

"你不知道剧场马上就要开门,苔依丝就要上舞台了吗?我们都是要去剧场。你同我一起去吧?"

此时去看苔依丝,正合他的心意,巴福尼斯同意了。不一会儿工夫,便看见了剧场,发光的面具的柱廊和无数雕像的、宏伟的圆形围墙,一直延伸到一条狭窄的走廊里。走廊尽头,便是那灯光耀眼的观览台。梯形台阶的下面是舞台,他们在其中一排坐了下来。表演还没开始,但舞台已装饰得非常华丽。舞台上的一切一览无遗,舞台上有一个土馒头,仿佛古人献给英雄的灵魂的土冢一般。这个土馒头位于一片扎着军营的原野中间。屏幕之前是一束束的标枪,旗杆上挂着黄金的盾牌、月桂的枝权以及橡树叶做的花冠。

舞台上一片沉寂,仿佛睡去了似的。但是那个半圆形的大建筑却坐满了看客,充塞着如同蜂巢的蜜蜂嗡嗡地叫着。微微抖动的红色帷幕,闪着波光,映照在所有人的脸上。所有的人,带着些许奇异的目光,望着那巨大的静寂的舞台;舞台中间凸起的是营帐,妇女们欢快地喝着柠檬水,戏迷们隔着台阶,快活地打着招呼。

巴福尼斯在心中祈祷,不愿说一句空话,但是坐在一旁同行的人却感慨起喜剧的衰颓来。他说:"从前的名角,戴着假面,都能朗诵欧里庇得斯和朱南德的诗词,现在的人却不会背诵,而只会学学表演。雅典时代酒神所引以为荣的神圣的戏剧所剩无几,只剩下一点形式和手势留给我们,就连野蛮人斯基泰都能看懂。装着金属吹管扩大声音,嘴巴上镶起一些铜片的悲剧的假面,表现高大的天神时所用的高跷,悲剧的威严以及美丽诗句的歌曲,统统都失去了。哑剧演员、女舞蹈家,赤裸着不戴面具的脸代替了保里史和洛西于史。如果伯里克利时代的雅典人,看见女人在这舞台上这样表演,不知他们会怎样?一个女人在公众面前表演是可耻的。我能容忍这一点也够堕落的。"

"女人是男人的仇敌,大地的耻辱,这是真的。"

"你说得没错,"巴福尼斯回答说,"女人是我们最恶毒的敌人。女人给男人以欢乐,但是就因为她们能给人以欢乐,所以才可怕呀!"

多里楠叫道:"女人给予男人的不是快乐,而是忧伤,心烦意乱和邪恶的忧虑。爱情使我们最痛苦。我年轻的时候,到阿尔哥利德的特雷泽纳;在那里看见一棵巨大的石榴树,树叶上尽是针刺的小孔。关于这株树,特雷泽纳人有段传说,据说女王费德尔,在爱着西伯利托斯的时候,终日便无聊地睡在这株树下,就是现在,这株树,我亲眼所见。她拔下插在金色头发的金别针,刺向那生着喷喷小果子的树叶。片片叶子于是都被刺上了许多的小孔。这种不义的恋爱注定了失败的结局,你也知道的,他死后,费德尔也自杀了,她自己关在结婚的房间里,用根黄金的带子系在一个象牙栓上吊死了。

"天上的诸神,因为这株石榴树印证着这桩惨剧,所以要新长出的叶子上也生出许多的针孔来。我采了一片叶子,把它放在床头,每次一看这叶子,就警惕自己切勿堕入恋爱的热情里,也让我更加坚定地信仰着我师伊壁鸠鲁的信条——恋情是极可怕的。但是老实说,恋爱是一种肝病,而且任何时候谁也不敢说自己没有这种病。"

巴福尼斯便问道:

"多里楠,那什么是你的快乐呢?"

多里楠忧伤地回答道:"冥想就是我唯一的快乐,我也知道这种快乐并不强烈,但是我胃不好,实在也不该再寻找别的快乐。"

巴福尼斯细细体味了多里楠的最后几句话,便想引导这个伊壁鸠鲁的信徒去信仰天主,让他得到精神上的欢乐。他说:

"多里楠,听听真理,你就会看到光明。"

他正喊着,看到四面八方的人都转向他,叫他闭嘴,剧场上一片寂静,接着响起了歌颂英雄的乐曲。

戏剧开始了。

一支军队从营帐里出来了。

军队正预备出发,忽见一块乌云像是被一种不可思议的力量推动着,乌云包裹了土馒头的顶上。后来,乌云散了,便见阿喀琉斯的幽灵出现。他周身穿着黄金的甲胄,对着军队们伸出着手臂,仿佛对他们说道:"什么!你们出发了吗?达那乌斯的儿子们,你们回到我回不去的祖国,丢下我毫无祭品的坟墓?"希腊军队里的重要首领们都挤到坟墓边来。忒修斯的儿子阿加那斯、老涅斯托尔、阿伽门农,都握着手杖,扎着头发注视着这个奇迹。阿喀琉斯的小儿子皮洛斯跪在尘土之中。从帽子里露出的一缕头发就认出了奥德修斯,他做手势颂诵那英雄的幽灵,和阿伽门农争论着,可以猜测出是这样的:

"阿喀琉斯在我们的中间,是值得敬崇的!"伊塔克的国王说,"他是为了希腊而光荣牺牲的,他要求用普里亚姆的女儿,处女波利克塞娜为他祭奠。达那乌斯的人民呀,满足英雄的亡灵吧,让贝雷的儿子在地狱里也感到高兴。"

但是诸王的领袖回答道:

"宽恕我们从祭坛夺来的处女吧,普里亚姆的子孙已经够不幸的了。"

他之所以如此说,是因为他和波利克塞娜的姐姐睡过觉,聪明的奥德修斯便骂他热爱加桑德加尔胜过爱阿喀琉斯的长矛。

希腊的军士举起武器,相击作声表示一致赞成。波利克塞娜的牺牲早已注定，平静下来的阿喀琉斯的幽灵便消失了。乐曲随着人物情绪，时而激奋，时而凄楚。观众们爆发热烈的掌声。

时常把真理挂在嘴边的巴福尼斯喃喃地说道：

"呀，假神道的崇拜是多么残忍！"

那个伊壁鸠鲁的信徒说道："无论哪一种宗教都是播种罪孽的。所幸有位极智慧的希腊人，将人类从未知的恐怖中解放了出来……"

这时，被俘的海居柏走出了帐篷，她满头银发。看见这个完美的苦难形象，看戏的人都为之深深地叹息。海居柏从一个预言的梦里，知道女儿要死了，她叹息着女儿和自己的不幸。奥德修斯已站在她的旁边，向她要波利克塞娜了。这个老母亲抓乱了自己的白发，抓碎了自己的面颊，她吻着这个残酷无情的男人的手。但那男人毫无怜悯，异常冷静，仿佛对她说：

"海居柏，聪明一点，这是没有办法的事。我们的屋子里也有年老的母亲，在为永远睡眠在伊达山的松树下面的儿子痛苦着。"

昔日繁荣的亚洲女王，如今变为奴隶的加桑德尔，已痛苦地倒在地上，为妹妹请命。

此时，营帐的门帘拉开了，处女波利克塞娜走了出来。看戏的人全都打了个寒战，他们认出那便是苔依丝——巴福尼斯要找的人已经在他眼前了。她雪白的臂膊托住头上的重重的门帘，一动也不动，仿佛是一座美丽的雕像。她那碧蓝的眼睛，平静地望着四周，温柔而又高贵，赞叹声不绝于耳。心烦意乱的巴福尼斯用手按住胸口，叹息道：

"呀！上帝！为什么你要给一个造物主这么大的威力？"

多里楠镇静地回答道：

"构成这个女人的微粒，让人看到一个可爱的组合。但这个也不过是自然的游戏罢了。微粒本身并不知道。它们组合在一起，总有一天还会分离，这对它们都无所谓。组成莱依丝形成克雷奥巴特尔的微粒，现在到哪儿去了？女人有时很美丽，这个我不否认，但是她们红颜薄命，常被烦累所困扰。庸俗的人不会知道，唯有冥想之心才会感知。不过话又说回来，女人常令我们有恋爱的快感，虽然我们不该爱她们。"

哲学家的多里榭和宗教家的巴福尼斯望着苔依丝，心中却各有各的思想。他们谁都没有看见海居柏已转向女儿，做出种种姿势来，仿佛对她说：

"用你的眼泪、你的美丽、你的年轻去打动这残酷的奥德修斯吧！"

苔依丝，不如说就是波利克塞娜本人，放下了帐篷的门帘。她向前走了一步，所有看客的心都被她征服了，当她踏着高贵的步伐轻盈地走向奥德修斯时，她的动作在萧笛的伴随下，令人浮想联翩，仿佛她是美丽世界的中心。看客的眼中只有她一人，她的光芒掩盖了所有的一切。戏剧继续着。

拉埃尔特聪明的儿子扭过头，避去那女人的眼光，将手藏在外套下，以避免哀求者的亲吻。处女用手势叫他不要惊慌，她平静的目光像对他说：

"奥德修斯，为了服从不可逃避的命运，我会跟你去的，我愿意去死，我是普里亚姆的女儿，赫克托尔的妹妹，过去只有国王才配得上我，我绝不招待异国的主人。所以我现在自愿永远放弃生的光明。"

海居柏忽地站了起来，绝望地抱着她的女儿。波利克塞娜既坚决又温柔地将母亲抱着的臂膊拉开，仿佛听见她说：

"母亲呀，你不要让主人耻笑。离开我吧，别等他卑鄙地把你拖走，亲爱的妈妈，还是让我吻别你干枯的双手和消瘦的面颊。"

苔依丝脸上闪出苦痛的神情,更衬托出她的美丽。看客们感激这个女人,生命的外貌和苦难由于她才具有一种超人的优雅。巴福尼斯也因为她的谦卑而宽恕了她,又想到他是要把圣女献到天上去的,不禁感到自豪。

那场戏快要完场了,海居柏昏倒在地。波利克塞娜跟着奥德修斯走向那精兵守卫的坟墓。随着丧葬曲的响起,她登上坟墓。墓顶上放着一只金杯,阿喀琉斯的儿子倒入了酒,献给英雄的幽灵。

祭祀者伸起臂膊想要抓住苔依丝,她便做了个手势,表示要像一国的公主那样死。然后,她将自己的衣裳扯碎露出胸口。皮洛斯转过头,把剑刺入她的胸口。舞台技巧使鲜血从处女迷人的胸口喷流而出。处女的头向后一倒,眼睛在死的恐怖里游弋着,接着便整个身体扑倒于地。

军士们把百合花、秋牡丹盖在牺牲者的身体上。此时,看客们的号啕声划破了天空。巴福尼斯站在座位上,用着响亮的声音预言道:

"异教徒们,崇拜魔鬼的恶人!你们这些比偶像崇拜者还要可耻的阿里乌斯教派的信徒!好好学学吧!刚才你们眼中所看到的是一种幻象。这个寓言包含着一种神秘的含义。那舞台上的女子,不久就要成为幸福的贡品,为复活的上帝而献身!"

此时,人群已像黑色的波涛般流向出口处。巴福尼斯撇下惊呆了的多里楠,一边向出口走,一边还在预言着。

一小时后,他敲着苔依丝的大门。

那时候,这个女演员是住在亚历山大帝坟墓附近的拉各底斯富人区。屋子周围林立着树木茂盛的庭园,园中假山耸立,溪水在两排杨柳间涓涓流过。一个年老的戴着金圈的女黑奴,走过来开门,询问巴福尼斯来干什么。

"我要看苔依丝，"他回答说，"上帝做证，我到这儿来只是为了要看她。"

眼见他身上穿着华丽的衣衫，出语不凡，女奴便领他进去，说道："苔依丝在银府的仙女洞，你可以到那儿去见她。"

 纸草篇

苔依丝生于贫苦的农民家庭,父母是偶像崇拜者。小时候,父亲在亚历山大的月门附近开了家招待水手们的小酒馆,她依旧能回忆起童年生活的某些生动片段。她看见坐在角落里的父亲,两腿交叉,高大威严,却又十分安详,像十字街头卖唱的盲人们口中年迈的法老。她也看到瘦弱阴沉的母亲,像饿猫般在屋子里游荡,眼里闪着光,不时发出刺耳的叫喊声。附近的人都说苔依丝的母亲是个魔法师,到了夜里会变作鸱枭,与她的情人们约会。这是造谣,因为苔依丝多次暗中观察母亲,却并没看见母亲使什么魔法。但是,母亲非常贪财,不分昼夜地算计着白天的收入。父亲懒惰成性,母亲又这样贪婪,于是幼小的苔依丝如同畜生般这样长大着,她唱着稚气的歌谣,操着自己还不知道意思的

醒醒的言辞，用以讨喝醉酒的水手们的欢喜，同时，熟练地从水手们的腰带里偷出一枚枚小小的硬币。在那发酵的合着脂膏的气味的店堂里，她在水手们的大腿上被传来传去，她那稚嫩的小脸让喝饱啤酒的嘴巴来亲吻，让粗硬的胡子来触刺，等到她的小手拿到了几个小钱，便挣扎着脱开水手的手，奔到月门那边，找到常在那里卖蜜糕的老妇人买些蜜糕吃。在酒店里，水手们不厌其烦地重复着东风吹动海草，他们遭遇过何等的危险，接着他们便玩弄骰子，咒骂天神，要拿西里西亚最好的啤酒来喝。就这样，年复一年。

每天晚上，这个睡着的女孩子常被酒徒们的喧哗声吵醒。牡蛎的贝壳在柜子上面飞舞，在疯狂的吼叫声中划破水手的额头。有时，透过烟雾腾腾的灯光，她还看见刀光闪闪，鲜血横流。

小时候，仰仗着那个温柔的阿美斯，小苔依丝才感受到人间的亲爱，也最听他的话。阿美斯是她家里的一个黑奴，一个比锅底还要黑的努比亚人，他在撤去汤里浮尘时极为认真，性子却像沉睡的黑夜一样善良。他常将苔依丝放在膝上，给她讲故事。故事大多是贪婪的君王如何在地下造了数不尽的宝藏，等到宝藏造成，便把工匠们杀死等情节。又或者是智巧的盗贼如何与那建筑金字塔的女王以及宫女们结婚。幼小的苔依丝像爱父亲、母亲、奶妈、狗儿一样地爱着阿美斯。她拉着黑奴的短裤，跟随他走到酒窖里，走到家畜场里，那瘦弱的雌鸡，在黑厨师的刀子面前羽毛直竖，飞得比鹰还要快。夜里，黑奴常常不眠，坐在草台上，为苔依丝做手掌般大的小磨坊和船只。

由于主人的虐待，阿美斯的一只耳朵被扯碎了，布满了伤痕。然而，他却总是一脸的平和与轻松。周围的人都想不明白，他为何心如止水，灵魂如何得到宽慰。阿美斯单纯得如同小孩子，每次干完粗活后，就用尖细的嗓音唱着赞美歌。他庄严而快活地轻轻地唱着，在孩子幼小的心灵激起阵阵波澜和梦想。

"玛利亚，请告诉我们，在你来的地方，你看见了什么呢？"

"我看见了丧帷与麻布，我又看见了天使坐在坟墓。"

"我看见了复活的荣耀。"

苔依丝便问他道：

"爸爸，你为什么唱天使坐在坟墓？"

他答道：

"亲爱的小宝贝，我歌唱天使们，因为我们的主耶稣升到天上去了。"

阿美斯是受过洗礼的基督徒，信徒们都叫他泰奥道尔。他常常在夜里，偷偷地去参与信徒们的集会。

那时候，基督徒还受着非人的折磨。依照皇帝的命令，巨大的教堂便被捣毁，圣书遭到焚烧，祭器和烛台也被熔化。基督徒不再受到尊重，只好等死。恐怖遍及亚历山大，监狱里堆满了尸体。在叙利亚、阿拉伯、美索不达米亚、加巴多斯，传说凡是帝国权力所到之地，总有鞭子、拷问架、铁蹄、十字架与猛兽虐杀司教者和贞女。那时，安东尼已经以显圣和隐居闻名于世间了，是埃及的信徒们的领袖和预言者。他飞到亚历山大城中，像老鹰从荒凉的山岳绝顶飞下来一般，穿梭于各个教堂，以他信仰的火焰鼓舞着信徒。异教徒看不见他。他屡次出席于基督徒的集会上，用自己奋起的德行与精力鼓舞着每个信徒。那个时代，奴隶们惨遭迫害。有许多人惊恐地抛弃了自己的信仰。大多数奴隶逃到沙漠，或者是去做隐士和强盗。但是，阿美斯却还是依照参与集会者的习惯，常常去拜访被捕的同道们，埋殉道者的尸体，热烈地宣扬基督教教义。伟大的安东尼发觉黑奴的这种真实的热诚，在回到沙漠里之前，将黑奴抱在怀中，给他一个和平的吻。

苔依丝七岁的时候，阿美斯和她讲到天主。

"良善的天主，"他说，"住在天上，像法老王住在宫殿的帐幕里或是庭院树下。他是古人的古人，比这世界的年纪还要大；他只有一个儿子叫耶稣，比天主和贞女还要美；他全身心地爱着自己的儿子，却对儿子耶稣说：'离开我的宫殿，离开我的海枣树，离开我的活跃的泉水。为了人类的幸福，到地上去。在地上，你将像个普通的小孩子一样；你将在穷人中过着贫穷的生活，痛苦便是你每天的面包。你将哭泣，直到泪流成河，沐浴那些疲倦的奴隶。去吧，我的儿子！'

"耶稣听从了良善的天主，降生到犹太国的伯利恒。他和同伴们在开着秋牡丹的牧场上散步交谈：'饿肚皮的人有福气，因为我将领他们到父亲的饭桌边！口渴的人有福气，因为他们将来能够喝着天上的泉水！哭泣的人有福气，因为我将用比叙利亚女王们用过更为柔软的面纱来揩拭他们的眼泪。'

"因此穷人都爱他，信仰他。但是富人却恨他，恐怕穷人超过他们。那时，正是克雷奥巴特尔和恺撒掌权的时代，他们都怨恨耶稣，于是下令审判官和修道士们把耶稣处死。叙利亚的王子服从埃及女王的命令，在一个高山上竖起一座十字架，把耶稣钉死在十字架上。妇女洗干净了耶稣的身体，把他埋葬。最终，复活的耶稣冲破了坟盖，重新回到他父亲天主的身边去了。

"自从那时候起，凡是为了耶稣而死的人都升到天国。

"天主伸开臂膊，对他们说道：'欢迎你们，你们都爱我的儿子。你们去洗个澡然后去吃饭。'

"他们在美妙的音乐声中洗澡,在印度舞女婀娜的舞姿中吃饭跳舞,听着永远讲不完的故事。良善的天主爱他们胜过自己的眼睛,他们都是他的客人。他们分享着宫廷里的地毯和庭园里的石榴。"

如此这般,阿美斯讲了很多遍,苔依丝于是也知道了真理,她感叹道:"我真想吃到天主庭园里的石榴呢。"

阿美斯回答她道:"只有以耶稣之名而受着洗礼的人,才会吃到天国的果子。"

苔依丝于是要求接受洗礼。黑奴看出她向往耶稣,便决定更加深刻地教导她一番,以便她能走进教堂接受洗礼。他把她当做精神上的女儿,和她十分地亲近。

苔依丝老是被她无理的爹娘驱赶,在家里就连一个睡觉的床都没有。她常常和畜生们一起睡在窝棚里。每天夜里,阿美斯总会偷偷地到那儿去看她。

他轻轻地走近苔依丝卧着的毯子边,两腿蜷曲,上身挺直,保持着黑人世代相传的姿势。他那漆黑的脸和身子消失在黑暗中,只有两只大眼睛闪闪发亮,如同黎明时分从门缝里投射进来的光线。他用尖细的嗓音说话唱歌,那轻轻的鼻音,正如晚间街头响起的音乐,带着一点忧伤的甜蜜。有时,驴子的呼吸声、牛的温和的叫声混合着黑奴的口音,像魔鬼的合唱队般为讲福音的奴隶伴奏。他的话,在那含着热情慈悲与希望的黑暗中,静静地流逝,苔依丝的手握着阿美斯,在漆黑的夜晚和神圣的奥秘和谐之中,在屋梁间漏下来的星光的包围中,她安然微笑着睡去了。

秘密地传教足足有一个年头,一直到基督徒们欣喜地庆祝复活节。却说在复活节的前一周,某天夜里,苔依丝正熟睡在家畜棚里的毯子上，忽然被黑奴抱了起来，他的眼里闪烁出异样的光芒。不同往日，阿美斯穿了件白色的长袍。他把女孩子抱在袍子里，轻轻地说道：

"来呀，我的灵魂！来呀，我的眼睛！来呀，我的小心肝！来穿上这件洗礼之晨的衣衫。"

他紧紧地将女孩子抱在胸口，在黑夜里奔跑。苔依丝惊奇万分，把头露出在袍子外面，用双手抱住朋友的头。他们从黑暗的小路里走；他们穿过了犹太人的区域；他们沿着那斑鸠叫声凄惨的墓地行走；他们走到十字街头，在一个十字架下经过。那十字架上还挂有行刑者的尸体，一群乌鸦正"嗒嗒"地用嘴巴啄取尸臂上的肉，苔依丝缩进黑奴的胸口，再不敢看其他的了。突然间，她觉得像是走进了地下，睁开眼睛，发现自己已在一处狭小的墓穴里了。火炬照耀下，那些站在小羊、鸽子和葡萄藤的中间，身上穿着长衣，手里拿着棕榈树枝人像栩栩如生。

在这众多画像当中，苔依丝认出一个是拿撒勒的耶稣像，他的脚下画着秋牡丹花。房间的中央，水蔓延到边上的一个石槽，一位老人家就站在那儿，他头戴司教的帽子，身穿红色镶金的助祭服。瘦削的面孔，留着长长的头发。虽衣着华贵，但却谦虚温和，他就是彼克兰尼教堂里的司教维旺狄斯。自从教会受了压迫，他被驱逐出外，便学习织工的技能，以制造粗糙的羊毛织物维持生计。他的两旁站着两个贫穷的孩子。他的身边有个上了年纪的女黑奴，手里拖着件展开着的白衣裳。阿美斯将苔依丝放下来，便跪在司教的面前，说道：

"我的神甫，这是我的小灵魂，是我灵魂的女儿。我把她领到你的面前，照你的吩咐，我把她带来了，请赐给她生命的洗礼。"

司教听完，便伸开臂膀，露出满是伤痕的双手。因为他公然宣言他的信仰，在基督教遭受迫害的时代，被剥去了指甲。苔依丝看了有点害怕，便逃回了阿美斯的臂怀里。神甫便温柔地安慰道：

"可爱的小女孩，不要害怕。这里有你灵魂的父亲阿美斯，信仰天主的真正活着的人都叫他泰奥道尔。你还有个温良的母亲，她慈祥为怀，已亲手替你做了件白衣裳。"

他转向女黑奴，依旧对苔依丝说道：

"你这位母亲名叫尼蒂达。她在俗世虽然是个奴隶，但是耶稣却在天上把她归入于他的妻子的名列。"

接着，他向幼小的基督信徒问道：

"苔依丝，你相信全能之神的上帝吗？你相信为了解救我们而死的上帝那唯一的儿子吗？你相信信徒所教导的一切吗？"

两个黑奴一齐答道："是的。"

依照着司教的指引，尼蒂达跪下身来，脱去苔依丝的衣服。女孩子赤身裸体，颈子上挂着一个护符。司教便把女孩子在洗礼槽里浸了三浸。两个穷孩子呈上圣油和食盐。维旺狄斯便拿圣油在女孩子身上一涂，取了一粒盐放在她的嘴唇里。然后，尼蒂达擦干了这个经历许多苦难后，注定会得到永生的身体，黑奴尼蒂达便把她亲手制造的白衣裳给苔依丝穿上。

司教给每人一个爱的吻；待洗礼的仪式结束后，他便脱去了司祭服。

当他们一起走出地下教堂，阿美斯说道：

"今天我们将一个灵魂送给良善的天主，我们应该感到快活，维旺狄斯神甫，让我们去你家吧，让我们玩个通宵。"

司教答道：

"泰奥道尔，你说得对。"

他便领着这一队人到离此不远的家里。家里只是一间房，两架纺织机，一张粗糙的桌子，一张用旧了的毯子。他们一走进房里，阿美斯便叫道："尼蒂达，你去拿锅子和油瓶来，我们来做点好吃的。"

他这样子讲着，便从衣裳下面拿出自己藏着的几条小鱼。接着，他生起火来油煎小鱼。所有的人，司教、苔依丝、两个穷孩子和两个黑奴，都在毯子上坐下来，围坐在一起，吃着鱼，祝福着天主。维旺狄斯讲述自己所受的折磨，又预言教会不久就会胜利。他言辞虽然粗劣，但却充满了比喻和双关语。他用红色的布来比喻正直的生活，关于洗礼的道理，他说道：

"圣灵浮在水面上，所以基督徒要在水中接受洗礼。但是恶魔也住在小河边，供给女妖们所用的泉源非常可怕，因此有些水直接会导致身体和灵魂上的种种疾病。"

有时他用谜语来表达意思，引起孩子们深深的钦佩。宴会结束后，他请每个客人都喝了一点葡萄酒。大家都很欢喜，开始唱起悲歌和赞美歌来。阿美斯和尼蒂达站起身来，跳起他们俩从小就学会的努比亚的舞来。这种爱情的舞蹈，大抵在开天辟地的时候就有了，他们摇动着臂膊和身体，互相装作追找和逃避的样子。他们的眼睛转来转去，在微笑中露出洁白的牙齿。

苔依丝就这样受了洗礼。

她酷爱游戏，随着年龄的增长，她心中便生出了些许希望。她整天和街上游荡的小孩子们跳舞，唱歌谣。等到夜里回到家，嘴里还唱着：

——督尔提·督尔蒂，守着你的家究竟为什么呢？

——我在纺米蓝的羊毛线。

——督尔提·督尔蒂，你的儿子怎么死的？

——从白马的背上，跌下来，跌入了海里。

也是从那时候起，她觉得和男女孩子做伴比和温柔的阿美斯在一起还要好了。她一点儿也没发觉自己的朋友已不常在身边。那是因为基督教的压迫渐渐得到了缓和。基督徒的集会于是多了起来，黑奴非常热心地出席。他热情洋溢，嘴角总会流露一丝神秘。他说富人根本保不住他们的财产。他到贫穷的基督徒所集聚的广场上，男女老少挤在那旧墙壁的阴影里，他便对他们演说奴隶的解放以及正义的日子就在眼前，等等。

他说："在上帝的国土里，奴隶们喝着新鲜的葡萄酒，吃着鲜美的果子，至于富人呢，像狗一样被困在奴隶们的脚下，吃着奴隶们的残羹冷炙。"

这些话在城里传开了。于是，奴隶主们都怕阿美斯煽动奴隶起义。酒店的主人也非常憎恨他，但在表面还是装得若无其事。

有一天，一个供奉于神坛的银盆，在酒店里忽然不见了。酒店的主人和本国的神灵憎恶阿美斯，虽然没有一点证据，却告发说那银盆是他偷的。阿美斯也极力否认盗窃的行为。然而审判官认为即便阿美斯不犯盗窃之罪，也至少是个不良奴隶，所以，竟判决他死刑。审判员对他说道：

"你的双手，没干过什么好事，那就钉在刑架上吧。"

阿美斯平静地听着判决，恭敬地向审判官致谢。在狱中三天，他总是向囚徒们传送福音，据说从此那牢狱的犯人，甚至监狱的警卒，都为阿美斯的言语所感动，信仰了钉在十字架上的耶稣。

阿美斯被押送到十字架街头。就是这十字街头，两年前的一个夜里，他用白衣裳抱着他灵魂的女儿，最爱的鲜花苔依丝，轻快地从这里走过。此时此刻,被钉在十字架的阿美斯却没喊一声疼,他只是叹息了几次,说:"我口渴呀!"

他被钉在十字架上整整三天三夜。简直无法想象,人的肉体能经得住这样长久的折磨,苍蝇已经吃着他的眼屎,但是他会突然睁开充血的眼睛。到第四天的早上,他唱起歌来,那歌声比小孩子的声音还要清灵:

"玛利亚,请告诉我们,在你来的地方,你看见了什么呢?"

接着,他微笑着说道:

"看呀,这儿是良善的天主身边的天使!他们给我拿来了葡萄酒和果子。他们的羽翼振动得多么好听呀!"

他死了。

他在死后依然保持着陶醉于幸福的表情。守护着刑架的兵士们也不禁感叹了。维旺狄斯几个基督教的弟兄,要求取回他的尸体,和殉道者的遗骨放在一处,安葬在圣约翰·巴普蒂斯特教堂的地下室里。基督教教会对神圣的努比亚人泰奥道尔保持着崇高的敬意。

三年之后,马克尚司的征服者君士坦丁颁布一道上谕,保证基督徒的安宁,此后,基督徒除了为异教徒所受苦恼以外,不受任何迫害了。

当阿美斯遭受折磨而死的时候,苔依丝单纯的童年时代便宣告了终结。阿美斯的死让她感到一种忧伤,一种不可克制的恐怖。她的灵魂还不够纯洁,还不能了解奴隶阿美斯是个幸福的人。她幼小的心灵萌发出一种观念,以为要在世上做良善的事情,一定要以可怕的痛苦为代价。她惧怕为善,害怕娇嫩的肉体遭受折磨。

她成年之前,就委身于海港里的少年,晚上跟随着城区流浪的老人。从那些男人身上赚到钱,就去买蜜糕和首饰。

因为她赚到的钱一分也不拿回家,她的母亲便用种种方法去虐待她。为了不挨打,她甚至赤脚逃到城墙上去,和蜥蜴一起藏在石缝里。城墙之上,她看见坐着轿子被抬过的妇女们,装饰得非常奢华,轿子的四周还守护着一群奴隶,她便心生羡慕。

有一天,在挨过一阵分外严厉的毒打后,她吓得蹲在门口边,一个老婆子停下,站在她面前,静静地望了她几分钟,接着便叫道:

"呀,真是一朵鲜花,美丽的小姑娘!把你生下的父母真是幸福呢!"

苔依丝一响也不响,眼光死盯在地上。她的眼眶红红的,一看就知道她哭过。

"我的可爱的白莲花!"那老婆子又开口了,"有你这样一个仙女般的女儿,你的妈妈竟不觉得幸福吗?你的爸爸,看见了你,他的心里竟感觉不到欢乐吗?"

小姑娘开口了,自述道:

"我的爸爸是一个酒鬼,我的母亲是贪财的吸血的蚂蟥。"

那个老婆子东张西望,看四周有没有人,接着她柔声和气地说道:

"温柔的鲜花,漂亮的姑娘,你和我住在一起吧。你只要跳舞微笑,我就给你吃蜜糕,而且我的亲生儿子,会爱你如同自己的眼睛。我的儿子,年轻英俊,他的下巴上只有薄薄的胡须,皮肤又很细软,正如人家说的,像一头亚夏尔奈的小猪呢。"

苔依丝便答道:

"我很愿意和你一起走。"

她站起身来,跟着老婆子走到城外去了。

这个老婆子名叫莫洛埃,她训练一班男孩子小姑娘,教他们跳舞,出租给商人，在宴会上演出。

眼看着苔依丝不久就要长成最美丽的姑娘，老婆子就用鞭子抽打着，教她音乐和唱歌。每当苔依丝那修长的腿不能和竖琴的声音合拍时，便惨遭毒打。莫洛埃的儿子，身体还没有发育，却已老态龙钟，是个看不清年纪，分不清性别的东西。他把对女性全部的憎恶，完全发泄到苔依丝一个人的身上。他要与舞妓们匹敌，就装出舞妓们的风姿，教苔依丝演哑剧，用面部表情，动作姿势，来表达人类的一切情感，特别是情欲。他怀着厌恶的心情对她加以精心指导，但是他又非常嫉妒，因为知道她生来便是供男人享乐的，就像恶毒的女人一样抓她的脸颊，掐她的胳膊，用钢锥刺向苔依丝的后背。多亏他的指导，苔依丝不久后就成为出色的音乐家、哑剧演员和舞蹈家。

主人的恶毒根本不会令她惊恐，反而她觉得是理所当然，对于那个懂得音乐，喝着希腊酒的老婆子，并且有点钦敬了。周游各地的莫洛埃在安达卡停下，便把苔依丝当做舞妓，当做吹笛手，出租给当地的大开筵席的富商们。苔依丝的跳舞大受欢迎。宴会过后，富有的金融巨头们便领着苔依丝到奥龙特河的森林里去。她一点也不了解爱情的珍贵，便委身于所有的人。有天夜里，她正在当地最富贵的少爷公子面前跳舞的时候，有个年轻富丽的男人走近她的身边。原来这青年是总督的儿子。他柔情蜜语地对她说道：

"苔依丝，我为什么做不了扎紧在你头上的花冠，做不了包着你娇爱身体的衣衫，做不了穿在你美丽脚上的鞋子呢！我愿像鞋子一般，踏在你的脚下；我愿我的抚爱变成你的衣衫，你的花冠。来吧，美丽的小姑娘，到我家里去吧，让我们忘了一切！"

苔依丝望着他，发现他很英俊。猛然觉得额上渗出冷汗，她的面色发青，青得像青草一般，她的身体摇摇欲坠：眼皮上像罩住了一片云雾。她不顾他的哀求，拒绝跟他走，热烈的语言和火一般的热情根本不起作用，当他将她抱在臂怀里，强迫她跟他走的时候，她猛烈地推开。他再次哀求哭泣，但是，一种新的、陌生的、不可征服的力量促使她拒绝了。

"真是傻子！"宾客们都说，"洛里尤斯是个贵族，他英俊潇洒，有的是钱，这儿一个吹笛的女人倒看不起他！"

洛里尤斯一个人回到家里，那个夜间，恋爱的热情竟把他整个的身心都包裹起来。第二天早上，他面孔发青，眼睛红肿，将鲜花挂在苔依丝的门上。苔依丝昏乱惊恐着，避不见面，然而在她心里却时时看见洛里尤斯。她觉得很痛苦，但不知道痛苦的根源。她扪心自问反复思考着自己的变化，自己的忧伤究竟从何而来。她厌恶所有的情人，通通把他们赶走，她终日横在床上，将头埋在枕头中痛苦着。洛里尤斯已多次来破门而入，恳求她，诅咒她。但在他面前，她恐惧得像个处女，连连说道：

"我不愿意！我不愿意！"

十五天后，她委身于他，才知道自己是爱他的；她住在他家里，再不肯离开他。这真是一种美妙的生活。他们俩整天关在房间里生活。四目凝望，互诉衷肠。晚上，他们到静悄悄的洼龙德河岸边去散步，到月桂树的树林中去。有时，一等到天亮，他俩就起身，到西尔辟居的斜坡上去采风信子。

两人在一个杯子里喝酒。苔依丝把一粒葡萄送到嘴边，洛里尤斯便将他自己的嘴唇凑近去，从苔依丝的嘴里，用他的牙齿咬出那粒葡萄来。

莫洛埃到洛里尤斯家里来讨还苔依丝,大声呼喊道:

"这是我的女儿,人家抢去了我的女儿。我的鲜花,我的小心肝……"

洛里尤斯给她一笔巨款,把她打发走。但是,老婆子不久又回来,想再要几个金币。洛里尤斯愤怒了,把她关进了监狱。审判官们之后发现老婆子有过前科,于是判决她死刑,将她的尸体丢给野兽吃。苔依丝以她所能想象的热情和真挚爱着洛里尤斯,她真挚地对他说:

"我永远只属于你。"

洛里尤斯回答道:

"你独一无二。"

六个月的欢乐生活后的某天,两人的爱情关系竟破裂了。突然间,苔依丝觉得空虚且孤独。她认不出洛里尤斯了。她想道:

"什么人把我的洛里尤斯在一瞬间变到这个样子的呢?此后他和其他的男人一样,全然不像从前的他了。这个究竟是怎么一回事呀?"

苔依丝既然已找不到洛里尤斯了,就想到别的男人身上去找洛里尤斯,于是,她便离开了洛里尤斯。她又想,与其和一个不再爱的男人一起生活,还不如和一个永远不会爱上的男人一起生活,至少可以减少一点忧愁。每逢佳节来临,总有裸体的处女们载歌载舞,妓女们成群结队地在洼龙德河里游泳,苔依丝也总是陪同纨绔子弟抛头露面。总之,凡是这个怪诞奢华的城市所有的娱乐,苔依丝无不参加;她尤其喜欢戏剧,常常到剧场里去,来自各地的高明的哑剧演员,在此受到戏迷的追捧。

她十分细心地观察哑剧演员、男舞蹈家、喜剧演员,特别是扮演悲剧妇女的女演员,她们在悲剧中扮演青年们所恋爱的女神以及天神所爱的子女，等到她懂得了使观众入迷的诀窍时，她自信会表演好，因为她长得美丽，她便去找领班的，请求允许她也加入戏班里。多亏她的美丽和老婆子莫洛埃的教导，后来她就扮了狄尔塞的角色，登台表演了。

刚开始登台，她缺少经验，没多少人捧场。但是默默无闻地过了几个月，她美丽的威力终究在舞台上大放光芒，全市的人都为之感动。整个安达卡的市民把剧场挤得水泄不通。帝国的司法官以及高等的市民们也被舆论的威力驱使着，朝剧场走去。海港里的脚夫、扫街夫、职工们都省下了韭菜面包的铜钱去买票看戏。诗人们作了很多诗来歌颂她。胡须一把的哲学家们在浴室和竞技场上对她大肆诽谤。基督徒们看见她的轿子经过时，都转过身不去看她。她的屋子的门上堆满了鲜花，洒遍了鲜血。她从情人身边拿来的钱币数不胜数，简直是车载斗量的了。节俭的老头儿们将所积的财宝，流水般地花在她的身上。她的灵魂畅快明朗，受着公众这样的宠爱，受着老天爷这样的恩惠，她的灵魂得到安宁，感到一种快意。她为许多人所喜爱，她也爱自己。

她表演多年，备受安达卡市民的赏赞和爱护，后来，她忽然想回到亚历山大城去了，想在那里显示自身的荣耀。就在那座城市，她的童年遭受着太多的困难与耻辱，饥饿瘦弱得像一只停在尘土飞扬中的蝗虫。如今，这个黄金之都的亚历山大却欢乐地来迎接她了。无数情人、崇拜者蜂拥而至。对于找出一个洛里尤斯这件事，她已深感绝望，因此对所有的男人，她都毫无差别地一律欢迎。

哲学家尼西亚斯便是苔依丝身边许多男人中的一个。他虽宣言过自己的信条是无欲望的生活，但他现在对苔依丝竟有了欲望，来到了苔依丝的门前。他有钱、聪明且温和，然而，他的细心以及优雅的情趣却丝毫打动不了苔依丝的芳心。她不仅不爱他，甚至有时讨厌他的戏谑，而他那事事怀疑者的态度再次伤了她的心。他什么都不相信，她却什么都要相信。她相信天命，相信妖魔的全能，相信命运，相信诅咒，相信永远的审判。她一面相信耶稣基督，一面又相信叙利亚良善的女神，她又相信当阴森的月神赫加特走过十字街头时，鸡狗便会狂叫。她相信女人往用流血的羊皮包裹着的杯子里倒入春药，便能催起男人的情欲。她渴望了解陌生的东西，生活在永久的期待之中。"未来"使她惊惧，但她希望认识"未来"。爱西丝神的神甫、迦勒底的魔法师、药剂师和女巫们都围绕在周围欺骗她，却从不让她厌倦。她怕死，但是她却处处看见死。当她陶醉在恋爱的中间时，她会突然觉得像有一双冰冷的手在触着自己裸露的肩，她面色发青，在那拥抱着她的臂怀里，惊惧地呼喊着。

尼西亚斯对她说道：

"我们的命运或许是白发苍苍，面颊凹陷着沉入永劫的夜晚。此刻，海在茫茫的天空中微笑，或许就是我们的末日，但又有什么关系呢？啊！我的苔依丝呀！及时行乐吧，我们感受愈多，我们的生活便愈丰富。我们不知道的就不存在！所谓'爱'就是理解。我们所不知道的都不存在。我们何必为了不存在的东西而苦恼呢？"

她带着愤怒，回答他道：

"我最看不起像你这样既无希望，也无所忌惮的人。我就是想知道！就是想知道！"

为了探寻人生的奥秘，她便读起哲学著作，可惜她看不懂这种书。她也越加怀念起童年的生活：每到晚上，她便化装到从前悲惨生活时住过的地方：小巷、巡查道和广场。她有感于父母的逝世，尤其感怀于自己没有爱过他们。每次遇到基督教的司祭们时，便会因为想到自己的洗礼而心神不安。有个晚上，她裹着一件长外套，用一顶红色的帽子盖住金黄的头发，到郊外去散步，不知不觉竟走到了破旧的圣约翰的教堂前。她听见教堂内有人唱歌，门缝里透出一丝明亮的灯光。二十年来，基督徒在马克尚斯战胜者的保护下，公开庆祝节日，那礼堂自然会有光亮。他们唱着热情的招魂曲，仿佛是受了神秘的邀请，苔依丝推开教堂的门，竟走了进去。一大群人，女人、小孩还有老人家，他们都跪在一个靠着墙的石棺面前。石棺只是粗糙地雕刻着葡萄蔓的石槽，然而却受到极大的敬意：上面摆满了绿色的棕榈叶和红玫瑰花环。四周的墙壁还点着无数的小明灯，如星光一般地照耀着，阿拉伯树胶的烟雾在星火光中像天使衣衫的褶襞。四面墙壁上绘画出类似天国的幻景。穿着白衣的教士俯伏于石棺之前，和众人唱着诉说受苦的快乐的圣歌，把莫大的喜悦和无数痛苦融合在这个凯旋式的丧事中。苔依丝倾听着，感到生命的欢愉和死亡的痛苦同时汇入她新生的意识中。

唱完歌，信徒们都站起身来，排成一排去和石棺吻别。这些人惯于劳作，步履沉重，紧闭着嘴，眼神发呆，跪下身来，用嘴唇贴着石棺。妇女们将小孩子抱起来，轻轻地将小孩子的面颊贴在石棺上。

苔依丝惊奇而又慌乱，便问助祭，为什么他们要这么做？

那个助祭回答道：

"女人呀，难道你不知道我们今天在追悼圣人泰奥道尔吗？他在皇帝戴克里先时代，为了信奉基督教而受苦，他生则廉洁，死为教义，所以我们都穿着白衣裳，把红玫瑰放在他光荣的墓碑上。"

听了这几句话，苔依丝跪下来，泪如雨下。那些对阿美斯的记忆在灵魂深处复活了。那蜡烛的微光，玫瑰芬芳，香烟缭绕，圣歌的和谐以及对灵魂的追慕，都印在她朦胧温柔而又痛苦的记忆之上。眩惑中的苔依丝想到:"阿美斯活着的时候是卑贱的,现在他是伟大而光荣的!他怎么会如此崇高?那个比财富、快乐更有价值的陌生的东西究竟是什么呢?"

她缓缓地站起来,转到圣人的墓前。那充满着眼泪、紫罗兰般的眼睛是阿美斯曾经爱过的。接着她俯下身,谦卑地、缓慢地,用她那曾经激起无数欲望的唇,吻了石棺。

回到家中,尼西亚斯正在等她。他身上穿着件薄长袍,头上洒了香水,手里拿着一本哲学书。见到苔依丝,他伸开双臂,微笑着对她说道:

"淘气的苔依丝,你怎么才回来?在你还没有回来的时候,你猜我从这斯多葛学派有名的手稿里看到了什么?是道德的训诫和高尚的箴言?不是不是,在这严肃的纸莎草上,我看见成千上万的小苔依丝在那儿跳舞,她们每一个只有手指般大,可是美妙绝伦,都是美丽无比的苔依丝。有的穿着金色红色的长袍,有的穿着半透明的衣服,像白云般翩翩起舞,还有的一动不动,赤裸着身体。还有两个,手牵着手,一模一样,相互微笑着。一个说:'我是爱情。'另一个说:'我是死亡。'"

说着,便将苔依丝搂在怀里,丝毫没有注意到她怒视的目光。尼西亚斯信口开河,苔依丝却根本听不进去。

"我眼睛里明明看见那书上写着'无论对于什么,你不可放弃耕植你的灵魂这件事'。我嘴里却读出'苔依丝的吻比火还要炙热,比蜜糖还要甜'的句子来了。你看,就是因为你这坏孩子,一个哲学家今天竟能这样读书。真的,总之,我们所有的人都只会在别人的思想里看见自己的思想,就好比刚才我在读书时所发现的。"

她听不进去,她的灵魂还在阿美斯的石棺之前。听到苔依丝的叹息，尼西亚斯便在她的颈窝吻了一下，说道：

"不用忧伤，我的孩子。我们只有忘记了一切，我们在这世上才会感到幸福。关于这一点，我们已有不少诀窍。来吧，让我们忘了人生吧，忘了人生，我们就幸福了。来吧，让我们来相爱。"

苔依丝推开了他，心酸地叫喊道：

"我们相爱！你从来都没爱过一个人！何况我也不爱你！我不爱你！不，我恨你！滚吧！我恨你！我憎恶一切幸运而有钱的人！滚出去！滚出去！只有穷人才有善意。小时候，我认识一个死在十字架上的黑奴。他是好人，充满着爱，懂得生活的奥秘。你连给他洗脚都不配。滚开！我不想再看见你。"

她趴在地毯上，哭了整整一个晚上，打算以后要像神圣的泰奥道尔一样，在贫穷与简朴中生活。

等到第二天，她却再次投入到自己沉醉的欢乐世界里。她知道自己的美貌总不能持久，所以急于用它来获取一切的荣耀和欢乐，她在舞蹈方面下足了工夫，把雕刻家、画家和诗人们的想象表现得活灵活现。学者和哲学家们承认，她的形体、姿态、动作和步履中，有一种主宰世界的奇妙的和谐，就把这种完美的优雅列入道德之中。大家都说："苔依丝也是个几何学家。"她又答应给穷人、无知的人、卑鄙的人和羞怯的人表演戏剧，他们把她的表演当成上天的慈惠。但是，在一片颂赞声中，她却感到忧伤，更加惧怕死亡。没有什么能排解她的忧伤，就连人尽皆知的那华丽的成为城中最幽美的庭园，也无法为她解闷。

这里的树木是她不惜代价从印度和波斯运过来，喷泉灌溉着树木，流水淙淙作响，一位能工巧匠模仿古代遗址建筑的假山及有意筑成坍破样子的圆柱倒映在湖面。"仙女洞"耸立于花园中央，它的名字源于洞口三个巨大的妇人像,大理石的这些用彩蜡制成的女人栩栩如生,她们正解衣待浴,小心翼翼地恐怕被人瞧见。阳光透过一层薄薄的水帘,把这个幽静圣地渲染得柔和至极,如同彩虹一般。仙女洞的四壁如同圣地,挂满了花冠、花环和绘画,绿叶环颂赞苔依丝美貌的绘着的书幅,色彩鲜艳的戏剧面具,描写舞台的绘本,滑稽戏子或寓言动物的画片。洞中央的一个小架子上,有个用象牙精致制成的爱神像,那是尼西亚斯送给她的礼物。一面的壁洞里,躲着一匹黑色大理石雕成的雌山羊,那玛瑙的眼睛闪闪地发光,六匹雪花石的小山羊挤在它的乳房边,但它仰起头,提起劲遒的脚,似乎是要去攀登悬崖峭壁般。地上铺着拜占庭的毯子,利比亚的狮皮,堆着卡塞黄种人所刺绣的坐垫。金质的香料匣幽香扑鼻,四周遍布着玛瑙的大花瓶。洞的深处,有一张翻转过来的印度大龟壳,壳上钉着的黄金针闪闪发光,这张龟甲原来就是苔依丝的床铺。每天就是在这里,在花香鸣泉声中,她慵懒地睡去,等待晚餐,为消磨时间,和她的朋友谈天,或者独自斟酌演戏的技巧,回忆着那白驹过隙的岁月。

有一天,她演完戏后在仙女洞里休息,在镜中发现自己已渐渐失去原有的风韵,想着白发苍苍、满脸皱纹的时光终究会要到来,她惊恐着徒然地安慰自己,只要焚烧了某种草,念几句符咒,就能保持肌肤的鲜艳。然而,一个冷酷的声音对她说:"你要老了,苔依丝,你要老了!"她的头上立刻渗出了冷汗,接着,她怀着无限的温柔,再向镜中一望。她觉得自己依然美丽,备受怜爱,于是对着自己微笑一下,轻轻地说道:"在亚历山大城的女人之中,我的身体最柔媚,动作最优美,手臂也最艳丽,呀,镜子呀!我这一双手臂就是恋爱的锁链呢。"

她正在这样想着,看见一个纤瘦的陌生人站在眼前,一双炙热的眼睛，乳粉粉的胡子，身上却穿着刺绣华丽的衣服，她惊怖得啊呀一声，镜子从手里跌落在地。

巴福尼斯站着一动也不动，看着美丽的苔依丝，心里却在祈祷：

"呀，上帝，不要让这个女人的美貌来诱惑你的仆人，盼望以她的面貌来感化你的仆人，使你的仆人更信仰你。"接着，他费力地说道：

"苔依丝，我住在很远的地方，是你的美貌将我领到你身边。人家说你是最高明的演员，也是最有魅力的女人。大家把你的财富和爱情传得神乎其神，令人想到古代的罗陀比斯，尼罗河上的船夫个个都熟知这个美妙的故事。所以，我想认识你。而我现在看到的你却远胜人们的传闻，你比他们说的还要聪明美丽千倍，现在我看着你，不禁对自己说道：'到了她的身边，会像醉汉般身摇欲坠。'"

这些话是虚伪的，但是燃烧着信仰的热诚的巴福尼斯，讲出的话似乎包含着真正的激情，苔依丝注视着这个让她吃了一惊的怪人，倒一点也不觉得厌恶。巴福尼斯那粗糙野蛮的外表，阴郁却如火的眸子，使苔依丝有些震惊。这个男人与她所认识的其他男人截然不同，她很想知道这个人的生活和身份，便带着一丝温柔的嘲笑回答道：

"陌生人，你的赞美似乎来得太快了，当心，我的目光会把你融化！当心，不要爱上我！"

他对她说道：

"我爱你，苔依丝！我爱你胜过我的生命。为了你，我离开了怀念的沙漠；为了你，我本该谨守沉默的嘴里却说出了亵渎神灵的言辞；为了你，我看见了本不应观看的东西，听到了不该听的声音；为了你，我的灵魂扰乱了，我的心展开了，万千思绪好像鸽子饮水的泉源；为了你，我日夜兼程，走过恶魔与吸血鬼所聚居的沙漠；为了你，我赤着脚踏过毒蛇和蝎子。是的，我爱你！但是，我的爱，并不像那些充满肉欲的人，像饿狼和愤怒的公牛扑向你。你得让他们快活，就像羚羊满足狮子般快活。女人啊！他们肉欲的爱将你的灵魂吞噬。我的爱却是精神的爱，真理的爱。我是依天主的爱而爱你的，永不改变。我心中对你的爱是真正的热情，是神圣的怜悯，我为你而来的预言胜过花朵的娇艳和短夜的幻梦，是圣徒的盛宴和天国的婚礼。我带给你的祝福永无止境，无法形容，世上的幸福者哪怕看到这种祝福的影子，都会立刻惊讶而死。"

苔依丝调皮地笑道：

"朋友，请让我看看这不可思议的爱。快点，啰唆的言语或许会有损我的美貌，别浪费时间。我迫切地想知道你口中的幸福。不过，老实说，我恐怕永远不会知道你所谓的幸福，你对我的预言也只是一句空话。预言伟大的幸福要比真正给人以幸福方便多了。人人都有才能，你的才能便是夸夸其谈。你讲到的爱没有人知道。自古以来，人们就互相接吻，现在竟有爱情的秘密还留着，那真是件怪事。但是，关于爱情，情人比魔术师懂得更多呢。"

"苔依丝，不要嘲笑人。我是把未知的爱情给予你。"

"朋友，你来得太晚了，我已认清了爱情。"

"我给你的爱充满着荣耀，你认清的爱却只会产生耻辱。"

苔依丝阴郁地注视着他，额头起了一道明显的皱纹：

"陌生人，你好大胆，竟敢冒犯此地的主人。你看我像不像个无耻的人，请你说吧。不！我不可耻。所有我这样的女人都不可耻，尽管她们没有我漂亮也没有我有钱。我每走一步路，便撒遍快乐的种子，也由此我闻名世界。各国的君主们俯伏于我的脚下，我比他们更有势力。

看看我，看看我的脚，无数男人为了吻它，愿意以生命为代价。我并不伟大，在世上也占不了多少位置。如果从塞拉贝尤姆顶上，望见我在街上走过时，我就只有一粒米那么大，但是就是这一粒米，竟惹得人间充满了地狱般的死亡与绝望，憎恨与罪恶。当大家在我四周呼唤光荣的时候，你却来说我可耻，你难道不是个疯子吗？"

"要知道人类眼里视以为光荣的东西，在上帝面前就是耻辱。我们在不同的地域成长，难怪我们没有共同的语言和思想。可是，老天做证，我希望和你有相同的想法，如果我们没有相同的感情，我决不离你而去。女人啊，谁给我烈火般的寓言，使你像白蜡一般融化于我的呼吸之下，使我那愿望的手指能够任意将你来塑造？灵魂啊！是怎样的一种道德的力量，将你归我所有，我心中涌出一股西洛埃泉水来，使你在沐浴时恢复昔日的纯洁？谁将我变成为约旦河的湖水，使你在波浪之中获得永生？你喜极而泣欢呼道：'只是在今天我才重获新生。'"

苔依丝不再愤怒了。

"这个人讲的是永恒的生命。他所说的一切都写在符签上。他一定是个魔法师，有应对衰老和死亡的秘方。"

于是，她决定委身于他，所以装作害怕的样子，退了几步，到了洞的深处，她巧妙地将披在身上的长袍拉到胸部，然后一动也不动，默然地低垂着，等待着。长长的睫毛在脸上留下甜蜜的阴影，一副羞赧的模样。她赤露着的双脚慵懒地摇荡，像一个少女在河边沉思。

巴福尼斯凝视着，一动也不动。他双膝颤颤地发抖，几乎要倒下，舌头突然发干，脑袋感到一阵眩晕，只看见蒙在眼前的一重厚雾，他以为是耶稣用手遮住了视线，不让他再见那个女人。想到这里，他镇静了许多，立刻恢复了刚毅，以一个沙漠老修道士的庄严口吻说道：

"如果你向我献身,你以为上帝看不到吗?"

她摇摇头说:

"上帝!谁叫他的眼睛总盯着仙女洞?如果我们会冒犯他,就让他走开好了!但是我们怎么会冒犯上帝?上帝既然创造了我们,那么他看见我们像他创造的模样,照他赋予我们的本性而行动,照理他不应有愤怒与惊骇的。关于上帝,世上的人已经讲过太多,甚至把上帝所没有的思想,通通推到他身上。你也是,你知道上帝的本质吗?依着上帝的名义而说话的你,究竟是什么人?"

听完这些话,巴福尼斯便解开了借来的衣裳,露出苦衣:

"我是巴福尼斯,安提诺埃修道院的院长,是从圣地沙漠里来的,收留迦勒底的亚伯拉罕和所多玛的罗的那双伟大的手,将我和俗世相分离,我对人类来说已不复存在。但是,在沙漠中的耶路撒冷,你的形象竟浮现在我眼前,我知道你罪孽深重,死亡就在你身上,现在你在我面前,好像一座坟墓,我向你呼唤:'苔依丝,你自己站起来。'"

听到巴福尼斯、修道士和修道院这些名称,苔依丝吓得脸色发青,她散乱着头发,合着双手,俯伏在圣徒的脚下,哭吟着:

"别害我!你为什么来的?你要我做什么呢?别害我!我知道沙漠里的圣徒是憎恶像我这种专为快乐而活着的女人。我怕你恨我,伤害我。走吧!我绝不怀疑你的威力。但是,巴福尼斯你不应轻视我,不应恨我。我从来没有像我所交际的那些男人一样嘲笑过你。所以,你现在也不要对我的生活横加指责。我是为魅惑男人而活着的,就连你,刚才也对我说你是爱我的。不要用你的法术来处置我,不要用你的咒语划破我的脸,或者将我变为盐柱的咒语,别让我担惊受怕!我实在够怕的了。不要让我死!我是最怕死的。"

他向她做一个手势叫她站起来，然后说：

"孩子，放心吧。我不是来羞辱和轻视你的。我受着伟大的主的使命而来。那伟大的主坐在井边，饮着撒玛利亚人递给他的水，他在西门家吃饭，闻着玛利亚的香。我只要一谴责，你就会犯罪。上帝所赐给我那丰富的恩惠，我常常乱用。领我到此地来的，并不是上帝愤怒的手，却是他怜悯的手。我可以一无作为地用着爱情的言语来接近你，因为这是引导我来的心中的那份激情。慈悲之火激励着我，如果你惯于用肉欲的卑鄙的眼睛去看待世界，那么站在你面前的我，在你眼中不过是天主从火棘上折下来的一根枝。天主为要使摩西知道什么是真正的恋爱，在山上会显示一堆热火的野蔷薇给他看。原来真正的恋爱是一堆火。这些使我们激动而无害的爱情，留下的煤炭和灰烬绝对不会没用。凡是被这爱火烧过的地方，都会充满永久的芬芳。"

"我相信你了。我不再怕你陷害诅咒我。以前我常常听人讲到隐居地的隐士们，听到安东尼和保尔的生活是神奇不可思议的。我也听过你的名字，人们说你虽然还年轻，但修德却和最老的修道者一样深厚。我最初看见你，就知道你不同寻常。告诉我，爱西丝教或赫尔梅斯和天国朱农的神甫们，迦勒底的占卜者及巴比伦的魔法师们不能办到的事，你能为我做吗？如果你爱我，能让我长生不老吗？"

"女人呀。只要内心充满希望便能活着，你且避去那让你万劫不复的污秽的欢乐吧。让这上帝亲自用他唾液捏成、用气息吹成的身体，脱离恶魔的熊熊烈火吧，否则恶魔要将你这身体恐怖地废弃。当你筋疲力尽的时候，来饮孤寂里祝福的清泉，那隐在沙漠里涌向天上的泉源。烦恼的灵魂，来得到你所希冀的东西吧！贪图快乐的心，来尝尝真正的欢乐吧：贫穷、遁世、忘我，在上帝的怀抱，放弃一切的存在。今天你是基督的敌人,明天便做他最爱的人,到基督的身边去。去吧!前去探寻的你将来会说:'我得到爱了!'"

苔依丝凝视着远方,问道:

"修道士,如果我抛弃现在享乐的生活,如果我也忏悔,我纯洁的身体,真能如从前一样美丽,再获新生吗?"

"苔依丝,我给你带来了永生。请相信我,因为我所说的是真理。"

"谁能保证你说的是真理呢?"

"大卫、预言者们和《圣经》及就要包括有你在内的许多奇迹。"

"修道士,我相信你。老实说,我在这世上找不到幸福。我的命运胜过女皇的命运,但是,生命却带给我很多忧伤和苦楚,现在我感到无比疲倦。所有的女人都羡慕我,而我有时却羡慕那个没牙的老婆婆。我小时候,在城门口买她的蜂蜜糕。我常常想,只有穷人是良善、幸运、有福的,低贱卑下的生活中有一种巨大的甜味。修道士,你搅起了我灵魂深处的波澜,唤起了我沉睡的情感。呀!我该相信谁?我会变成什么,生命又会怎样?"

她这样说着,一种信仰的欢悦浮现在巴福尼斯的脸上。他说:

"听我说,我并不是一个人来的,还有'另一人'陪着我,这'另一人'就站在我的身旁。你看不见这'另一人',因为你的眼睛还没有资格看见他;但是不久你就能在他美丽的光辉中看见他了,你将说:'只有他是可爱的!'刚才,如果不是他把温柔的手按在我的眼上。呀,苔依丝!我或许已和你一起坠入罪恶,我自己只会'软弱'和'错乱'。但是,他拯救了我们,他的良善和仁慈同样伟大,他的名字是'救世主'。大卫向世界预言了他的出现,他在摇篮里便受牧人和三王的崇拜,他被法利赛人钉死于十字架,圣女们埋葬了他,使徒又使他复现于世,殉教者们证实了他的存在。他就站在这儿,因为知道你害怕死亡,女人呵!所以到你的家里来,为你抵御死亡!呀,我的耶稣!这时你在我面前,就像那美好的日子出现在加利利人面前,你和群星一起从天而降,离地面这么近,伯利恒的露台上圣洁的孩子们,在母亲怀抱里玩耍时都能把它们抓在手里。我的耶稣,我们和你在一起,不是你向我们显现了你宝贵的真身吗?那不就是你的脸?面颊上还流淌着一滴真实的泪吗?是的,末日裁决的天使一定会接住这滴眼泪,这将是苔依丝灵魂的赎金。我的耶稣,你不是在这儿吗?我的耶稣,你那令人崇敬的嘴唇张开来了。你能讲话了。讲呀,我听你讲。你,苔依丝,幸福的苔依丝!你听救世主来和你讲话,这是主并不是我讲的。他说:'呀,我找了你很久,我迷路的羔羊!我终究还是找到了你,别再逃开我了,可怜的小姑娘,来握住我的手,我会背着你,到天国的羊棚里去。来吧,我的苔依丝,来吧,我所选择的人,来和我一起哭泣吧!'"

说完这几句话,巴福尼斯便跪在地上,眼里充满着欢悦。苔依丝看见这个圣徒的脸上映出耶稣的影子。

"呀,我逝去的童年呀!"她叹息说,"呀,我的温和良善的父亲阿美斯呀!你在晨光之中,抱着我去受洗,我为什么不在你的白衣袍里死去呢?"

巴福尼斯听着这几句话,便跳到她身边去,叫道:

"你是受过洗礼的呀,神的智慧,上天之心呀!良善的天主呀!我现在知道那领我到你身边来的威力了!苔依丝,我现在知道,为什么你在我的眼中,是那样可爱和美丽了,原来这是洗礼水的威德,它使我离开了上帝的庇护所,到俗世污秽的空气来找你。一滴水,定是洗你身体的一滴水,溅在我的额头上。来吧,我的姐妹,来接受你弟兄的一个友好的吻吧。"

修道士用嘴唇碰了苔依丝的额头。

接着他静默了，让上帝去讲话。在仙女洞，只有泉水的歌唱伴随着苔依丝的啜泣。

当两个女黑奴拿着衣衫、香料和鲜花来到仙女洞，苔依丝还没擦干眼泪。

"真不该这么哭，"她勉强地微笑，"眼泪哭红了我的眼睛，弄花了脂粉。今天晚上，我要到朋友那儿去吃饭。那儿的女人要看我出丑，我偏要装扮得美丽脱俗。这两个奴隶是来替我打扮的，神甫，你先走开一下，让奴隶来做事。她们灵巧且经验丰富，我给出的工资也很高。你看这个戴大金环的女奴，她的牙齿多么雪白，她是我从总督夫人那儿夺过来的。"

巴福尼斯起初想全力反对苔依丝去赴宴。后来，他决定见机行事，便问在宴会里将遇到什么样的人。

她回答说将会见到宴会的主人海军司令官老科塔，其次是尼西亚斯以及其余几个喜欢辩论的哲学家、诗人加里拉德、赛拉比斯大司教，还有最喜训练马匹的纨绔子弟，最后便是那些除了青春便无话可聊的女人们。于是，出于一种超自然的启示，巴福尼斯说道：

"去吧，你到他们那儿去。苔依丝，去吧！但是我不愿离开你，我和你一起去赴宴，我待在你身边不说话就是了。"

她不禁大笑。两个黑奴忙着替她打扮，她说道：

"他们看见一个来自隐居地的修道士做我的情人，他们会怎么说呢？"

 宴会

巴福尼斯跟在苔侬丝后面,大部分宾客都已坐在长椅子上,面对着马蹄形的餐桌。桌上摆满了闪闪发光的杯盘,餐桌的中央有个装有煎鱼的银盘,盘中载着四个半神半兽的银像,每个银像都倾倒着一个革囊,从革囊里流出的盐水正好流到水盘中烧熟的鱼身上,烧熟的鱼便像活的一般在那盘中游泳。苔侬丝一到,欢呼声响彻大厅:

"向那音乐之神致敬!"

"向那静默的悲剧的女神致敬,她的眼神能表达一切!"

"向那神明与人类所最爱的宠姬致敬!"

"向人心所最为热望的女人致敬!"

"向那给人以痛苦而又能治愈痛苦的女人致敬!"

"向那拉各底斯的珍珠致敬！"

"向那亚历山大城的玫瑰花致敬！"

她不耐烦地等着这赞美的激流过去；接着她向那宴会的主人科塔说道：

"吕西尤斯，我给你带来一个沙漠的修道士，巴福尼斯，安提诺埃修道院院长。他是个伟大的圣徒，他的话语像火一般地热情。"

吕西尤斯·奥雷利尤斯·科塔，站起身来说道：

"欢迎你，巴福尼斯，你信仰基督教。基督教今后就是帝国的宗教信仰，我自己也怀有若干的敬意。神圣的君士坦丁将你的同道者列入帝国最重要的朋友。拉丁人的智慧确实应该让你的基督进入我们的万神殿。我们的祖先有句谚语：任何神的身上，都有若干神圣的东西。不谈这些了，让我们畅饮一番，及时行乐吧。"

老科塔畅快地这样说。他近来研究了一种军需的新型帆桨战舰，又写完了他的《迦太基人历史》的第六卷，他自信并没有浪费光阴，对于自己和本国的神明都很满足。他又接着说道：

"巴福尼斯，你在这儿见到的几位都值得爱慕：赫尔莫道尔——塞拉比斯的大祭司，哲学家如多里楠、尼西亚斯和谢诺旦米，诗人加里拉德，年轻的勒雷亚斯和亚里史督比尔，他们两人都是我年轻时一位挚友的儿子；他们身旁的费利娜和杜洛姗都是美丽的女人，值得大大称赞。"

尼西亚斯过来和巴福尼斯拥抱，并且耳语道：

"我告诉你，女神维纳斯的威力非常大，是她甜美浓烈的魅力让你不由自主来到这儿。请听我一句话，你是个充满信仰的人，但是如果你不承认她是众神之母，那你注定失败。要知道那个老数学家梅朗特常常说:'没有维纳斯的帮助,我便无法证明三角形的特性了。'"

对着巴福尼斯已望了好一会儿的多里榊,突然拍起手来,发出赞美声:

"朋友们,这是他!他的眼光,他的胡子,他的长袍,没错,就是他!当我们的苔侬丝在舞台上露出灵巧的双臂时,他就非常激动,我敢证明,他确是个光明磊落的男人。现在他就要痛斥我们所有的人,他口才很厉害。如果马尔居斯是基督徒中的柏拉图,那么巴福尼斯便是他们的德摩斯梯尼。就连在自己小庭园里的伊壁鸠鲁,也从未领略过巴福尼斯的口才。"

费利娜和杜洛姗一直用贪婪的目光盯着苔侬丝。她金黄的头发上戴着紫罗兰的花冠,那柔弱的颜色,便让人想到她眸子的神采。那花朵正像她的暗暗的眼睛,那眼睛正像那闪着鲜艳的花朵。在她身上,一切都有了生命,生机勃勃,十分和谐:这是天赋予这个女人的美貌。她的织有银丝的淡紫色的裙子,长长的褶襞间,荡漾着一种近乎阴郁的雅致。她既不戴手镯,也不用头饰,装饰的一切光彩就在她的赤裸着的臂膊上。两个女友不由赞叹着她的裙子和发饰,她却绝口不提这些。

"你多美呀!"费利娜对她说,"你刚到亚历山大城的时候,还没有这样美。然而,我的母亲见到你时,就说很少有女人能和你匹敌。"

"那是谁呀?你领给我们看的这个新情人?"杜洛姗询问道,"他有点粗糙野蛮的气质,如果有牧象人,那一定就是这种人。苔侬丝,你从哪儿找到这样一个野蛮的朋友;不是从住在地下,涂满着地狱的黑烟那儿找来的吧?"

费利娜却将一个手指按在杜洛姗的嘴上,说道:

"住嘴,爱情是神秘的,不许打听。当然,我宁可与埃特纳火山口接吻,也不愿和这个男人接吻。但是,我们温柔的苔依丝,既然美丽尊贵得如同女神般,便应像女神一样,接受一切的祈愿,而不是像我们这样,只接受那可爱的男人们。"

"你们俩都当心!"苔依丝回答说,"他是个巫师,不仅听得到人们的低语,而且能看透人们的思想,他会趁你们睡觉时挖出你们的心,再换成一块海绵塞进去,第二天,你们一喝水,就会胀死!"

苔依丝看见她们俩脸色发白,便转过身去,坐在巴福尼斯身边。

科塔命令而又亲切式的声音一下盖住了宾客们的密语:

"朋友们,大家就座吧!奴隶们,来筛蜜酒!"

接着,主人端起酒杯,说道:

"首先为尊贵的皇帝君士坦斯,为我帝国的守护神明干杯。祖国高于一切,甚至高于神明,因为它把一切神明都包括在内了。"

所有的宾客们都举起满满的酒杯来喝,只有巴福尼斯滴酒不沾,这是因为君士坦丁在残害尼塞的信仰,而且也因为基督徒的祖国根本不在这世界上。

多里楠喝了一口酒,喃喃地说道:

"什么叫祖国?一条流动的河,那河岸是变迁的,那波浪是时刻变幻的。"

"多里楠,"海军司令官回答说,"我知道你一点也不尊重公德,你所谓的哲人也应该超出一切世俗而生活。恰恰和你相反,我认为正直的人不应该胡思乱想,而是要挑起祖国的重担。祖国是美好的!"

塞拉比斯的大祭司赫尔莫道尔说话了:

"多里楠刚才询问:'什么叫祖国?'我要回答他说:'祖国就是神明的祭台和祖先的坟墓。共同的记忆与希望使人们彼此称为同胞。'"

年轻的亚里史督比尔岔断了大祭司的话道：

"今天我看见一匹漂亮的马，是德莫丰的，马头消瘦，下颌小，腿却粗壮。脖子很长傲然地仰视，像一只雄鸡。"

但是勒雷亚斯摇摇头说：

"那匹马并不像你说的那么好。马蹄很薄，脚踝着地，那畜生不久就要跛的。"

正当两人还在辩论，杜洛姗突然尖锐地叫道：

"哎哟！我差点儿吞掉一根比匕首还要尖的鱼骨，好在我及时把它拔了出来，神明爱我呵！"

"我的杜洛姗，你不是说神明爱你吗？"尼西亚斯微笑着问道，"照你这样说，神明也有人类的弱点了。假设所谓爱情，就是沉溺于内心的一种软弱的情感，万物由此便暴露出自己的弱点。如此说来，神明为了杜洛姗而感到了爱，正是神明并非完美的一大证据了。"

听了这句话，杜洛姗勃然大怒：

"尼西亚斯，你简直荒唐透顶、索然无味。你根本不懂别人在说什么，就会用一些没意义的话来回答，这就是你的特色。"

尼西亚斯仍旧微笑着说：

"说吧，我的杜洛姗。不论你说什么都好，总之你每次一开口，便应感谢你。你的牙齿是多么地漂亮呀！"

这时，一个衣着随便、步履缓慢的老人，昂着头庄严地走进大厅。他用平静的目光看了看宾客，科塔招他过来坐在自己的长椅子里，说道：

"安克利德，欢迎你来！这一个月是不是又写了部新的哲学著作？

如果我没算错，这本新书，是你用雅典人的手执着尼罗河的芦苇所写出的第九十二部著作了。"

安克利德捋着银白的胡须答道：

"夜莺为唱歌而生，我是为赞美不朽的神明而生存于世的。"

多里楠说：

"我们来向斯多葛学派最后的学者安克利德致敬。他庄重清白，站在我们中间，仿佛是祖先的形象！他在人群中是孤独的，讲的话无人能懂。"

安克利德说：

"多里楠，你错了。道德的哲学在这世上并没有消失。我在亚历山大、罗马、君士坦丁有许多弟子。就是皇帝的外甥中间也有我的许多弟子。他们自由自在地生活，超越万物，因而尝到一种无边的快乐，有几个就是再生的爱比克泰德和马可奥勒留。不过，如果道德真的永远从大地上消灭，道德的继长和消灭并非取决我，与我的幸福又有什么关系呢？多里楠，只有疯子才把他们的幸福放在自己的能力之外。我想众神之所想，恶众神之所恶，由此便变得和他们一样，分享着自身的满足。如果道德消失了，我也同意它消失。这种满足，和我的理性与勇气做出了最大的努力才获得满足一样，给我带来无比的欢乐。无论什么事情，我的智慧都是模拟神明的智慧，模仿比原型更可贵：因为抄本需要付出更多注意，更大努力。"

尼西亚斯说：

"我明白，你是附和天国里的神明。安克利德，但是如果道德只存在于努力之中，在于这些芝诺的弟子们企图变得与神明一样的压力中，那么，那想膨胀到牛一样大的青蛙，不是就能完成斯多葛学派的杰作了吗？"

安克利德说：

"尼西亚斯，你嘲笑人，你一贯取笑人的本领真不小。但是如果你所说的牛，像阿比斯一样，像在我这儿所看见的祭祀的地下神牛一样，如果那只青蛙得到可贵的神明感召，而欲与神牛一样巨大，这只青蛙的德义不是比那头牛更高吗？对那样勇敢的小动物你能不赞美吗？"

这时，四个仆人把一只还覆盖着鬃毛的猪抬到桌上。几头蒸熟的粉制猪崽，盘踞在猪身的四周，仿佛要吃奶一般，显然这是一头母猪。

谢诺旦米转向巴福尼斯说道：

"朋友们，有位客人不请自来，他就是有名的巴福尼斯，他在荒野里过着一种我们难以想象的神奇生活。"

科塔说：

"谢诺旦米，你说得对。既然他是不请自来的客人，就该给他留下最好的位子。"

谢诺旦米说：

"主人，所以我们应该用一种特别的友情来招待他，谈论使他感到快乐的事情。他对思想芬芳的兴趣肯定比肉的香味更加浓厚。毫无疑问，只要把谈话引到他所宣传的教义，那钉在十字架上的耶稣的教义，一定可以令他欢喜。我对教义很有兴趣，教义里包含的寓言真是多种多样，丰富得很。如果我们从文字里推测它的本义，那基督教教义充满真理，而且我认为上帝的启示在基督徒的书里也很丰富。但是，巴福尼斯，我无法给犹太的《圣经》以同样的评价。众所周知，那些书受到的不是神明的精神，却是靠恶魔写成的。口述犹太《圣经》的耶和华原来是恶魔之一，他创造劣等的空气，是我们大部分不幸的根源。他的无知和残酷首屈一指。环绕在智慧树四周的,那条青色生着金翼的蛇,倒是用光明和爱情来捏成的。因此,自从世界的第一日,光明与黑暗的两大势力间的争斗便不可避免地爆发了。亚当与夏娃,世界上的第一个男人和第一个女人,在伊甸园里赤裸着生活。不幸的是,耶和华起了统治他们和夏娃后代的念头。然而,耶和华既没有什么圆规,又没有什么竖琴;既没有那号令一切的智慧,也不具备那令人信服的艺术,他便用着恐怖的幽灵,任意的威吓和雷霆的凄声来惊惶这两个可怜的孩子。亚当与夏娃在他阴影的笼罩下抱在了一起,在恐慌之中,他们的爱情更加浓烈。蛇施与怜悯,决计教导他们,因为有了智慧就不会被诳言所欺骗。这个计划需要格外谨慎,这第一对男女的软弱几乎让蛇失望,然而热衷的守护神还是想试一试。耶和华自以为无所不知,其实他的目光并不敏锐。蛇乘其不备,便靠近两个生物,用它身体的光彩,翅翼的辉耀来吸引他们的目光。它又将身体做成圆形、椭圆形和螺旋形等正确的形体来唤起他们的思想,那令人赞叹的特性,其后均为希腊人所认识。亚当比夏娃强,思索着这些形体。但是当蛇讲起话来,教导那最高、形而上的真理时,它看出亚当是由红泥捏成的,天资迟钝,难于理解这过于微妙的知识,夏娃则相反,更温柔和敏锐,很容易参透知识的奥妙。于是,蛇趁亚当不在时便和夏娃去说话,以便先传授给她⋯⋯"

多里楠说:

"谢诺旦米,请允许我打断你。你讲的这些神话,我听得出是雅典娜神庙的战争女神跟巨人们战斗的一段插曲。耶和华最像地狱之神,雅典人在扮演战争女神时身边总是放着一条蛇。但是照你所讲,我却怀疑你所说的蛇的智慧或善意了。如果蛇真的智慧,怎么会把智慧放进无法容纳的女人的头脑里呢?女人的脑子无法容纳智慧啊。我倒宁愿相信,它和耶和华一样,是无智而虚伪的,它选择了亚当,因为它猜亚当更有智慧、善于思考,而夏娃容易受蛊惑。"

谢诺旦米说:

"多里楠,要知道要达到那最崇高、纯粹的真理,不是靠思虑和智慧,却是完全靠感情的。女人大都缺少思虑,但却比男人触觉敏锐得多,所以更容易接受神奇的事物。女性颇有预言的天赋,所以人们扮演西塔莱德的阿波罗和拿撒勒的耶稣时,有几次穿上女人的轻飘飘的长袍,所以也不无道理。

"多里楠,不论你怎样说,蛇那位启蒙教师是聪明的,你偏爱亚当的理解力,但蛇还是选择了那比星星还亮,比乳汁还白的夏娃。夏娃温柔地听从了蛇的话,跟着到了智慧树边。那苍天大树直耸云天,上帝把这棵树当做玫瑰花来浇灌,茂盛的树叶讲着未来的人类的语言,所有的声音汇成一曲美妙的合唱,树上硕果累累,吃了果子的人能获得关于金属、矿物、植物以及物理和道德的知识。但是,果子像火焰一般燃烧,所以怕死怕痛的人便再也不敢将它们放进嘴里。却说夏娃听从了蛇的忠告,摆脱了无谓的恐惧,很想尝尝能给人带来上帝智慧的果子。为了使爱着的亚当不比自己差,夏娃便拉着他的手,领到那棵神奇的树下。她采下了一个火热的苹果,咬了一口便递给她的伴侣。不幸,花园里散步的耶和华,发现了他们,看到他们有了学问便大为惊骇,尤其是他的妒忌更是可怕。他聚精会神,在下界制造出雷鸣般的骚乱。那对可怜柔弱的男女吓得要死,苹果从男人的手里落了下来。女人抱着丈夫的头,说道:'我情愿愚蠢,我要和你在一起受苦。'胜利了的耶和华便把亚当和夏娃以及他俩的子孙都抑制在惊惶与恐怖之中。耶和华用雷电的法术打败了蛇那些音乐家、几何学家的智慧。他把不义、愚蠢和残虐教给了人类,让罪恶支配了大地。他尽力追放该隐的子孙,因为他们懂得技能;他消灭了费利斯坦人,因为他们能创作崇拜俄尔甫斯教的诗歌,能写一些伊索式的寓言。幸而在希腊人中出了几个智慧的人,像毕达哥拉斯,像柏拉图,他们靠着天才的能力,重新找到了耶和华的仇敌试图教给夏娃的那些图形和观念。蛇的精灵就在哲人身上,所以诚如多里楠所说,雅典人都崇奉蛇。到了现在,有三个圣灵化为人形来到人间,那就是加利利的耶稣、巴西利德和瓦朗丹三个人。那棵智慧树,根株纵横于地下,树梢则直耸于天际,生着最光亮的果实,耶稣等三人摘下了最鲜艳的果实。人们总把犹太人的罪过归咎于基督徒,为了替基督教报仇,我要说的就是这些。"

多里楠说:

"如果我没听错的话,你说的那三个值得赞美的人——耶稣、巴西利德和瓦朗丹,都发现了毕达哥拉斯、柏拉图以及一切希腊的哲学者,甚至连使人类摆脱一切痛苦的圣者伊壁鸠鲁都没发现的秘密。那倒不得不请问,这三个人究竟用什么方法得到了哲人都想不到的知识呢?"

谢诺旦米说:

"多里楠,你要我重复说一遍吗?我对你说过了,科学和冥想不过是智识的初步,只有心境才能通向永恒的真理。"

海莫徒说:

"谢诺旦米,确实,灵魂靠人神来养育,就像鸣蝉是靠露水来滋养。说得更恰当一点,只有心灵才有力量达到那八面玲珑的境地。因为人有三重性:首先是物质的身体,其次是比物质的灵魂较为高尚的心魂,最后是一个不朽的灵。这个'灵'犹如走出了静默寂寥的宫殿一般,走出了自己的身体,接着,它飞越自己魂的庭园,而回到神明的地方去，体会一种提前死去不如说未来生命的欢乐，因为死就是生。这时候，它拥有着神明的纯洁，便得到了无限的喜悦和绝对的真理。灵便归于一，完美无瑕。"

尼西亚斯说：

"你说得真好。但是，老实说，海莫徒，我在全有和全无之间，却看不出有什么不同。就是全有全无这几个字，我都难以分辨。无限与虚无简直一模一样：两者均非人所能了解。照我看来，完德的代价实在昂贵，我们为要得到它，而不得不把以全部的生命为代价，这就是所谓人类的不幸了。自从哲学家们带头美化上帝以来，实际连上帝自己也未能幸免。此外，如果我们不知道究竟什么叫不存在，我们对存在也要感到莫明其妙了。我们什么也不知道的。有人说人们之间不可能互相了解，我倒认为，尽管我们争论不休，到头来却不可能不取得一致，都肩并肩地埋在堆积起来的矛盾下面，好比贝利翁下的奥萨山。"

科塔说：

"我很喜欢哲学，也在空闲的时间研究，不过，我只在西塞罗的书里才能看明白。奴隶们，来倒甜酒！"

加里拉德说：

"真是桩怪事！我肚子饿的时候，一想到古代悲剧诗人们参加仁慈君主的宴会，嘴里就流口水，可一尝到你斟给我们满满的美酒，却只幻想着世间的争战，英勇的功章，为自己没有活在荣誉的时代而脸红。我主张自由，时常想象着自己和最后的罗马人在菲利普斯的战场上洒下热血。"

科塔说：

"共和制衰颓之顷，我的祖先和布鲁图为自由而献出生命。但是所谓罗马人民的自由，实际不就是统治人民的权力吗？我不否认，自由是国民的最大利益，但是随着岁月的流逝，我却愈相信只有强有力的政府，才能保障人民的自由。四十年来我从事国家最高的职务，长期的经验告诉我，政权衰落，人民便受压迫。所以，像大多数浮夸的修辞学家，尽力要使政府衰弱的人，实在是犯了不可饶恕的罪孽。如果说个人的意志有时会造成重大损失，那么一切要征得人民同意的决定便根本不能实现，在古罗马平和的威光满布世界之前，人民只有在一些聪明的专制君主统治下才能获取幸福。"

海莫徒说：

"在我看来，根本就没有什么政府形式是好的，以后也不会发现。比如聪明的希腊人，设想出许多巧妙的形式，但却找不出一个好的政府形式。在这方面，我们都不要抱什么幻想。某些肯定的迹象表明，世界快要沉沦于愚昧与野蛮中。我们正在经历着文明灭亡之前的可怖挣扎。智慧、科学、道德所提供的一切满足都消失了，我们只剩下看着自己将死的残酷乐趣。"

科塔说：

"百姓的饥饿，野蛮人的暴动确是可怕的灾祸。但是有一支优秀的舰队，一支训练有素的军队以及良好的财政……"

海莫徒说：

"自负又有什么用呢？行将灭亡的帝国很容易成为野蛮人到手的战利品。古希腊的天才和拉丁人耐心建立的城市不久就将为酒醉的野蛮人所侵略，哲学和艺术将灭绝于世。圣殿里灵魂上的神明的形象将一起倾倒，这将是灵的黑夜，世界的死亡。请问我们如何相信萨尔马特人永远献身于智慧的事业？日尔曼人会探讨哲理和音乐，卡特人和马尔哥芒人会崇拜不朽的神灵？不会的！古老的埃及曾经是世界的摇篮，不久会变成世界的地下坟墓，一切将沉沦于地狱。死神塞拉比斯将受到人类最高的崇拜。我或许要做最后这个神的最后一位神甫。"

这时候，一个古怪的人掀起了挂毯，宾客们看见一个矮小伛偻的男人，光秃的头尖而耸起。他着亚洲人的装扮，穿着一件天青色的上衣，腿上像野蛮人一般穿着金星红色裤。巴福尼斯一眼就认出是亚里亚尼教徒麦尔居，不由吓得脸色发白，慌忙用手抱住头，生怕遭到雷击。在这个魔鬼的宴会上，他不怕异教徒渎神的言语和哲学家可怕的误谬，独有这个异端分子的出现顿使他心惊胆寒。他想溜走，可是苔依丝的目光立刻使他镇静了许多。他抓住那拖在地上的裙子下摆，心中祈祷着救世主耶稣。

一阵恭维的声音迎接着这个被称为基督教中柏拉图的来宾。海莫徒第一个和他讲话：

"赫赫有名的麦尔居，你的光临使我们备感愉悦，你来得正好。我们只了解公开教授的基督教学说，然而一位像你这样的哲学家的思想肯定不凡。关于你所信奉的宗教的主要奥义，我们都等着听你的高见呢。如你所知，我们亲爱的谢诺旦米最热衷研究宗教，关于犹太的《圣经》，刚才他还问过有名的巴福尼斯。可是巴福尼斯拒不答复，对此我们不该感到意外，因为我们这个贵客是谨守静默的，上帝在沙漠里已将他的舌头封固了。但是麦尔居，你在基督教会议上，甚至在君士坦丁皇帝的评议会里，常常发挥你的辩才，如果你愿意，定能满足我们的好奇心，把那基督教神话中的哲学真理讲给我们听。基督教真理的第一条，不就是只有一个上帝的存在吗？对此我确信无疑。"

麦尔居说：

"是的，可敬的弟兄们，我信仰唯一的上帝，只有一个，永恒的，是万物的本源。"

尼西亚斯说：

"麦尔居，我们知道你的上帝创造了宇宙。当然，这是他生涯中的一大危机。他早在要创造宇宙之前就已存在于永恒了。但是，照我想来，为了公正，他的境遇最为难堪。要想完美就必须无所作为，但是如果他要证明自己是存在的，便不得不行动，你向我保证他确实要行动，虽然行动在一个完美的上帝看来，是一桩不可饶恕的鲁莽行为。但是，麦尔居，请你和我们讲讲，上帝究竟如何创造宇宙？"

麦尔居说：

"掌握了知识原则的人，像海莫徒、谢诺旦米等人，即使不是基督教，也知道上帝并非直接，也没有通过中间人来创造世界。万物是他唯一的儿子创造的。"

海莫徒说：

"你说得没错，麦尔居，这个儿子备受崇拜，甚至他的所有名字，像是米特拉的赫姆斯、阿多尼斯、阿波罗和耶稣都受到崇敬。"

麦尔居说：

"除了耶稣、基督和救世主之外，如果我再给他另外一个名字，我就绝对不是基督徒。他是上帝真正的儿子。但既然是有开端的，那就不能是永恒的；至于认为他在出生之前就已经存在的想法，那简直就是胡思乱想，只有尼塞的骡子和以阿塔那斯的可恶名字长期统治亚历山大教会的倔驴才想得出来。"

听了这几句话，巴福尼斯面色发青，出了一头冷汗，他画了个十字，仍旧谨守着高贵的沉默。

麦尔居继续说道：

"尼塞的信仰迫使唯一的上帝和他的产儿、万物的创造者分享他不可分割的属性，因而有损于上帝的威严。尼西亚斯，请你不要嘲笑基督教的真神；要知道上帝就好比田野里的百合，既不工作，也不走路。劳动的并不是上帝，是他唯一的儿子，这就是耶稣，他创造了世界，后来又来修补他的产物，因为创造不可能完美无缺，'恶'是统一于'善'的中间。"

尼西亚斯说：

"什么叫善？什么叫恶？"

在一阵沉默中，海莫徒把手臂伸到桌布上，拿出一个科林斯的金属制成的驴子，它驮着两个篮子，一个装的是白橄榄，另一个装的是黑橄榄，他说："看看这两种颜色的橄榄多好看，一种是亮色，另一种是暗色，我们觉得很满足，但是如果它们有了思想和智识，白色的便要说了：白色的橄榄是善的，黑色的橄榄是恶的，黑色的橄榄自亦厌恶白色的橄榄，我们是旁观者清，因为我们处于中立的位置，犹如上帝在我们之上。对于井底之蛙的人类而言，恶是恶的。而对无所不知的上帝来看，恶便是善了。自然，丑就是丑，不是美。但是如果一切都是美，一切就要不美了。所以，善中有恶，这一点比那第一个柏拉图更伟大的第二个柏拉图已经证明了。"

安克利德说：

"说得更道德些，恶之为恶，并非对世界而言，因为它不破坏世界上破坏不了的和谐。它只是对可以不作恶，但却作了恶的坏人而言。"

科塔说：

"这个论证好极了！"

安克利德说：

"世界原不过是优等的诗人的悲剧。创作这出悲剧的神明，他指定我们每人扮演一个角色。他要你去做乞丐或王侯，或跛子，你就尽力把指定的角色担当好。"

尼西亚斯说：

"当然，要悲剧里的跛子像火神一样瘸腿走路当然好了。要傻子听任狂怒的阿贾克斯去摆布，乱伦的女人便应重演费德尔的罪恶。让叛徒背叛，让骗子行骗，让刽子手杀人。于是，当悲剧表现了的时候，国王、正直的人、专制的独夫、暴虐的帝王、虔诚的处女、不贞的妻子、高贵的公民和卑劣的暗杀者等，都会受到诗人同样的称赞。"

安克利德说：

"你扭曲了我的思想，尼西亚斯，把一个美丽的姑娘变成了丑恶的蛇发女魔。你对神明的本性、正义和永恒规律的无知，令人怜悯。"

谢诺旦米说：

"朋友们，我相信善恶的存在。但我又深信，人类的任何行为，甚至犹大的吻，无不包含着救世的萌芽。恶是扶助人类终极解救的。恶是走在善的前面，与善有关的功绩恶都有份。基督教的神话说得好，那个长着红棕色毛发的人，为了背叛而友好地吻了他的老师，他的行为实现了人类灵魂的解放。同样，依我看来，没有什么比地毯商保罗的某些弟子的仇恨更不公正，更无聊了。他们追赶耶稣使徒中最不幸的，全不想想犹大的吻是耶稣自己预言的，依照基督教教义，为了超度人类，这是必要的，如果犹大没有接受那三十个西克尔的贿赂，神明的睿智就会被打消，神明的企图便归于失败，世界便将归于恶，归于无知，归于死灭了。"

麦尔居说：

"犹大接不接吻随他便，但神明却预言他必然会给耶稣以叛徒的吻。这样子，神明的睿智把犹大的罪恶当做一块石，砌入最壮丽的赎罪大厦。"

谢诺旦米说：

"麦尔居，刚才我和你说过了，我相信人类的赎罪是靠钉在十字架上的耶稣而完成的，我知道基督教的信仰便如此，并且我也深刻体会了这一思想，以便更好地抓住那些以为犹大永堕地狱的人的缺陷了。但是老实说，耶稣在我眼中，只不过是巴西利德和瓦朗丹的先驱罢了。至于救世的神秘，朋友们，或许你们没有多大兴趣听，但我却要说出救世的神秘是如何在大地上完成的。"

宾客们都表示赞成。这时，十二个头上顶着石榴和苹果篮子的姑娘，像携带着祭祀农业女神用的篮子的雅典处女们，跟着笛声的节拍，踏着轻盈的步伐，走进大厅里来了。她们把篮子放在桌上，笛声停了，谢诺旦米便开始讲话：

"当上帝的思想安诺耶创造了宇宙后，她便将地上的统治权委任给天使们，但天使们却丧失了管理者应有的威严。看见人间的女儿们长得漂亮，到了晚上，就在蓄水池边抓住她们，跟她们结合。这种结合后生长出一种'猛'的民族，使大地遍布不义与残酷，无辜者的鲜血浸湿了尘埃。安诺耶不禁无限地忧伤起来。'这就是我干的事情？'她望着世界叹息了，'由于我的过失，我的孩子们便沉沦于苦痛的生活。她们的苦痛便是我的罪孽，我总要赎回这种罪孽。上帝只通过我来思想，也无法恢复到最初的纯洁。木已成舟，世界的创造是失败的。至少，我不能抛弃我的创造物。如果我不能使创造物同我一样幸福，我还可以使自己

和创造物一样变得不幸。我既然犯了过失,给她们遭受屈辱的躯体,那我自己的身体也该和她们一样,我将和她们在一起。'

"说完后她便下凡,投入于一个亚哥斯女人的胎里。出生时又弱又小,命名为海伦。她经历了生活的重负,不久便长大成人,正如她从前的预言,要在无常的人世中遭受奇耻大辱,她便长成为最美丽雅致的女人,为了给所有通奸、暴行、沦丧的道德赎罪,她献身于诱拐和奸淫中,成为放逸暴乱的男人们唾手可得的猎物。她用自己的美貌毁了人类,以求上帝宽恕宇宙的罪恶。神的思想,安诺耶受人崇赞的时候,是在向英雄们和牧羊们卖淫的日子。诗人们把这个如此平和的、高贵的、宿命的女人来歌颂的时候,唱着'平静的明朗的灵魂呀'诗句的时候,都在猜测着她的神性。

"安诺耶就是这样被悯怜拖进了罪恶和苦痛的深渊里。她死了,埋葬在拉山台蒙。她品尝了她所播种的苦果之后,享尽快乐之后,她是应该死的。但是,从海伦腐烂的肉体里逃出来的安诺耶,又化身为另一个女形,重新投入所有的耻辱中去。就这样子,从一个身体到另一个身体,在我们人类之间经历着不道德的年代,把世界的罪恶都背在自己身上,她的牺牲并非徒劳。她用肉体把我们连在一起,同我们一起相爱相泣,以此来赎她的宿孽和我们的罪,她将我们挂在她雪白的胸前,重新升到安宁的天国。"

海莫徒说:

"我也听过这个神话。我记得人家讲过,在泰比尔时代,神圣的海伦化身生活在魔术师西蒙的身边。但我相信她的堕落并非出自本心,而是天使们硬把她拖入堕落之中。"

谢诺旦米说:

"海莫徒，关于安诺耶不同意自己失势的想法，对基督教奥秘一窍不通的人确实这么想过，可是事情如果像他们断言的那样，安诺耶就不会是赎罪的妓女，沾满污点的圣餐，在我们耻辱之酒里浸透了的面包，可爱的祭品，值得赞颂的牺牲品，升上天空的上帝面前的燔牲品了。如果这一切并非出于自愿，她的罪过就毫无功效了。"

加里拉德说：

"谢诺旦米，但是人们根本不知道，这个永远复活的海伦，今天叫什么名字，住在什么地方，是以怎样的一种美貌生活着？"

谢诺旦米说：

"要发现这个秘密必定很有智慧。加里拉德，但是可惜这种智慧，不是赋予给生活于粗俗的社会里，像小孩子一般靠声音和虚空的幻象来自娱的诗人。"

加里拉德说：

"没有信仰的谢诺旦米，你不怕亵渎神明吗？诗人对神明来说很宝贵。第一批戒律就是不朽的神明自己口授的，他们的神谕就是诗歌。神明那悦耳的赞美歌具有美好的音节。谁不知道诗人是神圣且洞穿一切的？作为戴着阿波罗桂冠的诗人身份，我自然能向大家揭示安诺耶最后一次降生。不朽的海伦，就在你们身边。我们彼此对视，你们看那靠在床垫上的美丽女人，如幻如梦，眼里充满着泪水，唇上印满了亲吻。就是她！像在普里亚姆时代和繁荣的亚细亚时代一样迷人，安诺耶的名字就是苔依丝。"

费利娜说：

"什么，加里拉德？那么我们可爱的苔依丝，认识那穿着美丽的尖靴在特洛伊打仗的帕里斯、墨涅拉俄斯和希腊人？苔依丝，特洛伊的马是不是很大个儿?"

亚里史督比尔说:

"谁在说马?"

勒雷亚斯叫道:"我喝得像个特拉斯人。"接着,便滚到桌子底下。

加里拉德端起酒杯说:

"要是我们都像绝望的人那样饮酒,我们大仇未报就会死去。"

老科塔已睡去了,秃头在宽阔的肩膀上缓慢地摇晃。

多里楠在他那哲学家式的外套里骚动不安。他踉跄地走近苔依丝的椅子边,说道:

"苔依丝,我爱你,虽然爱情与我不相称。"

苔依丝说:

"为什么先前你不爱我呢?"

多里楠说:

"因为那时候我还饿着肚子。"

苔依丝说:

"朋友,可是我只喝过一点水,对不起,我不爱你。"

多里楠不愿再听,杜洛姗为了把他从朋友身边抢走,一直向他丢眼色,他就到杜洛姗身旁去了。那个谢诺旦米坐在多里楠刚才离开的位子上,在苔依丝的嘴上吻了一下。

苔依丝说:

"我认为你更道德一点。"

谢诺旦米说:

"我是完人,而完人不拘泥于任何法则。"

苔依丝说：

"可你不怕倒在女人臂怀里玷污了你的灵魂吗？"

谢诺旦米说：

"欲望能够征服肉欲，但却占据不了灵魂。"

苔依丝说：

"走开！我是要人全身心地去爱我。所有的哲学家都是雄山羊。"

洋灯一盏盏地熄灭了。早上，鱼肚色的光亮从大厅的门缝里透进来，照着宾客们苍白的脸和发肿的眼。亚里史督比尔紧握着拳头，胡乱地倒在勒雷亚斯旁边，梦里派遣他的马夫们去搬石臼。谢诺旦米怀里搂着凌乱疲乏的费利娜。多里榭把葡萄酒滴在杜洛姗的露出的喉头上，她笑了起来，酒珠便如红宝石一样在那震动着的雪白的胸膛上滚动。这个哲学家便用嘴唇追逐着那流在滑嫩的皮肤上的酒。安克利德站起身来，把手臂搭在尼西亚斯的肩上，把尼西亚斯拉到大厅深处。

"朋友，"他微笑着对尼西亚斯说，"你在想什么？"

"我想女人的爱情正像阿多尼斯的花园。"

"什么意思？"

"安克利德，女人们都在她们的土台上建造小花园，在泥盆里为维纳斯的情人栽种些小树枝，你不知道吗？这种青翠的花枝，用不了多久就枯萎了。"

"朋友，这种恋爱，这种花园，何必要我们来用心呢！留恋昙花一现，那真是呆子。"

"如果'美'只是个影子，那'欲望'只是一闪的光。那么想要'美'，又有荒唐呢？恰恰相反，昙花一现去追逐转瞬即逝的事物，一闪的光亮去吞灭滑走的阴影，不是更有点道理吗？"

"尼西亚斯,我看你真像个玩骰子的小孩子。相信我,自由使人之为人。"

"安克利德,人既然有个身体,又如何能够自由?"

"你立刻就会看见了。过一会儿,你就会说:'安克利德是自由的。'"

老人安克利德靠在一根云斑石的柱子上说,黎明的曙光映照着他的额头。海莫徒和麦尔居走了过来,站在尼西亚斯的旁边,安克利德的前面,四个对酒鬼们叫喊声已熟视无睹的人,谈论着宗教的问题。安克利德把自己的思想表现得淋漓尽致,麦尔居禁不住对他说:"你可以无愧去见真正的神明了。"

安克利德答道:

"真正的神明就住在贤人的心中。"

接着他们谈论到死神。安克利德说道:

"我专心于自我修养,并认真履行我的责任。在死神面前,我将向天国伸出纯洁的双手,我将对神明说:'神明呀,你们的灵魂,放在我灵魂圣殿的形象,一点也没被玷污,我把自己的思想、花环、头带和花冠都放进了圣殿,我是跟从着你们的思虑而生活着的。我已活得够了。'"

说完,他将两臂伸向天空,脸上闪耀着光辉。

他静想了一会儿,接着异常快活地说:

"成熟的橄榄落地时,就会感谢曾经拥抱它的树木,祝福哺育它的大地。安克利德,离开生命吧,就像橄榄一样!"

说完,便从衣衫的褶襞里拔出一把匕首,朝着自己胸口猛刺了进去。听他讲话的三个人连忙一起拉住他的臂膊,可是刀尖已穿过了心脏,安克利德安息了。妇女们锐利的叫声,惊破了睡梦中的宾客,挂毡的暗影里有压抑的肉欲喘息声。一片嘈杂之中,海莫徒和尼西亚斯把苍白、血污的尸体搬到餐宴的一张长椅子上,老科塔当过兵,睡觉一向警醒,此时已站在尸体面前,观察伤处,喊道:

"去把我的医生阿里斯泰找来。"

尼西亚斯摇摇头,说道:

"安克利德已无药可救,他愿意去死正如别人想要爱情。他和我们大家一样,顺从了难以言说的欲望。现在,他和没有欲望的神明一样了。"

科塔拍着自己的额角,叫唤道:

"死了?还能为国家效力竟想要死,这是何等的荒谬!"

巴福尼斯和苔依丝静默无言,并排坐着,灵魂里充满着厌恶、恐怖与希望。

突然,巴福尼斯抓起女演员的手,和她一起跨过倒在成对男女旁边的醉鬼,踩着飞散着的葡萄酒和鲜血,把她带到外面。

玫瑰色的朝阳在城市上空升起,寂寞的道路两旁树立着柱形长廊,亚历山大墓顶在不远处闪着光。道路中央的石板上,到处散乱着坍破的花环、熄灭的火炬。空气里弥漫着海水的新鲜气息。巴福尼斯厌恶地扯去华美的长袍,用脚踩成了碎片。

"我的苔依丝,你都听见了!"他叫了起来,"他们满嘴妄言,胡说八道。他们把神圣的万物的造物主像地狱里恶魔一样拖出来,毫无廉耻加以否定,他们亵辱耶稣,妄赞犹大。就连最醒醒的,那只地狱里的野狗,那个狐狸般的畜生,充满着腐烂与死亡的亚里亚尼教徒,也像坟墓一样张开嘴来。我的苔依丝,你看见他们,这些污秽的鼻涕虫向你爬过来,用那臭汗来污秽你;你看见他们,这些躺在奴隶们的脚下的畜生；你看见他们，在那呕满了醍醐的地毯上交尾的野兽；你看见这个乱暴的老头儿，洒出来的血比淫乐的酒还要卑贱，竟在宴会结束后出乎意外地扑到基督面前？赞美上帝！你看见了迷误，认识了丑陋。请你想想，和他们不相上下的女伴，那两个阴险淫猥的娼妇的笑声、姿态和眼神，你想和她们一样吗？"

苔依丝对这一夜充满了厌恶，她体验到男人们的粗鲁和冷漠，女人们的歹毒和时光的难挨。她叹息着说道：

"呀，我的神甫，我疲乏得要死！何处是安宁？我觉得额头发烫，头脑一片空白，四肢无力，就是有人将幸福送到我的手边，我也没有力气去把握……"

巴福尼斯善意地看着她：

"鼓起勇气，我的姐妹，安宁的时刻就要到来，它像你从花园里，从水面上升起来的水蒸气一般洁白纯净。"

他们俩走近苔依丝的家。从墙上已经看见环绕着仙女洞的梧桐在朝露中摇曳着。他们走到一个空旷的广场，广场的四周围绕的是石碑和还愿的雕像。场的四隅是半圆形的大理石的凳子，凳脚的形状是狮头羊身的怪物。苔依丝倒在一张凳子上，用忧郁的目光望着巴福尼斯，问道：

"怎么办？"

巴福尼斯答道："必须跟着来找你的人离开。他会使你离开世俗，犹如采葡萄的人，把烂在树上的葡萄采下来，送到压榨机里制成美酒。听我说，在亚历山大城西面约十二小时路程的地方，离海不远有一座女修道院，那院中的戒律是道德的业绩，值得写入抒情诗，和着胡琴铜鼓的声音而歌唱的。遵守戒律的女人，完全可以说是脚在地上，头已伸入天国。她们在这世上过着天使般的生活。为了让耶稣爱她们,她们甘受贫苦;为了让耶稣眷顾,自愿谦逊;为了让耶稣娶她们,自愿献出贞操。耶稣穿着园丁的衣服,赤着脚,伸开漂亮的双手,正如他从墓道上走到玛利亚身边去一样,每天来拜访她们。我的苔依丝,今天我就要把你带到这个修道院里,不久你就可以和这些圣女们在一处,像她们一样去和神明谈话了。她们等着你,把你当成姐妹。到修道院的门口,她们的母亲就是那个虔信的阿尔比娜会友好地亲吻你,说:'我的女儿,欢迎你!'"

苔依丝不禁感叹道:

"阿尔比娜!恺撒家族的小女儿呀!卡鲁斯皇帝的小侄女呀!"

"就是她!她生于帝王之家,却穿着棕色粗毛布,她是世界主人的女儿,却列于耶稣基督的仆人之中。她将是你的母亲。"

苔依丝站起身来,说:

"带我到阿尔比娜的修道院去吧。"

巴福尼斯眼看大功告成,就说:

"我一定领你到那儿去,到了那儿,我将你关在一间独居的小房间里,你在房里就可痛哭你的罪恶。在洗清你污秽之前,你不宜和阿尔比娜的女儿们待在一起。我要封住你的门。幸运的女囚徒啊,在泪水中等待耶稣亲自来赦免,等到那封泥破碎之时,就是耶稣宽恕你的时候。不要疑虑,耶稣一定会来。当你感受到光明的手在为你拭泪,你的灵魂将激动得战栗!"

苔依丝又说道:

"我的神甫,带我到阿尔比娜的修道院去。"

巴福尼斯心花怒放,环顾四面,无所畏惧地领略着创造物的快慰,他的眼睛舒适地享受着上帝的光明,微风吹拂着他的额头。忽然,看见广场一隅的一扇小门,从这扇门进去,就到了苔依丝家。树梢伸进苔依丝庭园的美丽的树木,他想到使今天如此清新纯洁的空气玷污的种种淫秽,他的灵魂立刻悲痛万分,一滴心酸的泪从他的眼中落了下来。

"苔依丝,"他说,"别再回头。但是,我们不能留下你过去罪恶的器具、证据和同谋。这些厚重的门帘、床、地毯、香水瓶和洋灯,都在大声地宣扬着你的耻辱,还让它残留在我们后面吗?你要这种罪恶的器具追着你一直跟到沙漠里去吗?要知道这种器具里,恶魔们给予它们生命,由那盘踞着的恶鬼指挥着。这污秽的桌子、龌龊的椅子会动,会讲话,会在地上行动,会在空中飞。千真万确,决不骗人。让看到过你耻辱的一切都毁灭吧!苔依丝,快一点!趁城市还在沉睡,命令你的奴隶,在这广场上架起木柴,把你屋中所有的一切可恨的财富统统都烧掉。"

苔依丝同意了。

"我的神甫,就照你的意思办好了,"她说,"我知道没有生命的物品,有时也会被妖魔附着。有些家具夜里真的会讲话,或者嘀嗒地打出有节奏的声响来,或者发出像信号一般的微光,不过这都不算什么,我的神甫,仙女洞的右侧,你看到有个裸体的女人正预备沐浴的雕像吗?有一天,我亲眼看见这个雕像像活人一样把头转了过去,接着又恢复了原来的姿态,吓得我当时四肢发冷。我把这件奇事讲给尼西亚斯听,他却嘲笑我;我相信这个雕像定有什么魔力,因为这个雕像会激起一个叫达尔马的家伙的欲望,而他对于我的美貌却无动于衷。我肯定是生活在这具有魔力的东西之中,有可能遭受极大的威胁,有人看见过一些男人被一座青铜雕像拥抱着闷死了。然而,毁掉精工巧制的贵重物品太可惜了,哪怕只烧掉我的毯子和门帘,也是桩大损失呢。其中有几件,颜色鲜艳,送给我的人耗费了许多银钱才买来的,还有价格昂贵的杯子,雕刻名画。我想不必销毁它们。但是我的神甫,你知道该怎么做,就照你的意思办吧。"

说完,她跟着巴福尼斯走到那挂过无数花环和花冠的小门。推开门,她吩咐看门人把家里所有的奴隶都找来。四个管厨房的印第安人先出来,他们都是黄皮肤,只有一只眼睛,聚拢这四个同种且同样残废的奴隶来,苔依丝确是费了不少工夫,不过也是一件趣事。接着,出来的是马夫,管猎犬的猎手,轿夫和穿着青铜护膝的仆役,两个像伯利亚巴多毛的园丁,六个凶巴巴的黑奴,还有三个希腊奴隶:一个是语法学家,一个是诗人,一个是歌手。他们都在广场上排着队整齐地站着,几个心生诧异的女黑奴也赶来了,圆圆的大眼滴溜乱转,嘴巴一直咧开到耳环边。最后来的是八个美貌的白种女奴,整理着披在身上的薄绢,脚上露出小小的金链条,无精打采,拖着懒洋洋的步子。等所有的人到齐后,苔依丝便指着巴福尼斯对他们说:

"照这个人的命令去做,上帝就在他的身上,如果你们不服从他,你们就要死。"

她听说过,也确信沙漠里圣人的威力——被他们用手杖打过的恶人都会被投入裂开的、冒烟的大地。

巴福尼斯把所有的女人,以及模样跟她们差不多的希腊奴隶打发走,然后对其余的人说:

"把木柴抱到广场中央,点起大火,然后把屋中以及洞中所有的一切都投入火里。"

奴隶们大吃一惊,站着一动也不动,用眼光探寻着他们的女主人的答案。然而，苔依丝一言不发，没有任何反应。于是，他们互相挤在一处，心里疑虑着这是不是开玩笑。

巴福尼斯说道："快去！"

有几个人是基督徒，明白他发出的命令，就到屋子里去找木柴和火炬。其余的人也努力学着基督教奴隶的样子，穷人厌恨财富，并且本能地有一种破坏欲。等奴隶们已生起了火，巴福尼斯便对苔依丝说道：

"我曾想过把亚历山大教堂里的仓库管理员叫来，让他把你的财产散给寡妇们，那么，这些由罪恶得来的收入就变为正义的宝物。不过，这想法不是来自神明，所以我拒绝了。毫无疑问，把靠淫荡得来的物品赠送给耶稣基督心爱的人，就是对他极大的污辱。苔依丝，你所接触过的一切都应该用火烧掉，连灵魂都要烧尽。谢天谢地，这些见过的情欲比大海的波纹还多的长袍、薄纱，只能投进火里。奴隶们，快点！再多拿点柴来！再多拿点火把来！你回到屋里，脱去你那污秽的装饰，去向你最卑鄙的一个奴隶，求她把洗地板时穿的一件衣衫恩赐予你。"

苔依丝听从了他的话。印第安人跪着吹旺火时，黑奴们将象牙的、乌木的、柏香木的箱子投入火里，箱子盖被摔开，花冠、花环和项链都从箱子里滚了出来。那黑烟像旧律中可爱的燔祭一样向空中升起一个黑色的圆柱，接着火势蔓延，突然发出像怪物吼声般的巨响，几乎不见的火舌开始吞没它们精美的食物了。这时，奴隶们胆子也大了，轻快地把那华丽的毯子，绣银的纱绢，花帐拖出来。他们在桌子、椅子、厚厚的靠垫、装饰着黄金层的寝床上跳着走起来。三个强壮的埃塞俄比亚人，抱着涂着彩色的女神像出来，那逼真的女神像被人抱起来，如同大猿在抢夺女人。当美丽的裸体女人从这三个丑八怪的臂怀里落下，摔碎在石板上的时候，仿佛听见了一声呻吟。

这时候苔依丝已经出来,她披散着长长的头发,赤脚穿一件并不合身,粗制且只能蔽体的长衫,脸上却浸透着神秘的愉悦。一个园丁跟在她身后,在飘动的胡须中抱着一个象牙的爱神像。

她做了个手势叫园丁停住,走近巴福尼斯身边,把这个小神像指给他看。

"我的神甫,这个也该丢在火里吗?它是古代精工制成的珍品,价值足抵百倍同样重量的黄金。如果这个也烧去,那真是不可补救的大损失了,因为这世间再没有巧匠能够做出这样美好的爱神像来。我的神甫,请你也想想,这个小孩是爱神像,不应该受到虐待。相信我吧;爱神是一种德性,如果我犯了罪恶,也不是因为它的缘故,我的神甫,反倒是我违背了它。它叫我做的事情,我决不后悔。我只是痛苦自己做了它禁止的事情。它不许女人委身于根本不爱自己的男人。从这一点,我们就应尊重它。看呀,巴福尼斯,这小爱神多么美丽!它藏在这园丁的胡子里多么可爱!从前的某一天,那时尼西亚斯还爱我时,他把这爱神像拿给我,说:'它会讲到我。'但是这个顽皮的小孩子讲到的,是我在安达卡所认识的一个青年,不是尼西亚斯。我的神甫,这堆火烧的财产已够多了!留下这个爱神像吧,把它随便放在一座修道院里好了。看到它的人会心向上帝,因为爱神自然会有天国的意思。"

园丁以为爱神可以得救,像对小孩一般向它微笑着,巴福尼斯却夺过爱神,抛入火里了,叫喊道:

"只要尼西亚斯碰过的,就够资格被烧毁。"

接着,他亲自抓起那闪光的衣衫、红色的外衣、黄金的鞋、木梳、除垢器、镜子、洋灯、胡琴、七弦琴,都一一抛进火里。那火焰简直比萨尔达那巴尔的柴火还要奢华。陶醉于破坏欲之中的奴隶们,在那雨一般的烟灰火化中吼叫着跳起来。

被声音吵醒了的邻舍们推开窗子,揉着眼睛东张西望,想要看看这火焰是从哪里来的。接着,大家都衣衫不整地来到广场上,走近火堆。

"这是怎么了?"大家都很纳闷。

商人们最为不安,因为苔依丝经常去那买香料和衣物。他们伸长了发黄干瘪的脑袋,极力想弄清楚是怎么一回事。晚宴归来的放荡少年们,带着走在前面的奴隶都站住了,他们头上戴着花朵,穿着飘动的长袍。好奇的人越来越多,不久就知道了苔依丝听了安提诺埃的修道士的劝告,在进修道院之前,先毁弃了自己的财宝。

商人们于是想道:

"苔依丝离开了城市,我们什么东西都不能卖给她了,这件事情真有点可怕。没有了她,我们怎么办?这修道士让她失去了理智,也让我们破产。为什么听他在这胡言乱语?法律是干什么用的?亚历山大就没有法官了吗?这苔依丝也不为我们,也为我们的女人和可怜的孩子们想想。她的行为引起公愤。不管她愿不愿意,都应该强制她留在这里。"

少年们也在想:

"如果苔依丝抛弃了演戏和爱情,我们便失去了最珍贵的娱乐,她是舞台上美妙的光荣,甜蜜的欢乐。她能使不占有她的人感到快活,我们爱女人,把女人当成她,所有的接吻都有她的份,她是欢乐中的源泉,哪怕是想到她就在我们之中呼吸,就足以让人心生愉悦。"

少年们这样想着,其中有个名叫塞隆斯的,曾是苔依丝的情人,他向巴福尼斯怒吼起来,又痛骂基督。苔依丝的行动,受到各类人的责难:

"这是一种可耻的逃避!"

"是一种卑怯的抛弃!"

"她从我们嘴里抢去了面包。"

"她夺去了我们女儿的嫁妆费。"

"她至少应该还我卖给她的花冠钱。"

"她定做了六十件衣服应该付钱。"

"她欠所有人的钱。"

"她走了以后,谁来演伊非革涅亚、埃莱克特拉、波利克塞娜呢?就是那个美丽的卜里勃也比不上她。"

"她以后关着门,生活一定很悲惨。"

"她曾经是亚历山大天空中的星辰皓月。"

城里最有名的乞丐、瞎子、跛子、瘫子,这时都已经聚集在广场上,在富人们周围爬来爬去,哭诉道:

"苔依丝不再养活我们了,我们可怎么活,她饭桌上每天的剩饭,就能养活二百个可怜的人。她的情人们离开她,路过我们身边时,总把大把的银钱赏给我们。"

分散在人群之中的小偷大声呼喊着,拥挤着,以便浑水摸鱼,乘机偷点儿贵重的东西。

只有那个贩卖米兰羊毛和塔朗特酒的老塔德,在混乱之中却一言不发。苔依丝还欠着他一笔不小的银钱。塔德竖起耳朵,斜着眼,摸着山羊须式的胡子,似乎在沉思。后来,他走到塞隆斯身边拉起他的衣袖,轻轻地说:

"漂亮的贵族,你是苔依丝的爱人,你出来。那个修道士把她从你身边夺了去,你竟一声也不吭吗?"

"苔依丝不会让他夺走的!"塞隆斯叫了起来,"我要去和她讲,不是吹牛，比起那个满脸黑煤的马夫，我的话总还有些分量。让开，让开，穷鬼们！"

人群中他挥舞着拳头，撞翻了老太婆，小孩子也被他踩在脚下。他挤到苔依丝身边，便拉她走到一边，说：

"漂亮的姑娘，你看看我，再想想，你真的抛弃爱情了吗？"

但是，巴福尼斯横在两人之间，叫道：

"没有信仰的东西，你触摸到了这个女人，难道你不怕死吗？她是圣女，是上帝的一部分。"

"滚开，你这只猩猩！"塞隆斯怒叫起来，"让我和我的情人讲话。再不滚，我就扯起你的胡子，把你这猥亵的身体投到火里，把你烤成熏腊肠。"

他把手按在苔依丝身上。巴福尼斯不知从哪来的一股巨大的力量，一把推开塞隆斯。只见他身体摇晃了两下，向后踉跄了几步，恰好跌在燃烧的烈火中。

这时，老塔德一直东张西望，走东串西，拉拉奴隶们的耳朵，吻着富人们的手，煽动大家起来反对巴福尼斯。猛然间，一些人已经决定向修道士进攻。塞隆斯的面孔被熏得乌黑，头发也被烧掉，烟熏夹杂着心中的愤怒几乎将他窒息，他从地上爬起来，诅咒着神明。此时，巴福尼斯已被伸着的拳头，举起的棍子和威胁的叫嚷声团团围住。

"把他钉在十字架上！把这修道士钉在十字架上！"

"不，把他投进火里，活活烧死！"

巴福尼斯把漂亮的猎物紧紧拥在胸口，雷鸣般地叫嚷着：

"没有信仰的东西。别想夺走天主翅膀下的鸽子，别想再来抢夺。还是学学这个女人吧，改变你们放荡的生涯。学习她，抛弃你们那虚伪的财富吧。你们自以为拥有了财产,哪知道是财产拥有你们。快点吧,时间快到了,神明的忍耐是有限的。去做忏悔,忏悔你们的耻辱,去哭泣祈祷吧。沿着苔依丝的脚印,憎恶自己深重的罪恶。你们这群人,无论是穷人、富人、商人、军人、奴隶,还是高贵的市民,哪一个敢在上帝面前说自己比这个女人更高贵?你们所有人不过是行尸走肉,只是受着上帝的庇护,你们才没有流进阴沟。"

说着,他眼里闪烁着光芒,嘴里似乎吐出了炭火般。周围的人听得全神贯注、忘乎所以。

老塔德却一点儿没闲着。他把石子和贝壳藏在披衫的褶襞里,出于胆怯,便把石子贝壳交到乞丐们手里。立刻,一个贝壳箭一般地飞过去,打破了巴福尼斯的头,血流在殉教者阴郁的脸上,也流过忏悔的苔依丝的身上,这简直又是一次新的洗礼。紧紧被抱在修道士胸口的苔依丝,娇嫩的身体擦着粗糙的苦衣,恐惧的内心有了一丝喜悦。

这时候,一个穿着考究的男人,头上戴着花冠,从愤怒的人群中挤进来,他叫道:

"住手!住手!这个修道士是我兄弟。"

原来是尼西亚斯,就在刚才合上哲学家安克利德的眼睛,在回家的路上途经此地,看见熊熊燃烧的烟火,穿着粗布衣衫的苔依丝和受伤的巴福尼斯,倒并不十分惊奇(原来没有一样事情能使他惊奇的)。

他再次强调着:

"住手,我说住手,宽恕我的老朋友吧。请尊重巴福尼斯尊贵的头吧。"

虽然,他惯于哲学的微妙言辞,但却毫无驾驭民众情绪的能力。人家不听他的。一阵阵的石子和贝壳如雨点般落到修道士的身上。修道士用身子遮住苔依丝，赞美着天主，以为天主会把他的伤痕变成亲爱的抚摸。

绝望的尼西亚斯看无人理睬，无论用暴力或是说服都救不了自己的朋友，也只好听天由命。他对众神总算有点信心。可是对人类的蔑视忽然使他急中生智，他是一个善于享乐而又乐善好施的人，所以腰里总装有金币银币的钱袋。他跑到扔石头的人群里，把钱袋解下来，在他们耳边摇得哗哗响。这一班人正在慷慨激昂的时候，起初倒并不在意；后来，他们的目光渐渐地转移到那当当响的黄金上，他们的手臂瞬间软了，不再去威吓那个巴福尼斯。看见已经吸引过来的目光和灵魂，尼西亚斯便拉开钱袋，将几枚金币和银币投在人群之中。贪钱的几个便弯下身子来拾。尼西亚斯便把钱币撒向四处，钱币掷在石板上当当作响，讨伐的队伍都扑向地面。乞丐、奴隶和商人都眼红地在地上拾取。聚在塞隆斯四周的贵公子们，见此都哈哈大笑。塞隆斯自己也忘记了愤怒，他的朋友们鼓动着跪在地上的对手们，互相打赌看谁抢得多。一有争吵，他们就火上浇油，让他们像狗一样地搏斗。有个坐着走的乞丐拾得了一个德拉克马，拍掌喝彩的声音直冲云霄。青年们自己也开始扔零钱，整个广场上，只看见无数的人背，在一场金属阵雨下，像激荡的浪花翻滚着，早把巴福尼斯忘到九霄云外了。

尼西亚斯赶到巴福尼斯身边，将他罩在大衣里，拉着他和苔依丝一起逃走了。他们默默地赶路，直到感到没人能追上，才放慢了脚步。尼西亚斯用略带忧郁的口吻嘲笑道：

"干得好！死神抢走了普洛塞比娜，苔依丝则要远离我们，跟我这位粗野的朋友走了呢。"

苔依丝答道："尼西亚斯，和你这种笑容可掬，洒着香水，亲切而又自私的男人一起生活,我已经疲倦了。我对自己所了解的一切都感到疲倦。我要找出我所没有认识的东西来,我所感到的欢乐原来并不是欢乐。现在这个人指示我真正的欢乐是在苦痛里,我相信他,因为他是个握有真理的人。"

"可爱的灵魂呀,"尼西亚斯微笑着说,"我掌握着各种真理,他却只有一个。我比他还要富厚,但是老实说,我并不比他高尚,比他幸福。"

看见巴福尼斯如炬的眼光望着他,便说道:

"亲爱巴福尼斯,不要以为我觉得你是非常滑稽,完全失去理智的,如果把我的生活和你的比较起来看看,我也不知道哪一种是美好的。一回到家里,我就到克落皮勒和米尔达尔预备好的浴盆里去洗澡,去吃野鸡的翅膀,接着就去读书,虽然已读过一百次——读几篇阿普列尤斯的寓言,念几篇梅德洛的著作。至于你,则回到独居的斗室,就要像一匹驯良的骆驼,跪在地上,念起反复咀嚼烂了的咒语来。到了夜里,你便吃着不放油的萝卜。哎!亲爱的朋友,这两种行动,外表看起来虽有不同,却是出于人类一切行为的唯一的动力——情感:我们都在寻求满足,而且都要达到相同的目标,那就是幸福,不可能的幸福!如果我说自己是对的,好朋友,我也不会说你是错的。

"至于你,我的苔依丝,你去吧,好好去快乐地生活一下,假使是可能的话,那禁欲和苦行,比起从前的荣华富贵,或许还要幸福一些。总而言之,我敢对你说,你是值得羡慕的,因为我和巴福尼斯,在我们的生涯里,跟随我们的本性只会获取一种满足,而你,亲爱的苔依丝,你的人生却会品尝到两种相反的欢乐,这样的人少之又少。实际上,我也想做一小时的圣人,正像我们亲爱的巴福尼斯;但是我竟做不到。再会吧。苔依丝！去吧。到你的本性和命运的神秘力量所指引的地方去吧。去吧。将我尼西亚斯的心愿带到远处去。至于那甜蜜的幻景，从前我在你的臂弯里，到现在都成为了回忆。再会了，我的恩人呀！再会了，奥妙的仁慈，神秘的德行呀，人间的欢乐呀！再会了，在这虚伪的世上，大自然那最值得崇敬的人为了一个未知的目的而离开，永别了！"

他这样讲着，一种阴沉的愤怒在巴福尼斯的心中升腾，愤怒爆裂成为诅咒：

"滚开，恶魔！我轻蔑你，我恨你！滚开，地狱里的子孙，你比刚才骂我、用石子打我的那些可怜的疯子，还要坏上一千倍。他们不知道自己在干什么，我为他们向上帝请愿，总有一天，上帝的恩惠会降临在他们身上。但是你，可恨的尼西亚斯，你怀有不义的邪恶，你是残酷的毒药。你嘴里呼出的便是绝望与死亡。只是在你的一个微笑里，含着不尽的亵渎，比从撒旦冒着烟的嘴里吐出一世纪渎神的话还要多。走开，被天主抛弃的人！"

尼西亚斯依然充满温情地望着他。

"再会，我的弟兄，"他向巴福尼斯说，"希望你能把你的信仰，你的愤恨以及你爱情的宝库，一直保守到世界末日。再会了！苔依丝，忘记我没关系，因为我会时常想起你。"

尼西亚斯便和他们分别，思索着从那条曲曲弯弯的小路走去。那条小路的邻近便是亚历山大的大墓地，路上尽是葬具店，店里满放着泥做的色彩艳丽的小偶像——神明、女神、女演员、妇女、长着翅膀的小妖精等。尼西亚斯看着这些偶像，或许有一两个要做他永久睡眠时的伴侣；他仿佛觉得有个小小的爱神，翻起长袍在嘲笑他。想到自己的丧葬，不免令他心生悲凉，便想用哲学的理论来摆脱这份忧伤。

"一定的，"他自言自语道，"时间根本不存在，它只是我们心里纯粹的幻景罢了。既然不存在时间，那又怎么会带给我们死亡呢？那么我就会永远地活着吗？不，我的死是永恒的，将来我会死，现在我也会死，死是常在的。我现在还没有感觉到死，然而死是已存在的，我不应该怕死，因为害怕已经到来的东西是愚昧的。死的存在，正如我正在诵读而尚未读完的书籍的最后一页。"

一路上这种推理占据着他的心，但却并未使他愉悦，到了家门口，听见克洛皮勒和米尔达尔发出的爽朗的笑声，她们正在玩球，等待他的归来。可这一切也没让他的灵魂感到安宁。

巴福尼斯和苔依丝从月门走出了城，沿着海岸走去。

"女人呀，"他说，"就是这个蔚蓝的大海也不能洗涤你身上的污秽。"

他又用着愤怒和轻蔑的口吻对她说：

"神明为要建筑一个教堂而造成了你这个身体，你却用它供给异教徒和无信仰的人玩弄，你比雌狗母猪还要龌龊，现在你知道了真理，看到了你身体的污秽，恐怕就是一闭嘴一合掌，你自己的厌恶都会使你呕吐呢。"

她顺从地跟在他身后，走在烈日下的崎岖路上。走到双脚都要断了，嘴里仿佛要吐出火来。但是，巴福尼斯看见这个邪恶的肉体遭受着赎罪的痛苦，丝毫不去怜悯，反而感到快活。沉浸在信仰的热情欢乐里，他真想扯碎这美丽的肉体，因为那便是她犯罪的鲜明证据。冥想激励着信仰的愤怒，想到苔依丝和尼西亚斯也同过床，那头脑中想象出的不堪景象，顿时令他热血沸腾，胸口几乎就要爆裂开来。喉咙哽咽着要说的诅咒。他跳到苔依丝面前,面色发青,牙齿吱吱作响,非常恐怖,他像上帝的样子,一直看到她的灵魂深处,又朝她的脸上吐唾沫。

苔依丝一边走着,一边静静地擦去脸上的唾液。此时,他跟着她,眼睛盯在她身上仿佛望着一座地狱。他走着,心中还是燃烧着神圣的愤怒,想替上帝复仇。正在这时候,他看见一点鲜血从苔依丝的脚上滴了下来,滴在沙土上。一股莫名的新鲜之气流入他敞开的心灵。他哭了,眼里尽是泪水。他立刻走到她面前跪在地上,称呼她为姐姐,吻着她出血的脚,一遍一遍地喃喃自语:

"我的姐姐,我的姐姐,我的母亲,呀,最圣洁的女人!"

他祈祷道:

"天使们,请虔诚地接受这一点鲜血,将这一点血拿到上帝的座前。苔依丝流着血的沙上,愿它生出一株神奇的秋牡丹,愿看到这株花的人心地纯洁!呀,圣女,圣女,最纯洁的圣女苔依丝!"

就在他祈祷的时候,有个骑驴的少年经过。巴福尼斯叫那少年下来,让苔依丝骑在驴上,自己则手握缰绳,继续赶路。傍晚十分,他们遇见一条小河。河边尽是葱郁的良木。他便将那匹驴子系在一棵海枣树的树干上,然后在一块长满苔藓的石子上坐了下来,他给苔依丝掰了一块面包,再在面包里放上一点食盐和意沙泊的叶子,便吃起来了。他们喝着盛在手掌里的清水,谈着永恒的事情。她说道:

"我没有喝过这样澄清的水,也没有呼吸过这样清新的空气。我觉得上帝漂浮在阵阵的微风里。"

巴福尼斯答道:

"你看呀,此刻是晚上,呀,我的姐姐,夜青色的阴影笼罩在山冈上。但是不久,你可看见,生命的教堂会矗立在曙光之中,闪闪发光,不久你便会看见朝晨那闪着玫瑰色的光芒。"

他们俩走了一夜,当那一弯眉月照在银色的海波之上,他们唱着赞美歌。太阳升起时,沙漠伸展开来,如同是铺在利比亚地上的一片狮皮,沙漠的进口处,棕榈树的近旁,那白色的修道的小房间在曙光中显出了轮廓。

"我的神甫,"苔依丝询问道,"那不就是生命的教堂吗?"

"你说得没错,我的女儿,我的姐姐。这是超度的房屋,我会亲自把你关在那儿。"

不一会儿,他们看见许多女人,在屋子的附近如同一群蜜蜂围着蜂巢忙着工作。有的在烘面包;有的在选白菜;有的在纺羊毛,流淌在她们身上的阳光仿佛是上帝的微笑。其余的坐在柳荫里冥想;她们雪白的手垂在两侧,她们在满怀爱情的时候,却希望像玛德林娜那样生活。她们完全投入了祈祷、冥想和忘我的境界,所以人家都称她们为玛利亚,她们都穿着白衣裳。至于那班亲自做工的女人,被称为玛尔德,她们穿的是蓝衣衫,头戴着面纱,最年轻的把发髻披在额前,她们该是无意的,因为院中是不准女人把发髻披在额前的。一位有些年纪的老妇人,身材高大,皮肤雪白,拄着一根粗木杖,巡视着各间独居的修道室。巴福尼斯虔敬地走到这个老妇人的身边,吻着她面纱的边缘,说道:

"可敬的阿尔比娜!愿你平和幸福!我带来一只蜜蜂,要放在你蜂王的蜂巢里。这蜜蜂迷误在无花的路上,我亲手把它捉住了。我用我的呼吸来温暖它。现在,我把它送给你。"

说完,他指了指跪在地上的苔依丝。

阿尔比娜用锐利的目光看了一眼苔依丝,就让她站起来,在她的额前吻了一下,接着回头对巴福尼斯说:

"我们会将她安置在玛利亚们身边。"

巴福尼斯对她详细叙述了如何把苔依丝领到这超度屋子来,并要求先把苔依丝关在一间独居的斗室里。阿尔比娜应允了。她领着这个忏悔的女人到了一间空房子,自从圣女隆达死后,这里便常年关着,房里只有一张床,一张桌子和一把水壶,苔依丝踏入房门的一瞬间,感到一种无限的喜悦。

"我想亲自关上这扇房门,"巴福尼斯说,"由我来固封,等耶稣亲手来启封。"

他走到泉台边去取了一把湿土,把自己的几根头发放在里面,又吐着些唾液,接着便用湿泥固封住门缝。他走到苔依丝坐着的窗边,跪了下来,赞美着天主,叫道:

"走在生命路上的女人是多么可爱呀!她的脚多么美!她的脸多么有光彩!"

他站了起来,将头巾罩在头上,缓缓地走远了。

阿尔比娜叫来一个圣女,说道:

"你把苔依丝必需的东西拿给她。面包、清水和一支三个孔的笛子。"

 **大戟篇**

巴福尼斯踏上了返回圣地沙漠的路途。他在亚德里皮市上雇了一艘船，顺尼罗河而下，以便把粮食运到修道士赛拉皮翁的修道院去。当他上陆时，前来欢迎他的弟子们都手舞足蹈热情地迎接他。有的将两臂伸向天空；有的俯伏于地，吻着修道士的草鞋。他们已经得知他在亚历山大的功德。修道士们平时都是从秘密的渠道，得到教会的确立和光荣的消息。消息在这里传播如同沙漠的流沙般传得飞快。

巴福尼斯往沙漠的深处走去，弟子们颂扬着天主跟在他身后。他的弟子弗拉文突然陷入一种恍惚的状态，即兴地唱着一首赞美歌：

祝福的日子呀！我们的神甫回来了！

他回到我们身边，满载着功德，我们所了解的价值。

神甫的功德就是孩子的财产，老师的圣洁熏陶着所有修道者的房间。

巴福尼斯，我们的神甫，把一位新娘送给了耶稣基督。

他用神奇的技术将黑羊变作为白羊。

他现在满载着功德回来了。

正像马其顿的蜜蜂采完了花蜜。

又像努比亚的山羊，吃力地背负着丰饶的羊毛。

让我们庆祝这一天，在面包上加点油吧。

弟子们走到修道士独居的斗室门前，都跪下身，说道：

"望我们的神甫送来祝福，望神甫给我们每个人一点油，以祝颂你的归来！"

只有那个老实人保尔，呆呆地站着问道："这是什么人？"他没认出巴福尼斯，但却没有一个人留意他的话，因为人人知道虽然他的信仰深厚，却是缺乏理智的。

安提诺埃的修道士重新把自己关在独居的斗室里，他想道：

"我终于回到幸福安宁的隐居地了，回到我所满意的城堡。但是，为什么亲爱的芦苇屋顶不热切地欢迎我，它为什么不对我说'欢迎你归来'？从我离开到现在，这处神所选择的斗室丝毫也没发生。这是我的桌子和床，这是曾多次启迪我思想的木乃伊的头颅，这是书籍——我常常在其中寻找上帝的姿态。可这一切似乎都早已面目全非，可怜地被剥去平日的美好，好像今天第一次见到。看我亲手打造的这张台子与床，看这黑色干枯的头颅，这一卷写满上帝言辞的纸，仿佛是死人用过的器具。从前熟悉的东西,今天我竟不认识了。可怜!既然我周围的东西一点也未曾改变,那改变的就是我,我变成了另外一个人。这个死人就是过去的我。我的上帝呀!从前的我是什么样的呢?是什么把从前的我抢走了?现在又留下什么呢?我究竟是什么人?"最让他感到不快的是独居的斗室有些狭窄,而从信仰的眼光观察,这间修道室广大无边,因为上帝的无限就从这间斗室开始。

他前额叩在地上,开始祈祷,才稍稍恢复了一点欢乐。祷告了约一小时,苔依丝的形象忽然闪过,他感谢上帝道:

"耶稣,是你把她送到我的眼前。从这一点上,我再次感受到你无边的恩惠。你让我看见那个我送给你的女人,是要我欢喜,是要我安心,是要我畅快。你把她那纯洁的微笑和优雅,拔去了刺的美丽显现在我的眼前。我的上帝,你把她——我依照你的意图洗涤过修饰了的她——显现在我面前,正如一个老朋友提醒友人已收到这件美好的礼物。我所以欢喜地看着这个女人,我肯定她的幻影是从你的身边而来,你不愿忘记她是我送给你的,我的耶稣。请保留她,既然你中意她,就别让旁人只看到她的娇媚。"

一整夜,巴福尼斯都不曾睡去,苔依丝的形象在他眼前比在仙女洞中看到的还要清晰。他为自己做证,说道:

"我所做的事,只是为了上帝的荣耀。"

然而,他始终难以平静,他叹息地说道:

"我的灵魂,你为什么忧愁?为什么让我心烦意乱?"

他的灵魂总是不安。三十天工夫,他常处在阴郁的牢笼中,对于修道士而言,这种处境实在是危险的先兆。苔依丝的形象挥之不去,他自己也不想把它赶走,还以为这是上帝的传达,这是个圣女的形象。但是，一天早上，头戴一圈紫罗兰的苔依丝在梦里来拜访他，柔情似水，难以抵挡，他不禁惊骇得叫了起来，醒来后一身冷汗。他睡眼惺忪地感到一股热腾腾湿潮潮的气息：原来是一匹小野豹，两只爪搭在床头，鼻子发出恶臭的气息，喉咙深处一阵"嘿嘿"的声响，仿佛是在嘲笑巴福尼斯。

巴福尼斯惊恐万分，感到一座塔就倾倒在自己的脚下。事实是，他从倒塌的信仰之巅顶跌落下来。一时竟呆住了，紧接着，他虽然恢复意识，然而冥想却只会徒增烦恼。

"到底是哪一种呢？"他自言自语，"这个幻景或许像从前的一样，仍是从上帝身边来的也不是不可能。是我自己天性中的邪恶，玷污了本是无害的幻境，正如美酒盛在不洁的酒杯中，便成为酸酒一样。因为我的卑劣，才使感化变成了污行，恶魔的野狗立刻就利用我的卑劣而取得非常的利益。或者这个幻影，不是从上帝身边来的，恰恰相反，是从恶魔身边来的，是个腐化的幻影。如果是这样的，那以前信以为从天上来的幻影真的是从天上来的吗？修行者必须要分辨这两种可能，我却无能为力。但是这二者之间，无论哪一种，都意味着上帝要远远地离开我，我虽然不知道他究竟为什么要离开，但已预感到这种结果。"

他就这样思索着、苦闷着，问道：

"正义的上帝呀，如果圣女们的幻影对你的仆人是种危险，你究竟还要进行怎样的考验？请你给出清晰的指示，让我看看！"

然而，上帝的意图无人知晓，启示仆人是不大方便的。巴福尼斯仍沉浸在怀疑中。他决心不再思念苔依丝，但确是徒劳。苔依丝依然跟着他，他在读书的时候、冥想的时候、祈祷的时候、静思的时候，她总是凝望着他。梦想中的苔依丝走来的时候，总有一阵轻微的声响，正像女人行走时的衣裙声。

这种幻影超越现实，如幻如真。原来现实常是摇摆而模糊的，而那从孤独生活来的幽灵反而有着一种深刻的本质、一种强有力的正确。她以不同的姿态展示在他面前。有时是沉思，头上戴着她最后烧毁的花冠，身上穿着亚历山大宴会时所穿的那件淡紫色的银色长袍；有时像是裹在轻轻的云纱里，浸在仙女洞中淡淡的阴影中，有时沉醉于欢乐，有时神情虔诚，穿着粗布衣衫，带着天国的欢乐；有时充满忧郁，眼神里充满着对死亡的恐怖，破开的心脏流出鲜血，流淌在她裸露的胸腔。在这些种种的幻影中最使他苦痛的，就是他亲手焚毁的花冠、披衫、头巾，此时竟也一一显现；他感到这一切显然都有一个不可毁灭的灵魂，他叫喊道：

"苔依丝罪恶的灵魂都到我身边来了！"

他转过头去，感觉苔依丝就在身后，于是变得更加不安。他的痛苦是残酷的。但是，他灵魂的肉体虽处于诱惑之中，却依旧保持着纯洁，他将希望寄于上帝，于是温和地向上帝问道：

"上帝，我长途跋涉赶到异教徒中把她找出来，就是为了你，而不是我。为了你的利益而使我受苦，不大公正吧。我温柔的耶稣呀！请保护我！我的救世主，请帮助我！别让幽灵来做我的肉体所不能完成的事业。我已战胜肉欲，不要让幻影来打倒我。我知道自己处在水深火热之中。我了解幻梦比现实更有力量。既然幻梦是一种高级的现实，请问如何能改变呢？幻梦是事物的灵魂。柏拉图虽然不是个偶像崇拜者，尚且承认理念的存在。主啊，在你跟随我去的那个恶魔的宴会上，确实存在着被罪恶所污秽却是不失智慧的人，他们也一致承认我们在孤寂、冥想和忘我的境地里是感觉有真实的物象的；而在你的圣书里，我的上帝，也几次证明幻梦的功德，通过你，或是你的敌人几次证实了幻影的力量。"

他成为了一个新人，如今在和上帝讲道理。但是，上帝却并不急于启发他的心智。黑夜是一个长长的梦，白天和黑夜对他而言，没什么分别。一天清早，他从梦中惊醒，发出一阵叹息，如同月光下那罪恶的殉难者的坟墓里走出来一般。苔依丝来了，给他看自己流着血的脚；他哭了，她就去睡在他的床上。毋庸置疑，苔依丝的幻影定是不洁的。

他厌恶地从那污浊的床上挣脱出来，双手遮着脸，不想再看见光明。时光流逝着，却带不走他的罪恶。独居的斗室一片寂静，巴福尼斯感到从未有过的孤独。幻景的幽灵虽然已经离开他，但他却仍然感到害怕。任何事物都无法消除他对梦幻的记忆。他充满着恐怖：

"为什么我无法让幻梦消失？为什么我无法回避她冰冷的手臂，火热的膝盖？"

面对这张可怕的床，他已不敢再呼上帝之名，担心房间被污之后，恶魔们便可随时出入斗室。他的恐惧并非多余，先前站在门前的七只小豺，竟排着队进来，蹲在他的床底下。晚间祈祷的时候，他看见气味难闻的第八只也来了。到了第二天，便是第九只，不久竟有三十只，接着是六十只，八十只。小豺愈聚愈小，最后只有老鼠那么大，床上、椅子上、斗室里到处都是。其中一只跳到放在床头的木板上，四爪站在那个木乃伊的头上，用热烈的目光凝视着巴福尼斯。以后每天都有一只新的小豺进来。

为了抵偿梦幻的罪恶，为了逃避污秽的思想，巴福尼斯决定离开他已经污秽的斗室，去沙漠的深处奉行最苦的修行，全力创造杰出的业绩和全新的功德。计划执行前，他打算先到老人家柏来蒙那儿征求一下意见。

他看见柏来蒙在园子里灌溉莴苣。此时夕阳西斜,那条青色的尼罗河,在紫色的山丘脚下流淌。圣徒柏来蒙动作迟缓,只怕吓到他肩上的一只鸽子。

"呀,道兄巴福尼斯,希望天主和你在一处!"他说,"赞美天主的恩惠,他给我派来了动物,以便我和它谈论功德,用天空的飞鸟来赞美他,看看这只鸽子,看脖子上那变幻的色彩,你说这不是上帝的杰作吗?但是我的道兄,你来不是要和我讨论什么虔诚的问题吗?要是那样,我就把喷壶放下来听你说。"

巴福尼斯于是把自己的旅行,他的归来,白天的幻影,黑夜的梦以及那次犯罪的梦境,魔犬的群集,通通都告诉那位老人家了。

"我的道兄,"他补充道,"你看我应该深入到沙漠里去,去完成非常艰难的工作,用我的苦行来吓走那恶魔吗?"

"我只是一个可怜的罪人,"柏来蒙回答说,"我不大知道人间的事情,因为我和羚羊、小兔子和鸽子在这个庭园过了一生。我的道兄,我觉得你苦痛的最大的原因,大抵是从世俗的扰攘中,毫无准备就突然回到孤独的平静的缘故。这种突然的变动只会损害灵魂的康健。道兄,你的境地,正像一个人同时置身于暴冷暴热中,受着咳嗽和发热的折磨。巴福尼斯兄,我要是你的话,是绝对不往任何可怕的沙漠里去,我会拣几种适宜于修道士和圣徒的事情来消遣。我会去拜访邻近的修道院,听人家说,有几处修道院确实不错。比如,修道士赛拉皮翁的修道院里,共有一千四百三十二间修道院,修道士们的区分采用的是希腊文的字母,甚至修道士的品性和文字的形状也有若干关系,例如住在Z字一群里的修道士,性格都委婉些;在I字的一群里的修道士,性格就很直爽。我的道兄呀，我要是你，一定要亲眼去看个明白，不看到如此惊奇的事情决不罢休。那散落在尼罗河两岸的种种团体组织，我一定要去研究一下，作个比较。所有这一切，正是最适宜你这类宗教家的养心法。你也听说过，修道士埃福雷姆编制了许多绝妙的规则。你是个杰出的抄写手，得到埃福雷姆的允许，你便可把他的著述抄写一遍。我的一双手握惯了锄头，不能像著作家般握着细小的芦笔在纸上写字。但是你，我的道兄你是认识文字的，这一件事就应该感谢上帝，因为没有一样东西能比美丽的字迹更值得赞美。抄写和阅读的工作便是对付邪恶思想的最大的方法。巴福尼斯兄，你能把我们的神甫安东尼或保尔的训诫写出来吗？在这种虔诚的工作之中，你会渐渐恢复感官和灵魂的平和。孤寂仍将为你所心爱，不久你便可恢复从前那样的生活，从事那为旅行所间断的禁欲事业了，但是切勿急于求成。神甫安东尼和我们在一起时，他老是说：'过度的绝食便要产生柔弱，柔弱便将产生无力。有很多修道士因为故意长期绝食而致损坏了身体。可以说，这种修道士是自己用匕首刺入了胸口，把奄奄一息的自己交到了恶魔的手中。'圣徒安东尼是这样说的；至于我，只是个无知的愚人，靠上帝的恩惠，我记住了神甫的话。"

　　巴福尼斯感谢柏来蒙，答应考虑他的意见。走过那扇关闭小庭园的芦棚后，他回过头来，看见良善的柏来蒙又在灌溉蔬菜，一只鸽子在他弯着的背上摆动。眼见此景，他真想大哭一场。

　　一回到独居的斗室里，他发现一大堆莫名其妙的东西在动，仿佛是被暴风吹乱的黄沙，他认出这是无数的小豺。这天夜间，他梦见一根高高的石柱，柱顶雕着一个人像，又听见一个声音在说：

　　"登到这个圆柱上去！"

醒来时，他深信是主托的梦，于是便召集他的门徒，对他们说：

"我最亲爱的孩子们，为了到上帝指示的地方，我不得不离开你们。当我远出期间，请服从弗拉文，并善视保尔。祝福你们，再会了。"

弟子们都俯伏在地上，等到抬起头来，只看见沙漠的地平线上巴福尼斯那巨大的黑色身影。

他日夜兼程，一直走到了以前偶像教徒所建筑的破庙里。当他热情地赶往亚历山大的时候，曾经和蝎子与人鱼一起就睡在这座破庙里。画满着咒语的墙壁仍矗立在那儿。三十根柱顶雕着人头或是莲花大石柱，依然支撑着那根巨大的石梁。只有尽头的一根石柱已摆脱了古代的负担，自由自在地立在那儿。这根柱头刻着一个微笑的女人头像，圆圆的脸，细长的眼睛，额上还长着一对牝牛的角。

巴福尼斯认出这是梦中见到的那根柱子，他估计约有半米高。他到邻村让木匠做一个和石柱一样高的梯子。他把梯子靠在柱上就爬上去，跪在柱顶，向天主祈祷道：

"我的上帝呀，这是你替我选择的住处，靠你的恩惠，让我在这顶上一直待到我死。"

他不带任何粮食，信赖神明，并且以为慈悲的乡人定会给他维持生命的食品。果然，到了第二天下午五时，有几个女人带着她们的小孩子过来，她们拿着面包、椰子果和清水。小孩子们把这些东西搬到圆柱顶上去。

那根柱的顶上不太宽阔，巴福尼斯没法躺直身体，因此他睡觉时，只好盘起双腿，头垂在胸口，睡觉比醒着更为疲劳难忍。天亮时，老鹰飞过，羽翼触着他的身体，他便惊醒过来，充满着苦闷。

那个替巴福尼斯造梯子的木匠是个惧怕上帝有信仰的人，想到圣徒日晒夜露,风吹雨打,一无遮蔽,又担心他睡眠的时候跌了下来,便在圆柱顶上修了一个顶棚,加了一圈栏杆。

巴福尼斯这种神奇美妙的生活,传遍了整个村庄。等到礼拜日,山野里的农夫们都带上他们的女人和孩子来瞻拜他。弟子们知道了他这个光荣的隐遁之处,都表示钦佩,来到这地方,请求在圆柱脚下建筑房屋。每天早上,他们便在老师的四周绕成一个圆圈,倾听他的训诫:

"我的孩子们,你们要像耶稣所喜爱的小孩子们一样,这样才能超度。肉欲的罪恶是一切罪的源头,它像一个父亲生出许多儿子——骄傲、贪婪、懒惰、怨恨、妒忌都是肉的罪恶所爱好的子孙。我在亚历山大所见的情形是这样的:我看见富翁耽沉溺于淫逸的那条污河,将他们送到苦痛的深渊。"

修道士埃福雷姆和赛拉皮翁听到关于巴福尼斯的传闻,都想来亲自看一看。巴福尼斯远远就望见河面上载着两个修道士的帆船,不禁想到是上帝叫他做了一个隐遁者的模范。两个修道士看到他后并未表示惊奇,两人商量过后,都指责这种异常的苦修,热心地劝告巴福尼斯从柱上走下来。

"这样的生活是不合常理的,"他们俩说,"这种生活从来没有过,脱离了宗规。"

但是,巴福尼斯回答他们道:

"如果异常的生活不是修道生活,敢问所谓修道生活究竟是怎么样的呢?修道士的业绩不应当和修道士自身一样异常吗?我受着上帝的指示才登上这根石柱,要我走下来,也要等上帝的指示。"

每天都有修道的人加入他的弟子中间,在这空中的隐士的四周造起小屋子来。其中有许多人模仿巴福尼斯的行为,想登到这座破庙的残骸上去，但却受到同道者的责难，也有的受不了劳累，不久便抛弃了对这种修炼的尝试。

朝拜者大批汇集于此。许多人从遥远的地方赶来，饥渴难忍。有个穷寡妇便想把清水和西瓜卖给他们。于是，在巴福尼斯的柱子前，撑起个蓝白布帐，放着红泥的水瓶、杯子以及水果，她背靠着柱子叫喊着："有谁口渴？"学着寡妇的样子，卖面包的便搬来许多砖头，在寡妇布帐的旁边，砌起一个炉子来，要把面包和糕饼卖给旅人们。因为参观的人一天比一天多，就连埃及大都市里的人们也都赶来了。有个爱财如命的人，便造了一座旅舍，以便有钱的人带着他们的仆役、骆驼、骡子来住宿。不久，巴福尼斯的石柱面前就形成了一个市场。尼罗河上的渔夫拿着鲜鱼，邻人拿着蔬菜都到市场上来做买卖。有个剃刀师傅露天替人家剃头，妙趣横生地逗客人开心。这座古老的破庙在寂静安宁中度过了漫长岁月，如今却充满了生命的喧嚣。酒店老板把破庙的地下室改为酒窖，在那古旧的圆柱上，贴着画有圣徒巴福尼斯小像的广告，广告又用希腊文和埃及文写着：此地出售石榴酒、无花果酒和货真价实的西丽西啤酒。雕刻着古人像的墙壁上，商人们挂着葱束、熏鱼、死兔子和剥了皮的羊。一等到晚上，这座破庙里的老客人：野鼠，长长地连成一串，逃向尼罗河那边去；野鹤呢，心神不安地伸长着头颈，一只脚颤巍巍地立在高高的屋角上。厨房里的黑烟，饮酒客人的呼唤声，女人的叫喊声一起升向屋角上空。破庙的周围，测量队来测绘路线，泥水匠来造修道院、小教堂、大教堂。过了六个月，一个城市就造成了，兵房、裁判所、监狱都有了，还有一所由一位失明的老学究所管理的学校。

巡礼者无休无歇。各处教堂的司教和代理司教都赶来参观，高度赞扬着巴福尼斯的德行。司教安狄奥克那时恰在埃及，便带领他全部的修道士来参观,对于巴福尼斯的修业也极为颂赞。利比亚的基督教教会的司教者们,因为原司教亚达那斯外出,也听从了安狄奥克的看法。埃福雷姆和赛拉皮翁两个修道士听见了这种消息,连忙赶来,到巴福尼斯的脚下,请求宽恕他们最初的怀疑。巴福尼斯对他们说:

"我的道兄们,我经受的苦业也难抵御种种诱惑,它们的种类之多,力量之大真使我惊惧呢。一个人外表看上去渺小,而从上帝送我来居住的柱上望去,忙碌的人群真像一堆蚂蚁;但是从内在看来,人真是巨大,巨大到像宇宙一般。为什么呢?因为人是囊括宇宙的。陈列在我面前的一切:修道院、旅店、河面上的船只、乡镇以及我所望见的远处的田亩、河流、沙漠和山岭,用我内心来观察都不算什么。我的心中有数不尽的城市,有无边际的沙漠,罪恶和死亡伸展在这无限大的地面之上,正如黑夜包裹着大地,我一个人承载着宇宙那么大的恶念呢。"

他之所以这样说,是因为对于女人的欲望一直占据着他的心灵。

到了第七个月,从亚历山大、布巴斯特和萨伊斯来了一些女人,她们长期不孕,想靠圣徒巴福尼斯作媒介,靠着圆柱的功德,而得到子嗣。她们把不孕的肚皮向巴福尼斯的圆柱摩擦着。接着,祈愿者的马车、轿子、抬担架等便在这巴福尼斯的下面停留,拥挤,扰动着,一望无际。从车轿里走出来的人,是让人惊骇的病人。母亲们把她们有疾病的小孩子:或者四肢扭曲,或者眼睛外翻,或者嘴里吐沫,或者声音嘶哑,都呈到巴福尼斯面前,他便用两手去按在这种病孩子的身上而祈祷。瞎子也走进来了,伸长两只臂膊,仰起那张戳着两个窟窿血淋淋的面孔。患中风的病人将那滞重的麻木部分,瘦得要命蜷缩丑陋的四肢给他看。跛子让他看假肢。癌症的病人两手扯开胸前的衣衫,露出被无形的老鹰啄食的乳房,坐在圆柱下面地上的患水肿病的妇女,仿佛人家从肩上卸下来的大皮袋。巴福尼斯对所有的人都送去祝福。一些染上麻风病的努比亚人，拖着沉重的脚步走来，面无表情，含着眼泪望着他。他为他们画了十字架，为他们祝福。有个亚福洛提督市的少女呕血之后已沉睡了三天，活像一个蜡人，父母以为她死了，将一根棕榈叶放在她的胸口。巴福尼斯为她祈祷，那少女竟会仰起头来了，睁开了眼睛。

百姓们到处颂扬着巴福尼斯的奇迹，于是患有被希腊人称为天刑病的不幸者从埃及各地赶来了。这种病人一看见那根圆柱，立刻会痉挛起来，在地上打滚，时而直立，时而缩作一团。说也奇怪！其他在场的人都被这种激烈的乐趣所感染，模仿起病人抽搐起来。修道士、朝圣者、男人、女人互相追赶着，在泥里打滚争闹、四肢扭曲、口吐白沫，一边大口大口吞着泥土，一边说着种种预言。巴福尼斯在圆柱顶上，感到一阵战栗，便向上帝呼喊道：

"我是担负一切罪恶的人。把这一切的污秽都放到我一个人身上来吧。天主呀，我的肉体充满了邪恶。"

每次一个病人痊愈，参与的人便喝彩，把那病愈的人胜利地抬来抬去，不停地喊着：

"我们看见一条新的西洛埃泉了。"

已经有百来根拐杖挂在这神奇的柱上了，感恩的妇女又把那花圈和书片挂在那上面。希腊人在柱上刻起两行诗，又因为每个巡礼者都要在柱石上刻自己的名字，所以这根柱子约一人高的位置，不久便刻满了拉丁文、希腊文、太古埃及文、迦太基文、希伯来文、叙利亚文，以及咒语。

复活节到了，奇迹的市上热闹非凡，老人们都以为重新回到昔日的神秘时代了。广场上，种种服装混杂在一处，埃及人的染出许多颜色来的袍子，阿拉伯人的斗篷，努比亚人的白色短裤，希腊人的上身短衣，罗马人的长褶襞宽外袍，野蛮人的血红的衣裤，妓女们织有金丝的披衫，混在一处，真是无奇不有。戴着面纱的妇女骑着驴子，有一班黑奴用木棍为她开路。走江湖的卖技者，在地面上铺了一张毯子，动作娴熟地为安静的看客们表演变戏法、翻跟头。弄蛇者伸出两只臂膊，将那带一般的卷在腰间的蛇扯开来。整个人群中，珠翠闪耀、尘土飞扬、叮当响着的、叫嚷声斥责声响成一片。骆驼夫打骆驼的鞭子声，商人吆喝着卖防痴癫厄运的护身符，修道士们歌咏圣书文句的单调的朗咏声，妇女被占卜者预言吓得突然发狂的呻吟声，乞丐们反复地唱着古歌谣的尖锐声，羊的叫声，驴的鸣声，水手们招呼落后的游客，种种声音同时并作汇成震耳欲聋的喧闹声，有时这嘈杂中间还闪出几声锐利的呼喊来，这是裸体的小黑奴们，到处乱跑着，贩卖新鲜的海枣。

所有人，在雪白的天空下，污浊的空气之中拥挤着。空气里混杂着女人的香气、黑奴的气味、油煎东西的烟气，又混杂信仰极深的牧羊人买来烧在圣徒巴福尼斯前的树胶的蒸气。

到了夜间，四处点起火堆、火把和灯笼。只看见红的影子，黑色的形体。在一圈蹲着的听众中间，站着一位老人家，面孔被那烟雾腾腾的洋灯照得亮亮的，他讲述着古代丘比特如何使自己着了魔法，将自己的心脏从胸中拿了出来，去放在一棵荆球花树里，接着她自己就变成一棵树木了。他讲得手舞足蹈，影子随之变化，赞叹着的听众们不禁喝起彩来。酒店中，酒客横在椅子上要拿啤酒和葡萄酒，舞女们画着黑圈，腹部赤裸，在这班酒徒面前表演宗教色情的故事。另外一边，年轻人玩着骰子或者猜手指的玩意儿，老人们在阴影里追随着妓女。只有那根竖立着的圆柱屹立于骚动的人群之上，一动也不动，那个长着牡牛角的头颅在阴影里凝视，而在这头颅上面的巴福尼斯则在天地之间守望着这一切。突然间，月亮在尼罗河上升起，仿佛一位女神赤露的肩膀。山丘之上满泻着月光，巴福尼斯似乎看见苔依丝在水光之中，蓝宝石一般的夜间，璀璨生光。

日子一天一天地过去，那个圣徒还住在那柱顶上。雨季到了，天上的雨水从屋顶的缝里漏下来，浸透了他的身体；麻木的四肢，不能动弹，太阳燃烧着他的皮肤，露水又将他皮层赤得绯红，大片的溃烂吞噬着他的手臂和大腿。但是，对于苔依丝的欲望却一直耗尽着他的生命，他不禁道：

"全能的上帝呀！还不够！再送些诱惑来，再来些不洁的想法！再来些可怕的欲望！天主呀，请把人间一切的淫逸都放到我身上来，我愿偿清一切的罪孽！我听过一个骗子说，斯巴达的一匹雌狗担负了世上一切的罪孽，这个寓言就算是假的，但是的确隐藏着一种意义，我今天确确实实已了解的意义。事实是，人们的不洁会像消散于井水中一般的消散于圣徒的灵魂里，正直的灵魂被更多的污泥所污秽，所以我要赞美你，我的上帝，因为你把我变成宇宙万恶的沟渠了。"

有一天，这圣洁的城市引发了一阵骚动，甚至柱上的圣徒也听到了：原来有个大人物亚历山大的海军司令官吕西尤斯·奥雷利尤斯·科塔要来了，他来了，他走近了！

这个消息倒是真的。老科塔是来视察运河及尼罗河的航运的，他几次想来看看柱头的修道士和那个称为斯底洛波利斯的新城市。一天早上，城里的人看见尼罗河面布满了帆船。一艘涂着金色，装饰着红色的军舰的甲板上，科塔带领着舰队出现了。他登上岸，随行的是他的秘书——手里拿着杂记簿的和他的医生阿里斯泰，他最喜欢和医生谈话。

一大队卫兵跟在后面。岸边尽是元老们及穿着海军制服的军人。离圆柱不远的地方，他停下来，观察那个柱头的修道士，用长长的褶襞揩着额上的汗水。他本性好奇，在之前的旅途里他从不放过类似的机会。他喜欢回忆见过的奇人异事，他想写完了迦太基的历史之后，把他所见的奇事，再写成一本书。这时，他对眼前的情景很感兴趣。

"呀，这真是奇事！"他头上出着汗，气喘吁吁地说，"事情真值得讲述，这个人是我的客人呀。确实，这个修道士去年到我家里来吃过晚饭；饭后，他带走了个女演员。"

他回头对他的秘书说道：

"你把这段话写在杂记簿里，圆的容积和柱头的形状也不要忘记写。"接着，又揩拭他额头上的汗水，说：

"可靠的人对我说，这个修道士登上圆柱已经有一年之久，也从来没有离开过。阿里斯泰，这可能吗？"

"在痴癫的人或是病人来说，这是可能的，"阿里斯泰回答说，"而对于身心都健全的人倒是不可能的。身心的疾病往往能使病者有一种常人所没有的力量，你也许不知道，实际说来，身体无所谓健康与否，也没有真正病体，只有人体各机关的状态种种不同罢了。我对人们所说的疾病做过充分的研究，已经把它们看做生命所必要的状态。我对研究疾病比和疾病战斗更感兴趣。有许多不得不使人惊叹，疾病的外表形式虽杂乱，但是内面却隐藏着深刻的和谐，像四日疟疾那种病就是件好事！有时，身体的疾病，毫无征兆地会把精神的能力突然爆发。克来翁那个人你是认识的吧，他小的时候口吃愚鲁。但是后来他从梯子上跌下来，跌碎了头骨，就成为一个高明的律师了。这个修道士的身体内部大概得了病。况且，他这种生活也不像你感觉的那样，实在没有什么新奇的。你不记得印度的裸体修行者吗？他们可以保持身体岿然不动，不仅一年，而且能够经过二十年，三十年，四十年。"

"呵呵！"科塔叫道，"这真是妄想！人生下来是要动的，不动是不可饶恕的罪恶，因为这有损国家的利益。我真不懂一种信仰会造成如此不利的行为发生。看到这种行为，不得不使人要联想到亚细亚地某种宗教崇拜。我做叙利亚总督的时候，看见在海拉市的柱廊上竖立起许多象征男人生殖器的柱子。有个男人每年两次登上这种柱子，每次住上七天，人民相信他是在和众神谈话，使叙利亚繁昌。而在我看来，这种习俗是荒诞无稽，然而，我却无法阻止这种风俗。良好的行政长官不应该废除人民的习俗，却应该尽力把它保存下来，政府不能强加信仰，它的责任是使既存的信仰得到满足，无论信仰好坏与否，都是时代、环境和种族的影响而造成的。如果加以制止，那么它在精神上是革命者，在行动上却是施行暴政，必然会遭到厌恶。况且，要是对于庸俗的信仰不加以解释，也不能宽容，请问又如何能站立于信仰之上呢？阿里斯泰，我的意见是让这云端里的修道士待在空中，让飞鸟去冲犯他吧。对于这个人，要胜过他绝不能强迫其屈服，而是要弄清楚他的信仰。"

他喘着气，咳嗽起来，将他的手按在秘书的肩上，说道：

"你写吧，基督教中有种宗派，以拐诱淫妇和生活于圆住顶上为善事。你还可以补充，这种习俗是对生殖器的某种崇拜，关于这一点，我们应该向他问个明白。"

接着他便仰起头来，将手遮去那耀眼的阳光，大声向巴福尼斯说道：

"喂！巴福尼斯，你还记得你做过我的客人吗？请你回答我。你在柱顶上干什么？为什么登上这个柱顶呢？这根柱子在你的心目中，是不是代表男性生殖器？"

巴福尼斯以为科塔是个异教徒，所以不予理睬。但是他的弟子弗拉文，倒走近科塔身边回答道：

"大人，这位圣徒担负世间的罪恶，会治愈各种疾病！"

"天呀！你听，阿里斯泰！"科塔叫了起来，"这个云端里的修道士，跟你一样是做医生的！你对于这个高高在上的同业者，有什么看法？"

阿里斯泰摇摇头说道：

"或者是事实也未可知的，我所不能治愈的疾病，像习俗所称天刑的那种癫狂病，他要能治愈也是有可能的。虽然所有的疾病都可称为天刑病，因为它们都来自神明，不过，这种天刑病的部分原因是出于想象。你会承认，躲在圆柱顶上女神头上的修道士，比我在药房里对着研钵药瓶做出来的不知要强多少倍呢。要知道宇宙间有些力量远胜理智与科学。"

"哪些力量？"科塔问。

"那就是愚昧和癫狂。"阿里斯泰回答说。

"我从来没有见过像现在这样有意思的东西，"科塔说，"我盼望有一个巧妙的著作家写一些这城市的起源。但最奇怪的是，就是像我这样占着重要地位的勤奋人，不应长时间地留在这里欣赏它，还是去视察运河吧。别了，良善的巴福尼斯！不如说，再会吧！假设一旦你走下地来，再来亚历山大，请你不要忘记再到我家来吃晚饭。"

科塔的这几句话，在场的众人都听见了，于是便一传十，十传百，辗转传开了，加上信仰基督者的宣扬，为巴福尼斯的光荣上又添了一种无可比拟的光辉。虔诚人的想象力又把这些话添枝加叶，索性谣传柱端的圣徒使海军总司令也信仰使徒们和尼塞神甫的信仰。信徒们把科塔最后一句话赋予了另一种意义，在他们嘴里，科塔请巴福尼斯去吃晚饭，变成吃圣餐，变成为圣徒的精神的圣餐，天国的飨宴了。所有的人把巴福尼斯与科塔相会见的情景增添了许多情节，大家也信以为真了。据说，科塔和巴福尼斯辩论了好久后，便有一个天使从天上飞来，替科塔揩拭额上的汗水。又说海军司令的秘书和医生也跟着变为基督徒。既然奇迹已为人所知，利比亚的主要教堂里的助祭们，在教堂记录簿里由此编出了相同的传记。从那时候起，毫无夸张地，全世界的人都希望见一见巴福尼斯，从东方到西方，所有的人都向他投去钦佩的目光。意大利最重要的城市都派大使到巴福尼斯的地方，罗马的恺撒，支持基督教正统性的非凡的君士坦特，也写了一封信派使臣送来，并举行了重大的仪式。却说，一个夜间，当他脚下的城市沉睡在露水之中的时候，他听见一种声音对他说：

"巴福尼斯，你依你的善行而出名了，你依你的言语而显示了你的威力。上帝为了自己的光荣才使你降临。他选择你来实现奇迹，治疗病人，收服异教徒，启发罪人，征服阿里乌斯教派，恢复基督教教会的安宁。"

巴福尼斯答道：

"愿上帝的意志实现！"

那声音又说道：

"起来吧，巴福尼斯，到那皇宫里去找那个无信仰的君士坦斯吧，他不效仿他哥哥君士坦特的贤德，反而去拥护阿里尤斯和马尔居斯的谬误。去吧！青铜的城门在你面前会自动打开，你的鞋子会在金子的路面上回响，你可怕的声音将改变君士坦丁儿子的心灵。你将统治和平而强大的基督教教会，像灵魂指引身体一样，基督教教会统治帝国。你的地位将在元老贵族们之上。你将使百姓们不再呻吟,野蛮人不再暴动。老科塔知道你是政府的首脑之后,会以替你洗脚而感到无尚荣光。等到你死了,人们会把你的惩戒代交给亚历山大的大司祭,那个压在光荣中度过一生的伟大的阿塔那斯,会吻着你的带子,犹如吻着一个圣徒的遗物。去吧!"

巴福尼斯答道:

"愿上帝的意志得以完成!"

于是,他尽力站起来,准备走下来。那个声音仿佛猜到他的想法,对他说道:

"你不要从这梯子上走下来,否则你就只是个凡人,就会否认天所赋予你的力量。天使般的巴福尼斯,好好地估量自己的力量吧。一个像你这样的大圣人是应该在天空中飞的。跳下来,天使们会接住你。跳下来吧!"

巴福尼斯答道:

"希望上帝的意志统治大地,统治诸天!"

他上下挥动着两条伸开的胳膊,像一只巨大的病鸟展开了憔悴的羽翼,摇了几摇,他想跳下来,忽然耳边传来一阵狰狞的冷笑。他吓了一跳,问道:

"是谁在这样笑?"

"哈哈!"那声音尖锐地喊着,"我们的友谊只是开始。有一天你会更加了解我,最亲爱的,是我叫你登上这根圆柱的。我对你真是满意,你是多么温顺地完成了我的希望。巴福尼斯,我对你很满意!"

巴福尼斯因恐怖而变了声调,喃喃地说道:

"躲开!我认识你,就是你把耶稣放在寺院的屋脊上,将世上的万国给他看。"

他惊骇地跌倒在柱石上。

"我怎么没有早点儿认出它来?"他想,"我比那些把希望寄托在我身上的瘫子、聋子、盲子更加可怜,对超自然的事物已经失去了感觉。我比那吃着污泥近乎要死亡的奇怪的狂人更加狂乱了,已辨别不出地狱的叫嚷和天国的呼唤了,把婴孩从奶娘身边夺开它就会哭泣,就是狗也会嗅出主人所走的路线,就是树木还知道向着太阳,我却连这样的判断力都没有。我是恶魔的玩具,是撒旦领我到这儿来的,它让我爬到这根柱顶的时候,淫逸和傲慢这两个东西也一起爬了上去,就在我的旁边。然而,诱惑太多我倒不难受,安东尼在他的山上也同样受到诱惑。我只希望诱惑的利刀当着天使的面,刺到我的身体。可现在我受着这种酷刑,但是上帝一声也不响,他的沉默令人害怕。他离开我了,要知道我只有他,他竟让我一个人住在没有他的恐怖里,他躲开我,我要去追他。我要马上离开这石柱,快一点,去呀,去追着上帝。"

他立刻握住了靠在柱上的梯子,脚踏到梯子上,向下跨了一级,正好面对着柱石雕像的面孔,那雕像古怪地微笑着。于是他确信,他选择这个柱顶做安息之处和荣耀的东西,只是魔鬼让他心烦意乱,把他当成进入地狱的工具。他赶快从梯子上走下来,两只脚不听使唤地跟跄了一阵。但是,他感到可咒的石柱的影子笼罩着他,他便逼迫着两脚赶快往前逃。周围寂静无声,他偷偷地穿过那个四周是酒店、旅馆和商队宿舍的广场,逃入一条通向利比亚山岭的小路。一只狗追着他,一直追到沙漠的入口处才停住。巴福尼斯循着野兽的足迹前进,穿过伪币制造者抛弃的窝棚,终日终夜地仓皇逃窜。

终于,他饥渴疲乏快要死了,然而却始终不知道上帝还有多远。此时，他看见一座无声的城市向两边延伸，消失在红色的地平线上。那住宅都孤立着，和邻宅隔开得很远，而住宅的形状相同，像是拦腰砍断的金字塔。原来这些都是坟墓。墓穴的门都已破碎，在墓室的阴影里，狗和豺狼闪着凶狠的光，原来这些畜生正在喂饲它们的幼崽。墓门之外横着几个被盗贼剥了衣衫，被野兽啃过的尸体。走过这死亡的市街，巴福尼斯精疲力尽，便在一坟墓前面倒下来。这坟墓孤立着，装饰华丽，旁边一道泉水在棕榈树之间流过。因为没有墓门，所以从外部就可以望见一个彩色的房间，许多蛇盘踞于此。

巴福尼斯叹息道：

"这是上帝给我选的住处了，是我悔悟和苦业的殿堂了。"

他爬进墓室，用两只脚来把蛇赶开。在石板上跪了十八个小时，然后走到泉源边，用手掌取一点水来喝。接着他摘了几个海枣和莲蓬来吃。他感到这样的生活不错，就按照这种规矩过日子。自朝至暮，他都不曾离开过石板。

却说，有一天他照例俯伏于地之时，听见一个声音向他说道：

"看看墙上的图吧，那么你就可得到一点知识。"

于是他仰起头来，看见墓室的墙上描绘着和睦的家族生活图，这是一幅极其精准的古代作品。画中有几个厨师鼓起嘴巴正吹着火，还有正在拔鹅毛的，在锅里烧一大块羊肉，再远处有个猎人，肩上背着一只中箭的羚羊。另一边，一班农夫正忙着播种和收获。此外，一些女人在六弦琴、笛子和竖琴的伴奏下跳舞。一位年轻的姑娘弹着双颈诗琴，一朵莲花插在编制细致黑发上闪光。她透明的衣衫下，显出美妙的身姿。她的胸口和嘴像鲜花一样美丽。她侧着脸，美目凝望着远方。这张脸真是标致，巴福尼斯看了她一会儿，垂下眼睛，回答那声音道：

"为什么让我看这种图呢？这张图无疑地是表现一个偶像崇拜者的尘世生活，现在他的尸体正安眠在我脚下黑色玄武石的石棺中，埋在一个深深的洞底。这张图记载着那个死人的生活，然而不论那色彩如何鲜丽，终究只是一个亡灵的阴影。死人的生活！虚无缥缈……"

"他是死了，但是他活过，"那声音又说起来，"至于你，你也是要死的，但是你在这世上实在没有活过。"

自从这一天起，巴福尼斯再没有片刻安宁。那声音无休无歇地和他讲话，那个弹着双颈诗琴的女人，长长的眼睫凝视着他。现在轮到她讲话了：

"看呀，我是神秘而美丽的。爱我吧。到我臂怀里来汲取那使你苦痛的爱情吧，你何必怕我呢？你逃不开，因为我就是女人的美。你想避开我，请问躲到哪里去呢？呆子，在那鲜花的光彩里，在那棕榈树的柔媚里，在那鸽子的飞舞里，在那羚羊的跳跃里，在那小河流去的波纹里，在那月亮的柔光里，你将重新找到我的形象。假使你闭上了眼睛，在你自己的身心你仍会看到我。这地下，睡在一张黑石床里的，扎着头带的男人，把我抱在胸口已有一千年之久。一千年前，他接受了我最后的亲吻，他虽已长眠，但仍留有亲吻的芬芳。巴福尼斯，你原本认识我，怎么现在不认识我了？我是苔依丝的无数化身之一。你是一个有学问的修道士，精通万物。你旅行过，也教你懂得很多。出外走一天所得的新知识比在家住十年所得的还要多得多。你并非没有听过，苔依丝从前生于斯巴达，名字叫海伦。她在泰布斯也度过了一生，而泰布斯的苔依丝就是我。怎么你会猜不到？我活着的时候，担负了世间太多的罪恶；如今在这儿，我降为一个幽灵，但是最亲爱的修道士，你惊异什么呢？无论你走到哪儿，总会遇见苔依丝。"

他在石板上不停地叩头，惊怖地叫喊。那个弹奏的女人每晚都从墙上走下来，走近巴福尼斯的身边，用夹杂着凉气的清脆的声音和他说话。因为圣徒反抗她的诱惑，她便说：

"爱我，朋友，听我的话吧。你愈拒绝我，我便愈要苦恼你。你还不知道所谓女死人的忍耐呢。如果没有法子，我会一直等到你死。我是个女巫，等你死了，我会把一个灵魂放入你没有生命的身体里，使你的肉体重新活起来，那么这个灵魂不会拒绝我毫无索取的请求。巴福尼斯，请你想想，到那个时候，你幸福的灵魂在天国中看见你的肉体到罪恶里去，你会怎么样？当最后审判世纪末日之后，曾允诺把这身体还给你的上帝也将非常难堪！身体内既住着个恶魔，又为一女魔术者所占有的形体，请问上帝如何可以拿去放在天国的荣耀里呢？你没有想到这个难处，或许上帝也没有想到。上帝并不是感觉锐敏的神明，就连女巫都能轻易地欺骗他。假使上帝没有雷火和瀑布，就是村中的顽童都敢拉他的胡子。他当然没有他的对手那条老蛇老辣。蛇是神奇的艺术家，我也是靠它替我装饰才如此美丽。蛇教我如何编发结，手指如何染成玫瑰色，指甲如何成为玛瑙般，这些你都不太在意。当你到这坟墓里来的时候，你用脚把住在这里的蛇都赶走了，竟还踏碎蛇蛋，全不想想这种蛇或许就是伊甸园中蛇的一族。我为你担心，可怜的朋友，你惹了麻烦。人家毕竟告诉过你，蛇是音乐家，又懂得爱情，可你在干什么？你混淆了科学与美，你真是十分可怜，耶和华救不了你。他不可能来，因为他至高无上，却不能动。他要动一动，那万象立刻就颠倒混乱了。漂亮的隐士，吻我。"

巴福尼斯并非不知道魔法的力量，他极为不安地想道：

"离此不远的一个皇家的坟墓里藏着一本神秘的书，埋在我脚下的这个死人或许知道书上写的话。靠了这本书上的话，死人们恢复了在世的样子，看见太阳和女人的微笑。"

他怕的是女琴手和那个死人的相会，像他们俩活着的时候一般，会眼睁睁地看着他们结合。有时，他似乎听到了接吻时轻微的喘息。

在他看来，一切是混乱的。如今因为上帝的远离，他什么都怕，连想都不敢想。有个晚上，他照例跪在地上，一个陌生的声音对他说：

"巴福尼斯，地上还有许多你所想象不到的人，要是我把这种人给你看看，恐怕你要吓死。有些人头上只长着一只眼睛，有些人只有一条腿，跳着走路，有些人会变性，从女人变成男人，还有些人就是树，根长在地下，还有些人没有头，两只眼睛、一个鼻头、一张嘴都长在胸部，你相信耶稣是为拯救这些人的灵魂而死的吗？"

还有一次，他看见一个幻景。明亮的阳光下，有一条大道，几条河流和花园。亚里史督比尔和勒雷亚斯正骑着一头叙利亚的马在宽阔的大道上飞奔，两个年轻人的面孔兴奋得通红。一处过廊之下，加里拉德正诵着诗歌，自豪的声音颤抖着，眼里闪耀着光。谢诺旦米在一个花园里采摘着金苹果，抚摸着一条生着天青色的翅翼的蛇。穿着白衣裳，戴着闪闪发光的司教帽的海莫徒，正在神树下面冥想。这棵神树上长着许多埃及女神般的侧面头像、秃鹫、老鹰和闪光的月亮。泉台的旁边的尼西亚斯正在一个浑天仪前研究天体和谐的运动。

接着，有个戴面纱的女人，手里拿着一根爱神木的细枝，走到巴福尼斯身边，对他说：

"你看呀，有种人在追求那永恒的美，把无限美置于自己短暂的一生中，另外一种人则无忧无虑地活着，正因为他们顺乎了高尚的自然，所以幸福而又愉快，正因为他们顺其自然地活着，他们将光荣还给主宰万物的艺术家。原来人是上帝的一首美好的赞美歌。他们都认为幸福是无邪的，欢乐是被许可的。巴福尼斯，如果他们没错，那你真是个呆子！"

那幻景消失了。

巴福尼斯的身心就这样无休止地受着诱惑，撒旦竟不让他有片刻的休息。这个坟墓的人实在比大城市十字街头还要多。恶魔在墓中发出狂笑，几百万的魔鬼、妖怪和死人的精灵模仿着人类的生活，集聚于此。到了晚上，他到泉边取水，便有许多林神和女农牧神在他周围跳舞，诱惑着把他拖进淫荡的圈子里跳舞。恶魔们已不再怕他，对他肆无忌惮、百般侮辱，甚至以拳痛击。一天，有个长臂膊的恶魔将巴福尼斯环在腰间的绳子偷去了。

他想：

"思想呀，你把我带到了什么地方？"

他决定用劳作以求得到精神的安宁。泉水边，棕榈树的树荫下，有许多长着大叶子的芭蕉树。他割了几根芭蕉树干，带回坟墓，把树干用石子打碎成细条，照他从前看见绳工所做的样子，想做一根绳子来代替被恶魔所偷去的腰带。恶魔们似乎感到什么障害，他们停止了喧哗，女笛手们也不再施法，平静地待在描绘的墙壁上。巴福尼斯在尽力打碎芭蕉树干的同时，居然恢复了勇气与信仰。

"靠了天的帮助，"他自言自语，"我制伏了肉体。至于灵魂，它始终抱着希望。恶魔们以及该下地狱的女人想使我疑心上帝的本质，只是白费力气。我将依使徒约翰的嘴来回答他们：'太初有道，道即上帝。'这样是我所深信的，如果我信仰的东西是妄诞的，我就更加要相信它，进一步说，我所相信的理应是妄诞的。要不是妄诞的，我倒不相信了，知道的东西不会让人永生，只有信仰才能拯救灵魂。"

他把从树干上扯下来的纤维摊开，晒起来。每天早上，他都翻一翻防止腐烂。他欢喜地感到自身又产生了童年的纯朴。当他编完绳子，又拿芦苇来编组席子和篮子，这个墓穴于是几乎成为他做篮子的工场了，巴福尼斯或做工，或做祈祷，很容易打发日子。然而，上帝并不遂愿。一天夜里，一个声音吓得他浑身冰冷，从梦中惊醒，他猜那是个死人的声音。

声音听起来像一声急促的呼喊，一阵悄然的耳语：

"海伦！海伦！来和我一起洗澡，快点来呀！"

一个女人，嘴唇触着巴福尼斯的耳朵，回答那声音说：

"朋友，我站不起来，有个男人睡在我身上。"

突然间，巴福尼斯发觉自己的脸是靠在一个女人的胸口。她半裸着，略微抬起了胸脯，他认出这是女琴手，他绝望地拥抱着这朵温暖的肉的鲜花，燃烧着永沦于地狱的希望，叫道：

"留下，留下，我的天堂！"

但是，那女人已站在门口边了。她笑着，映着银色的月光。

"何必要留在这里？"她说，"一个亡灵的影子，足以满足一个想象力如此丰富的情人了。况且你已经犯罪，你还要什么呢？再会吧，我的情人在唤我了。"

巴福尼斯默默地哭泣，等到天亮，他说出比叹息更温柔的祈祷来道：

"耶稣，我的耶稣，为什么你抛弃我？你看见我处在危险中。温柔的救主，救救我。既然你的父亲不再爱我，不再听我的话，请你想想，那我就只有你了。你的父亲和我毫不相干，我不理解他，他也不会可怜我，但是你，你是一个女人所生的，所以我的希望只有寄托在你身上了。你想想你也做过人，所以我哀求你，不是因为你是神明之神明，光明之光明，真神之真神，而是因为你也生活在这块我受着苦痛的大地之上，贫穷且柔弱地生活过，因为撒旦想诱惑你的肉体，因为你的额头也渗出了冷汗。我求你的是你的人间性，我的耶稣呀，我的兄弟耶稣！"

他双手互相绞着，如此祈祷之后，一阵可怕的狂笑震撼着坟墓的墙壁，在圆柱顶上响过的声音讥笑道：

"你念这段祷告文抵得上异教徒马尔居斯的日经文。巴福尼斯是邪教徒！巴福尼斯是邪教徒！"

修道士巴福尼斯仿佛遭受雷击，倒在地上失去了知觉。

当他重新睁开眼睛的时候，看见四周尽是穿着黑色道袍的修道者。有的在他脑门上洒着水，有的念着驱魔的咒语，还有许多人站立在墓穴外面，手里拿着棕榈树枝。

其中有一个说道：

"我们穿过沙漠，听见这个墓穴里有呼叫声，进来一看，发现你昏倒在石板上。一定是恶魔把你打倒了，我们走近时，恶魔才逃走了。"

巴福尼斯抬起头，用虚弱的声音问道：

"道兄们，你们是谁？为什么手里拿着棕榈树枝？不会是在替我行葬礼吧？"

那个人回答道：

"道兄，你不知道，我们的神甫安东尼已一百五十岁了，知道自己大限将近，他从退隐的科尔津山上走下来，要为他的无数子孙送来祝福。我们拿着棕榈叶去迎接我们精神的父亲。但是你，道兄，怎么对这样重大的事情一无所知呢？难道天使没到坟墓里来通知你？"

"唉！"巴福尼斯回答说，"是我不配接受这样的恩惠。住在这个墓穴里的，只是恶魔和幽灵。请为我祈祷！我是巴福尼斯，安提诺埃的修道士，是上帝最卑贱的仆人。"

听见巴福尼斯这个名字，大家都摇动那棕榈树枝，发出低低的赞叹声。那个刚说话的人便称赞道：

"你竟是那个圣徒巴福尼斯，你的苦行和功德闻名于世，大家都想你或有一天将和安东尼并列。万分钦敬的人，就是你让苔依丝皈依上帝，就是你，依最高天使的心灵而登上柱顶，柱脚下守夜的人看见你幸福地升天。据说，天使的羽翼将白云环绕着你，你伸出了右手，为千家万户送去祝福，第二天，人们看不到你，对着空空的柱顶发出痛苦的叹息。然而，你的弟子弗拉文宣布了这个奇迹，代替你的位置来管理修道士们。只有一个名叫保尔的老实人，却和大家唱反调。他咬定说梦中看见你被恶魔拉了去。人们都要用石子砸死他，他能活下来是个奇迹。我的名字沙齐墨，是这俯伏在你脚下的修道者的院长。我们跪在你的面前，让你为父亲和他的孩子们祝福，然后请给我们讲讲由于你的努力，上帝的奇迹。"

"我远远不像你们想的那样，受到天主的恩赐，"巴福尼斯回答说，"天主让我经受了可怕的考验。我绝不是受天使们拥戴，我的眼前立着一道阴暗的墙壁，总是挡在我的前面。我过去活在一个梦中，上帝之外一切都是梦。我在亚历山大旅行的时候，在不长的时间里竟听到许多议论，因此我知道迷误的军队是无穷尽的。迷误老是跟随着我，我已被利剑所包围。"

沙齐墨答道：

"敬爱的神甫，我们应该想想圣徒们，尤其是隐世的圣徒们，所受的可怕的考验。假使你并非被抱着赴往天国,那么天主一定将这个恩惠给了你的形象,因为弗拉文和众修道士以及民众都是你升天的见证人。"

此时,巴福尼斯已决定去接受安东尼的祝礼。

"道兄沙齐墨,"他说,"请给我一片棕榈叶,我们一起去迎接我们的神甫。"

"一起去!"沙齐墨辩驳道,"修道士们是优秀的战士,应该用军令。你和我都是修道士院长,我们走在前,他们唱着圣歌跟在我们后面。"

他们上了路,巴福尼斯说道:

"上帝便是一统,因为他是真理,而真理只有一个。世界多种多样,因为它是一个迷误。自然的一切光景,连外形最天真的在内,我们统统都要避而远之。它们的多样性使它们可爱,但也正是它们罪恶的特征。所以,我就是看见浮在水面上的纸花,灵魂便会蒙上一层忧郁。五官所感觉的都是可厌的。一粒细沙中也含着危险,每种事物都要诱惑我们,至于妇女只是分散于轻灵的微风中,鲜花盛开的大地上,清澈中那一切诱惑的集合罢了。灵魂与外界隔绝的人多么幸福!幸福属于变成哑巴、盲人和聋子的人,属于为了要了解上帝而不解世上一切的人!"

沙齐墨静静地思考了这番话,这样回答道:

"敬爱的神甫,既然你对我亮出了你的灵魂,我也应该坦白我的罪过。这样我们就按照使徒的习惯,互相忏悔了。当我未做修道士之前,我在俗世间过着最污秽的生活。在那个以妓女出名的麦独拉城,我追求过各式各样的爱情。每夜我都在年轻的浪人和女吹笛手的陪伴下吃饭,我挑选了自己最中意的女人带回家。像你这样一个圣徒,你是不会想象到，情欲的疯狂把我带到怎样一个境地。只说一点你就明白，我连主妇和修女也不放过，我与女人通奸，亵渎修女的神圣。我用酒精来激发感官的热情，人家称我是麦独拉市中的酒大王也不无道理。然而，我是基督徒，在放荡之中，仍保守着对钉死在十字架上的耶稣的信仰。当我的财产消尽于放荡之时，我已感到最初的贫穷。那时，我的放荡朋友中有一个身体最为强壮的人，竟得了重病，身体迅速地衰颓，两个膝头直不起来，颤抖的双手不听使唤，眼睛先是模糊进而瞎了，喉咙里发出可怕的呻吟声，昏睡的头脑比身体更让他难受。为了惩戒他过去像野兽的生活，上帝便把他变为野兽。财产的丧失让我有了解脱的反思，朋友的前车之鉴更是可贵，他给我的印象如此深刻，我便离开了俗世，退隐到沙漠。二十年来，我在沙漠体验着一种平和的生活。我与道兄们一起纺织、建筑、做木工甚至抄写，说实话，尽管我对于文字毫无兴趣，常常以为与其从事思想，不如从事活动好。我白天心情愉悦，晚上从不做梦。我觉得天主之所以赐予我恩惠，是因为在罪大恶极之中，我还常常保持着希望。"

听完这些话，巴福尼斯抬起头望着天空，喃喃地说道：

"天主啊，这个犯过许多罪行，这个淫虫，这个渎神者，你倒这样温柔地惠顾他，而我常常遵守戒律，你倒离开我！啊，我的上帝！你的正义何其暧昧！你指引的道路没法让人看清！"

沙齐墨伸起臂膊来：

"看，可敬的神甫，地平线的两端真像是两队迁居的黑色蚂蚁，这都是我们的同道弟兄，和我们一样，他们是来迎接安东尼的。"

他们走到集会的地方，看见一幅壮丽的景象。宗教的军队，排成三行，站立成一个巨大的半圆形。第一行是沙漠中的老者，手执权杖，胡子一直拖到地上。埃福雷姆和赛拉皮翁所管理的众僧以及尼罗河边的所有隐士们是第二行。他们后面是从深山野林来的修道者，有的在污黑干瘪的身躯上披着褴褛的衣衫，有的则只穿芦草编成的衣衫，还有许多是赤裸的，但是上帝为他们披上一层如同小羊的厚毛。他们手中都拿着一枝绿色的棕榈树枝，像一弯碧玉的长虹。这些人堪比上帝选民的合唱队，上帝之城的活墙壁了。

集会井然有序，巴福尼斯毫不费力地就发现了他的门徒。为了不让人认出他，以免影响他们虔诚的期待，他坐在自己门徒的身边，小心地用风帽把脸遮住。突然四面一齐叫了起来：

"圣人！战胜地狱的圣人来了！上帝最亲爱的人！我们的神甫安东尼！"

接着，便是一片沉默，所有人都把头伏在沙地上。从山上下来，到大沙漠里来的安东尼，由他两个亲爱的弟子麦山尔和亚麦达扶持着，走过来了。他步履缓慢，但却挺直了身体，人们感到他有超人的精力。雪白的胡子垂在胸前，头顶犹如摩西的额头一样闪着光亮。他目光如鹰般锐利，孩提的微笑挂在他圆圆的颊上。为了祝福他的修道士，他伸起创造了一世纪惊人业绩的臂膊来，为他的人民祝福，用他最后的、洪亮的声音说着热情洋溢的话：

"雅各呀！愿你的幕帐美丽！以色列呀，愿你的帐幕可爱！"

从人墙的这头到那头，立刻响起雷鸣般的，和谐的唱诗声："幸福属于敬畏天主的人！"

在麦山尔和亚麦达的陪同下，安东尼开始巡视修道士和隐士这一行。这个见过天国与地狱的先知，这个统治着基督教的从山岩里来的隐遁者，这个在最激烈的迫害时代支持殉教者信仰的圣人，这个以雄辩征服异教徒的学者,温柔地和他每个孩子说话,在爱他的上帝终于答应他幸运地去世的前夕,向他们亲切地告别。

他向埃福雷姆和赛拉皮翁说道:

"你们都是优良的将帅,指挥着多数的军队。所以到天国里,你们也会穿着黄金的盔甲。大天使米歇尔也将会赠给你们他军队统帅的称号。"

看到老柏来蒙,他便上去和他吻抱,说道:

"你是我孩子们中最温柔、最良善的,你灵魂散发的芬芳,犹如每年种植的豌豆花,散发着香味。"

他又对沙齐墨说:

"你对于天主的恩惠没有感到绝望,所以天主的平和降临在你的身上。你德行的百合花,已在你堕落的粪秽上开放。"

他向每个人说着智慧的言辞。他对老修道士们说:

"使徒比爱尔看见上帝玉座的周围坐着二十四个老人家,身穿着白衣裳,头上戴着花冠。"

他向年轻人说:

"愿你们快活,把忧郁留给这世上的有钱人。"

他就这样巡视着自己的军队,还时不时地勉励。巴福尼斯看见他走过来,便跪倒地下,心中恐慌又带着一丝希望,烦乱痛苦不堪。

"我的神甫,我的神甫,"他苦闷地叫道,"我的神甫,来救我,我要完了。我把苔依丝的灵魂送给了上帝,我住在石柱的顶上,我住在墓穴之中。我的额头因为老是叩在地上,像骆驼的膝头一样结了趼。然而,上帝却离我而去。我的神甫,请为我祝福,那样我就得救了。请你摇动海索草,那么我就会被洗净,像雪一样闪亮。"

安东尼置之不理,他望着安提诺埃修道士所管理的修道士,谁都经受不了他的炯炯目光。

他的目光停在保尔身上了,就是那个绰号老实人的身上,注视了很久,接着便招手叫保尔过来。人人都奇怪圣徒如何会同一个失去理智的人说话,安东尼却说:

"上帝给予这个人的恩惠,比你们任何人都多,保尔,我的孩子,抬起眼睛,你看看天上,看见什么,请说出来。"

老实人保尔抬起了眼睛,他的脸上闪着光芒,舌头也灵活起来。

"我看见天上,"他说,"有一张床,床上张着金色和红色的帐子。床的四周有三个处女尽心保护着。原来那床是预备给上帝所选择的人用的,所以处女们不准任何灵魂靠近,除了那个被选择的人。"

巴福尼斯以为这张床是他荣光的象征,他已经感谢上帝的恩惠了。但是安东尼做个手势,叫他不要说话,静听那老实人在入神之境里中的喃喃低语:

"三个圣女和我讲话了。她们对我说:'一个圣女快要离开尘世了,亚历山大的苔依丝快要死了。我们为她预备了光荣的床,因为我们就是她的三种品德:信仰、畏惧和爱情。'"

安东尼问道:

"可爱的孩子,你还看见什么?"

保尔的眼光徒然从天上望到地下,从西面望到东面。突然,他的眼睛看见了安提诺埃的修道士巴福尼斯。一种圣洁的恐怖使他的面孔变白,眼珠里射出了无形的火焰。

"我看见,"他喃喃地说,"三个兴高采烈的恶魔准备要抓住这个人。那恶魔一个是高个儿,一个是女人,一个是巫师。三个人身上都

— 137 —

有烙铁烫着的名字：第一个烫在额上，第二个在肚子上，第三个是在胸口，这些名字是：傲慢、逸乐、怀疑。我看到的就是这样。"

说完，保尔又恢复了呆滞的目光，耷拉着嘴巴。

安提诺埃的修道士不安地望着安东尼，圣人只说了这句话：

"上帝会让人知道他公正的审判，我们应该崇拜他，不要插嘴。"

他走了，边走边祝福。夕阳用一缕荣光笼罩着他，由于上帝的恩赐，他的身影巨大无比，拖在身后，仿佛是一片无边际的大绒毯，象征着这位圣徒留给人类的永久的回忆。

站起身来，巴福尼斯却像是被电击了，什么也看不见，什么也听不见。耳朵里只有一句话："苔依丝快要死了！"他从来没想过，二十岁时他就注视过一个木乃伊的头颅，而现在死神要闭上苔依丝的眼睛的想法却使他感到绝望。

"苔依丝快要死了！"不可思议！"苔依丝快要死了！"这几个字，包含着多么恐怖和新的意思！"苔依丝快要死了！"那么为什么太阳、鲜花、河流以及一切的创造物都还存在呢？"苔依丝快要死了！"宇宙的存在还有什么意义！他突然跳了起来。"再去看她一次，还能看到她！"他开始奔跑，不知道自己在哪里，也不知道要到哪里去。但是，那本能确定无疑地指引着他，他顺着尼罗河一直朝前走，漫漫水面浮满着无数的帆船。他跳上了一艘着努比亚人乘的小船，睡在船头上，眼睛瞪着天空，苦痛地狂叫道：

"呆子，呆子，当我还能把苔依丝归我所有的时候，我竟不要她，真是呆子，我原以为除了她，世上还有别的东西，这是何等的愚蠢！真是疯子！当我看见苔依丝的时候，我竟还相信上帝，相信灵魂的超度，相信永恒的生命，竟还以为这一切有些道理。怎么我会不觉得永恒的幸福就在于和这种女人的一个接吻呢?怎么我不会觉得没有这种女人,人生便没有意义,只成为一个噩梦?愚蠢呀!既然看见了她,你竟还希望另一个世界的幸福!卑怯的人!既然看见了她,你竟还怕上帝?上帝哪,天哪,这一切究竟是怎么了?上帝和天所给你的,能抵得上她给你的一切吗?可怜的狂徒!你竟在苔依丝的嘴唇以外去寻找神惠!是谁的手遮住了你的眼睛?谁让你看不到就应该受到诅咒。你本来可以用下地狱的代价来换取她一刹那的爱情,你却放弃了!她向你伸出了肉与花香捏成的臂膊,你竟不去倒在她袒露的胸间,不去倒在她胸间的不可言说的欢乐里!你竟听从嫉妒的声音对你说的话:'戒色。'愚蠢,可怜的人!后悔!怨恨!绝望!我不能把难忘的回忆带进地狱,我还没向上帝呼喊过:'烧毁我的肉,放干我脉管里的血,碎裂我的骨骼,你也夺不走那让人怀念、令人精神焕发的回忆……'苔依丝快要死了!可笑的上帝,你知道不知道我多么蔑视你的地狱!苔依丝快要死了,她将永远不会属于我了,永不,永不!"

那艘船急流行驶,他却终日趴在船上,反复地说道:

"永不!永不!永不!"

接着,想到苔依丝委身的人不是他,又想到她在世上散布的爱情波浪,却没有润湿他的嘴唇,想到这种种,他便像猛兽一样站起来,痛苦地吼叫着。他用指甲抓破自己的胸口,咬自己的手臂。他想:

"假使我能把她所爱过的一切男人都杀死,那才爽快呢。"

杀人的疯狂念头使他得到满足。他想缓缓地绞杀尼西亚斯,静静地看着他死,接着狂热的念头忽然间消失。他痛哭起来,变得温和而柔弱。一种莫名的温柔软化了他的灵魂。他很想抱住童年玩伴的头,对他说:"尼西亚斯,我爱你,因为你爱她。我们来谈论她吧!你把她对你说的话对我说吧。"然而,"苔依丝快要死了"这句话总像刺刀般刺穿他的心。

"白天的光明、夜晚银色的阴影、诸神、树梢摇动的大地、野兽、家畜、人间忧伤的灵魂呀,你们都听见'苔依丝快要死了'这句话吗?光明、呼吸和芬芳,都消失吧,宇宙的思想和形体都消失吧。'苔依丝快要死了……'她是世界之美,凡是走近她的一切都有魅力。在亚历山大宴会上,坐在她身边的那个老头儿,那种智慧的人多么可爱!他们言辞多么悦耳!蜂群般的笑容飞上他们的嘴唇,那欢乐让一切思想都散发着芬芳。因为苔依丝在那儿,所以他们所讲的一切都是爱情、美丽和真理。他们的话散发着宗教的神秘力量,能轻而易举地表达着人类一切的伟大。唉!这一切都不过是梦了。苔依丝快要死了!呀!自然地我将为她而死!但是你只能像干枯的胎儿,浸在幽恨里,浸在没有眼泪的号哭里的婴孩那样死去吗?可怜的早产儿,你还没有认识生活,就想体验死亡了吗?但愿上帝存在,让他惩罚我!我希望如此。上帝呀,我恨你。你听着,把我沦入于万劫不复的地狱好了。我要唾你的脸,逼你这样做,我一定要找到永恒的地狱,好发泄我无穷的愤怒。"

一大早,阿尔比娜看见巴福尼斯走过来。"可敬的神甫,欢迎你到我们安宁的圣体柜来,尊敬的神甫,你一定是来为我们的圣女祝福的。你可知道,慈悲为怀的上帝在召唤她了,天使们把这个消息传遍了沙漠,你肯定知道。苔依丝已接近她幸福的末日了。她的德业是完成了,我应该把她在这里的善行简单地告诉你。你走以后,她幽居在封闭的斗室里,我给她送进粮食去,送给她一支像她那种女人在飨宴时所吹的笛子。我所做的一切就是为了防止她堕入忧郁,使她在上帝面前的魅力和才能丝毫不减,我做得还不错,因为苔依丝整日吹着笛子赞美天主,被看不见的笛声所吸引的贞女们说：'我们像听见圣林里的赞歌了，我们又像听见十字架上的耶稣那最后的哀鸣了。'苔依丝就这样苦修，六十天后，你封闭的门忽然自动打开，那门上的封泥也自然破碎了，没有一个人用手去触动呢。我由此确定你对她的考验应该停止了，上帝宽恕了这个吹笛女的罪恶。从那时起，她便和我的女儿们一起过着劳作和祈祷的生活。她言行谦虚，简直可以作为女子的模范，在女儿们中间是象征清静的一座雕像。有时，她也忧伤，但这些乌云都消失了。当我们看见她已依信仰、希望和爱情与上帝相接时，我就敢于利用她对艺术的理解，甚至她的美貌来感化众姊妹了。我便请她为我们表演《圣经》中所记述的烈女和贤良贞女的种种行动，她扮演过以斯贴、德波拉、尤底特、拉查儿的姊妹玛利亚以及耶稣的母亲玛利亚。敬爱的神甫，我知道谨严到像你这种人定要奇怪的，为什么要有这种表演？但是，如果你要看到在这虔敬的表演里，她如何流着真诚的眼泪，如何将臂膊如棕榈树那样伸向天际，你一定也会为之动容。长期以来，我管理着女人，不违背她们的本性便是我管理她们的信条。不是所有的种子都能开花，不是所有的灵魂都能用同一种方式成圣的。苔依丝还是在美丽的时候就献身给上帝，这一点我们也应该想想，像她这样的一种牺牲，就算不是唯一的，至少也是少有的……三个月来她一直生病，而那自然的衣衫——美丽——却始终未曾褪去。她在病中总是要求见见天国，每天早晨我就叫人把她抬到院子里，躺在院长们常集会的地方。可敬的神甫，你到那里会看到她，不过要快一点，上帝在唤她了，上帝为了用耻辱来感化世界而创造出来的人，今晚就要盖上一块裹尸布。"

巴福尼斯跟着阿尔比娜走进沐浴着晨光的院子。沿着砖瓦的屋脊，躲着的鸽子如同一串珍珠。无花果的树荫下，苔依丝苍白地睡在一张床上，两臂交叉在胸前，一群蒙着面纱的妇女在她身边，念着临终的祈祷：

"我的上帝呀，请依你的伟大的温良，可怜着我，请依你的无量的慈悲，消失了我的罪恶。"

巴福尼斯呼唤她道：

"苔依丝！"

她抬起了眼皮，向巴福尼斯的方向看了看。

阿尔比娜做了个手势，叫蒙面纱的妇女们走远几步。

"苔依丝！"巴福尼斯再次呼唤道。

她抬起了头，苍白的嘴唇里吐出一丝微弱的气息：

"我的神甫，是你吗……你还记得，那泉源的清水和我们摘食的海枣吗……那一天，我的神甫呀，我是为爱情……为生命而生的。"

她不做声了，头又重新倒在枕头上。

死神笼罩着大地，她的额头布满冷汗。一只斑鸠哀鸣着叫起，打破了庄严的寂静。接着，巴福尼斯的呜咽淹没在处女们的赞美歌里。

"洗濯我的污秽，涤净我的罪恶。我知道我对你一直有罪。"

忽然，苔依丝从床上立起来。紫罗兰的眼睛睁得很大，凝望着远方，两臂伸向远方的山丘，用清晰纯洁的声音说道：

"永恒的玫瑰花就在那里！"

她两眼闪着光，淡淡红色染上了双鬓，她从来没有像现在这样清爽和美丽。巴福尼斯跪在地上，用黑黝黝的臂膊抱着她。

他用自己都感到奇怪的口吻呼喊道："不要死！我爱你，不要死！请听我说，我的苔依丝，我欺骗了你，我只是个不幸的呆子。上帝、天国，这一切能算什么呢？只有俗世的生活和人们的爱情才是真实的。我爱你！不要死，你不可能死，你实在太可贵了。来吧，来和我一起走。我们逃吧，我要把你抱在怀里，逃到遥远的地方。来呀，让我们相爱。你听见我的话了吗，我最爱的爱人，你说：'我会活着，我要活着。'苔依丝，苔依丝，你起来吧！"

她听不到这些话，她的眸子在无限中游泳。

她喃喃地说道：

"天国的门打开了。我看见天使们、先知们、圣徒们……那个良善的泰奥道尔在他们中间，双手捧着鲜花，向我微笑、唤我……两个天使向我走来。他们走近了！他们是多么美呀！我看见上帝了。"

她发出一声欣慰的叹息，沉重地倒在枕头上不动了，苔依丝死了。在绝望苦恼里的巴福尼斯，用充满情欲的眼睛贪婪地盯着她。

这时阿尔比娜喊道：

"滚开！该死的东西！"

她轻轻地把手放在逝世者的眼皮上。巴福尼斯踉跄地后退了几步，两眼冒火，感觉大地在脚下开裂。

贞女们唱起扎卡里的赞美歌：

"祝福那天主，以色列的上帝。"

歌声戛然而止，她们看到了巴福尼斯的面孔，惊慌地四散而去：

"一个吸血鬼！一个吸血鬼！"

他变得丑陋不堪，用手遮着自己面孔，感到难堪。

蜜蜂公主
Honey-bee

 白玫瑰

在遥远的地方,有一个美丽的国度叫做白色王国。白色王国里英勇善战的国王、善良美丽的王后幸福地生活着,直到有一天国王在抵御爱尔兰巨人的入侵中英勇就义,这甜蜜的幸福仿佛一下从云端跌到了地狱。王后从此郁郁寡欢,日日去小教堂为丈夫的亡灵祷告以寄托哀思。

这一天,王后照例去小教堂做祷告。她头戴着一顶镶嵌着璀璨珍珠的黑风帽,但难以掩饰帽端因过度伤心而溢出的缕缕白发,腰间系着黑黑的守寡人腰带,让人看得心酸。她缓缓地走进小教堂,突然脚下一个趔趄,脸上现出惊惧的神色,目光聚焦在祈祷矮凳上那枝雪般无情的白玫瑰上。哀愁瞬时爬满了那双美丽的眼睛,晶莹的泪珠顺着脸颊肆意地流淌,一声深深的哀叹久久地在教堂回荡。身为白色王国的王后,她又

怎会不知那雪般的白玫瑰象征着黑色的死亡!

自当上快乐的王后,到变成幸福的母亲,再到顷刻间沦为可怜的寡妇,一幕幕在王后的脑海里不断地闪现,这一切都来得那么短暂而突然,让她猝不及防,就这样一直被命运的车轮驱赶着前行。突然间她想到了什么,狂奔着离开了小教堂。她匆匆的脚步在儿子乔治的房门前戛然而止。小乔治正甜甜地酣睡着,长长的睫毛、嘟起的粉红小嘴和那红扑扑的脸蛋,是那么地天真可爱。想到可怜的小王子失去了父亲,又即将失去母亲,王后的心都要碎了,眼泪大颗大颗地滚落下来。

"我可怜的孩子,妈妈也要在你的世界里永远地消失了,自从你父王去世后,我一心一意地守护着你,拒绝了多少年轻英俊骑士的求婚,我爱你胜过自己的生命。以后妈妈再也不能保护你了,但你要坚信我们永远爱你,会在遥远的天上保佑你。"王后用嘶哑的嗓音低喃着。

王后边说边将胸前的小圆盒摘下来,深深地吻了吻,然后轻轻地系在小乔治粉嫩的脖颈上。圆盒的里面装着王后的肖像和一缕金发,这样她就可以时刻陪伴在小王子的左右了。泪珠滚落到乔治红扑扑的小脸儿上,小王子伸出小手揉了揉,摇篮也跟着轻轻地晃动起来。看到小乔治要醒了,王后决然地起身离开,自己那双如枯灯般即将熄灭的眼睛,又怎禁得起孩子眼里如星星般的光芒照耀呢!

王后吩咐马仆弗朗科速速备好马车,日夜兼程地向克拉丽德城堡狂奔而去。

"亲爱的,什么风把你吹来啦?"克拉丽德的王后为知己的到来雀跃万分,一把抱住了白色王国的王后。

"亲爱的朋友,我有重要的事情要跟你讲。"白色王国王后低沉的语调使克拉丽德王后迅速安静下来,她猜想一定发生了什么不幸的事。

"我们的境遇何其相似,几乎同时结婚,又都失去所爱。我们的丈夫都为了国家的荣誉和子民的安乐冲锋陷阵,以身殉国,我们含辛茹苦地抚养着他们的后代。我的儿子乔治比你的蜜蜂略长,是个非比寻常聪明的孩子,蜜蜂的美则能与日月相媲美。我们姐妹命运相似,又情谊深厚,我相信乔治和蜜蜂公主也能相亲相爱,手足情深。白玫瑰已经出现,死神已然向我招手,乔治就托付给你了。"

克拉丽德王后自然知道白玫瑰对白色王国的王后意味着什么,不禁失声痛哭,紧紧拥抱着自己的挚友,许下了郑重的承诺"一定好好抚养乔治王子,视如己出"。

待情绪稍稍平息,她们轻轻踱步到蜜蜂公主的小床旁,此刻的小公主正躺在天蓝色的纱帐中甜甜地酣睡。她微闭着眼睛,雪白的小胳膊露在外边,张开的小手指时不时地动着,像是在召唤美好的未来。

白色王国的王后嘴角浮出一丝微笑道:"相信我的乔治一定会好好爱护蜜蜂公主的。"

"一定会,我的蜜蜂也一定会喜欢她的乔治哥哥的。"克拉丽德王后信心十足地回应着。

惜别挚友,马车又载着白色王国的王后马不停蹄地返回自己的王国。一回去她就将自己所有的金银首饰通通赠送给跟随自己多年的女仆们,然后焚香沐浴,穿着好自己最美的衣裳静静地躺在床上,等待着上帝对自己的召唤。在这一夜白色王国的王后安然睡去,再也没有醒来。

 **两小无猜**

世人要么徒有美丽的外表，要么徒有一颗善良的心。而克拉丽德王后却融美丽和善良于一身。她清丽脱俗，浑身散发着仁慈而高贵的气息，别国的王子们纷纷慕名而来，面对络绎不绝的求婚者，她总是委婉地拒绝："我只有一颗心，所以也就只能有一个丈夫！"

为了不让周围的人太过失望和压抑，服丧满五年后，克拉丽德王后取掉了面纱，脱掉了阴郁的黑色丧服，换上了颜色亮丽的衣裙，允许人们在她面前开怀谈笑、尽情玩耍，整个王宫又充满了欢歌笑语。

克拉丽德王国幅员辽阔，既有灌木丛生的荒野，亦有高大的山峦和深不见底的湖泊，里面各种珍贵罕见的鱼儿，渔民们捕也捕不完。殊不知就在那崇山峻岭的深处有一处隐秘所在，那里住着一群聪明的小矮人。

当初土耳其人占领君士坦丁堡的时候，有一位老修道士有幸逃了出来。他历经过重重磨难，看透了世人的尔虞我诈，从不去轻信任何的花言巧语，也鄙视那些粗浅的表面功夫，他独居在一座宝塔之中，与鸟儿和书本相依相伴，尽心尽力地辅佐着克拉丽德的王后。王后也非常倚重这个见多识广的老修道士，放心将国家大事都交由他处理，从不过问政事。但是克拉丽德王后常常走出王宫去关心民间疾苦。世间的人心怀叵测，林林总总，王后却总是对因不幸遭遇而变坏的人投以同情和怜悯。她怀着一颗仁慈的心去救助那些瘫倒在床的病人，布施那些正在遭受贫苦的穷人，去安抚孤苦无依的寡妇，还收养了好多无依无靠的孤儿们。正是因那颗博大而仁慈的心，王后赢得了子民的衷心爱戴。

王后的这种乐善好施、与人为善的美好品德也潜移默化地影响了蜜蜂公主。蜜蜂公主从小就乐于助人，对女儿的种种善举，王后总是全力地加以支持。

王后始终谨遵着自己对白色王国王后许下的承诺，将乔治当成亲生骨肉来抚育，从不偏袒自己的女儿。虽然蜜蜂比乔治小，但是两个孩子朝夕相处，非常投缘，时间如白驹过隙，两个孩子都渐渐地长大。有一天，乔治走到蜜蜂的跟前，招呼她："嗨，一起来玩吗？"

"好啊！"蜜蜂欢快地回答。

他们来到花园里，用小铲子将泥巴铲起来准备做美味的土馅儿饼，蜜蜂做得不好，乔治就着急地用铲子敲了一下她的小手，她马上哇哇大哭起来。正在花园干活的马仆弗朗科闻声赶来，他一边安抚小公主，一边批评乔治道："小家伙儿，你可是白色王国的王子，怎么能欺负小妹妹呢！"

骄傲的乔治，也满心委屈，将小铲子往地上使劲一丢，羞愤地用鼻子去撞旁边的大树，也哇哇大哭起来。

蜜蜂一看乔治哭了，感觉事情有点不妙，用小手揉揉眼睛想使劲挤出点眼泪，可眼泪怎么也流不出。于是蜜蜂也跑到大树旁，学乔治用鼻子去撞，鼻子一酸眼泪又哗哗地流出来。夜幕降临时，两个小家伙还在大树前较着劲儿。克拉丽德王后找到两个小淘气，看他们那架势是既好气又好笑。王后一手拉着乔治，一手拉着蜜蜂回了城堡。晚膳的时间到了，两个小家伙经过一番折腾早就又累又饿了，狼吞虎咽后，就开始哈欠连天了，于是被女仆们送回了房间。谁知女仆刚一熄灯退出去，两个小精灵就从被子里钻出来，在床上又蹦又跳、你追我跑、抱作一团，很快和好如初了。

就这样，白色王国的乔治王子和克拉丽德的蜜蜂公主在一天天的嬉闹玩耍中萌发了无比纯真的友谊。

 马仆

随着年龄的增长,乔治渐渐地知道了自己是白色王国的王子,蜜蜂不是自己的亲妹妹,但一如既往地唤蜜蜂为妹妹,两人的深厚感情甚至超越了亲兄妹。

克拉丽德王后为乔治王子聘请了许多知名的老师,教他击剑、骑术、游泳、体操、舞蹈、驯猎犬、驯猎鹰、打网球,甚至还有书法。书法老师是一个老学究,外表谦恭,内心却极度傲慢,乔治非常不喜欢他。乔治对那些龙飞凤舞的字体,丝毫提不起兴趣,他始终弄不明白为什么要学那些难以辨识的写法。他觉得即使把书法练好,治理国家也不会派上什么用场。令乔治苦恼的还有那深奥晦涩的语法课,人天生就会说话,为什么还要费尽心思去学什么语音、语法、词汇呢?

乔治心里认为只有马仆弗朗科才算得上自己真正的老师。弗朗科走南闯北、见识广泛，奇山异水、飞禽走兽、各地的风土人情，都在他绘声绘色的表述中鲜活起来。虽然弗朗科不识字，但丝毫不会影响他把那些故事描绘得扣人心弦，他还有一个本领就是能随口编唱旋律动人、内容有趣儿的歌曲。乔治觉得只有弗朗科是在教给自己真本事，也全心全意爱护自己。只有心中有爱的老师，才能赢得学生的爱。天真无邪的乔治不会想到他对弗朗科发自内心的爱，会引发其他老师的极度不满，平日里钩心斗角的那群人这次却沆瀣一气、互相勾结，竟联手诬陷马仆弗朗科是一个醉鬼。

的确，弗朗科平时爱喝两口小酒儿，常到附近的锡壶酒店去借酒消愁，乘着酒兴有时还吟唱自编的小曲来排解忧愁。世界上谁没有点儿烦心事儿呢，但是借酒消愁愁更愁，只有无私的爱才可以化解忧愁。

古希腊有一位名诗人荷马，也喜欢吟诵，用诗歌来抒发情感，慰藉自己也鼓舞他人，可他却不像弗朗科那样借酒消愁，只喝些清洌的泉水。他用无私的爱关怀他人，对世间的苦难常怀怜悯之心。为他人谋求幸福，才能忘却个人的痛苦。

老弗朗科一生都兢兢业业伺候着王后的马，对主人忠心耿耿。按道理，书法老师和语法老师应该对他尊重和关照，没料想却卑鄙地跑到王后面前去诬陷他。"王后，弗朗科总是喝得醉醺醺的，整天迷迷糊糊、东倒西歪，丢尽了王室的脸。这样一个醉鬼，怎么能教好王子殿下呢！"语法老师接着补充道："他哼唱的那些不三不四的歌，实在有伤风化，如果王子和公主听了会不堪设想啊！"

王后最讨厌背后生事的人，起初并未理会，但是时间长了禁不住身边人一个劲儿地吹风，慢慢对那些谗言也就信以为真了，暗暗生出把老弗朗科打发走的心。心地善良的王后念及老弗朗科一生劳苦功高,就赏了他一份出远门的体面差事,派他去罗马领取教皇的祝福词。虽说此去千里迢迢,但是沿途有很多琴师出入的酒馆,对于热爱喝酒和唱歌的弗朗科来说,实在是一份难得的美差。

但这让孩子们失去了一个忠实的保护神和最可信赖的人。很快孩子们的郁郁寡欢以及后来发生的事情都证明王后的这个决定是多么地莽撞和错误。

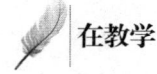在教学

　　复活节后的第一个星期天,克拉丽德王后带着乔治和蜜蜂出了城堡去教堂做弥撒,众士兵们手持长矛,护卫在身旁。百姓们争先恐后地拥来,想一睹王后、公主和王子的风采。只见三个人盛装打扮、精神抖擞。王后身披着一袭轻盈飘逸的斗篷,脸上蒙着缀银花的面纱,王冠上镶嵌的粒粒珍珠在阳光的照耀下格外的璀璨夺目,越发显得庄重迷人。伴在王后高大枣红马左侧、容貌俊美的正是乔治王子,他目光炯炯,头发随风飘动,气宇不凡。座下是一匹毛发乌黑油亮的骏马,单单额头处有一撮白色的毛,好似夜空下的明星。王后的右边是天真无邪、貌美如花的蜜蜂公主。小公主波浪般的金色长发上束着织有三朵金花的丝带,映衬着她雪白的肌肤,楚楚动人。浅红色的长袍和缰绳,恰到好处地凸

显了小公主身上洋溢的青春。满城的男女老少都赞叹:"我们的公主是一位多么可爱的天使啊!"

有一个叫老约翰的裁缝师傅此刻也正抱着自己的小孙子皮埃尔挤在人群里,小皮埃尔竟误认为蜜蜂公主是天上的仙女。他看看自己粗糙黝黑的皮肤和土里土气的粗布衫,怎么也不相信蜜蜂公主是和自己一样的凡人。他天真地问爷爷:"这个公主是不是降临凡间的天使啊?"

一路上,王后对百姓们的欢迎和致敬,亲切地点头示意和微笑着,身旁的两个孩子也受到了感染,滋生出由衷的喜悦与自豪。王后看着孩子们的兴奋劲儿,乘机启发说:"这些善良的百姓为什么要向我们欢呼致敬呢,我亲爱的王子和公主?"

蜜蜂不假思索地答道:"因为您是王后,我们是王子和公主。"

乔治补充说:"他们理所应当这样。"

"为什么是理所应当呢?可不是所有的王后和王子、公主都能得到百姓的爱戴呢!"

两个孩子静默不语,陷入了深深地思考。王后趁热打铁道:"三百年来你们的父辈,世世代代的克拉丽德国王们,手执武器抵御外虏,保卫着国家,让这些善良的百姓得以过上安稳和乐的生活。世世代代的克拉丽德王后们都关心穷人,为穷人们纺纱织布、治病,全国的孩子们都把王后视作自己的教母。正是世代国王和王后慈行义德的累积,才换来了老百姓发自内心的欢呼与敬意啊!"

王后的一番话深深感动了小乔治,他暗暗发誓将来长大了也要做一位保护百姓的好国王,让百姓们得享幸福安乐的生活。蜜蜂自言自语道:"以后我也要像妈妈一样为穷人纺纱织布、治病,竭尽所能爱护子民们。"

很快他们穿过熙攘的街道,来到一片盛开着簇簇鲜花的草地,这一片碧绿一直延展到远处连绵起伏的青山脚下,美不胜收。乔治突然兴奋起来,他发现雾蒙蒙的东方有一个东西在闪耀。

"看哪,那边是不是一面威武的盾牌啊?"

"才不是,倒像是一枚月亮般大小的银色纽扣!"蜜蜂回答道。

听着他们天真烂漫的对话,王后被逗得笑起来:"亲爱的孩子们,那既不是纽扣也不是盾牌,而是闪耀着太阳光芒的湖泊。现在湖边的一簇簇的芦苇尖上,正盛开着蓬蓬松松的芦苇花。清晨时那里的湖面总是笼罩着一层薄雾,中午薄雾才逐渐散去,露出闪动的粼粼波光。虽然远远望去,那里好似平静地像面镜子,实际上却暗流涌动、深不见底。据说里面生活着一群水妖,谁一旦靠近,就会被拖到里面的水晶宫里。孩子们一定要记住,千万不要靠近那个湖!"

乔治还想问点儿什么,可偏偏这时教堂的钟声响了起来。

王后催促着孩子们赶紧下马,三个人朝教堂奔去。遥想当年三位圣人去朝拜耶稣诞生的马棚时,可没有大象可骑,更别说乘坐骆驼或者马匹。

三人默默做完了弥撒,这时有一个相貌丑陋、衣衫褴褛的老妇人突然出现在王后的身边。王后端起盛有圣水的圣杯,向老妇人祝福道:"老妈妈,请喝吧,祝您老人家幸福!"

乔治见此非常不解,问道:"难道王后认识她吗?"

王后脸上一脸慈祥地说道:"上帝关心每一个人的疾苦,尤其是穷苦的人,我们也应该尊重和关心这些可怜人。孩子你知道吗,你的教母就是一个乞丐,就连蜜蜂的教父也是一个穷人。老妇人在侧听见了两人的对话,俯身对乔治说:"英俊的王子啊,真希望有一天您能帮我复国!我曾经是黄金岛和珍珠岛的王后,享受着无比奢华的生活,无尽的美味珍馐供我享用,成群的奴仆听候我的差遣,就算走路都有专人为我提裙摆。"

"老妈妈,您后来肯定遭受了什么不幸,让您失去了那一切吧?"王后关切地问道。

"就是那些可恨的小矮人,害得我远离故土,四处流浪,贫病交加!"老妇人的脸因仇恨变得扭曲起来。

而这番话却勾起了小乔治兴致,好奇地追问道:"小矮人?这世界上真的有小矮人呀!快说说那些小矮人怎么那么厉害呢?"

老妇人叹了口气:"那些小矮人虽然个子小,但是常年生活在地底下,身上被赋予了大地的灵性,不但身体灵活,头脑也聪明,他们甚至懂得采矿和引水。"

王后也忍不住插了一句:"那他们为什么要谋害您呢?"

"哦,那年寒冬腊月的一个晚上,有个小矮人来觐见我,说是想借用一下城堡中的厨房,准备办一个盛大的年夜饭晚宴。要知道我的厨房比一般人家的客厅还要大许多,里面摆满了各式的锅碗瓢盆和各种精美的模具,在我的厨房里可以烹制出天下所有的美味。虽然他们极力向我保证决不会损毁任何东西,也绝对会保证厨房的清洁干净,但是傲慢的我还是没有答应,后来我才知道这是我毕生最大的错误。遭到拒绝后的小矮人恼羞成怒,扬言要我很快付出代价。果不其然,就在两天后的圣诞夜,一群小矮人闯进了我的王宫,把我从睡梦中揪起来,拉到偏僻的荒郊野外。为首的小矮人破口大骂:'你们这帮为富不仁的有钱人,没有我们辛苦劳作为你们采矿石、挖宝藏,你们能这么富有吗?你们有堆积成山的金银财宝,却不肯分享给我们哪怕一点,今天也让你尝尝忍饥挨饿的滋味。'说罢就把我一个人孤零零地丢在那里,当时我的身上仅有一件薄薄的睡衣,打那以后我就从高高在上的王后沦落成现在的鬼样子。"

老妇人絮絮叨叨、含糊不清地讲了一大通,最后还不忘恳求乔治王子将来一定要帮她报仇。王后安慰了她一番,布施了一些钱给她,才带着孩子们回城堡。自此,乔治王子对小矮人产生了浓厚的兴趣。

登高望远

这一天趁着王后不在,乔治带着蜜蜂偷偷去爬克拉丽德城堡中央高高耸立的塔楼。那是王国的最高建筑,站在塔顶就可以鸟瞰整个克拉丽德王国。他们沿着楼梯气喘吁吁地爬了好一会儿,才登上了塔顶的平台。两个人立马被眼前的奇异景象所吸引,广阔无垠的农田黄绿相间,犹如天女织成的巨毯,与苍翠点缀的群山相连,一直绵延到天边……简直美极了!

乔治兴奋地嚷嚷起来:"太棒了,我们看到整个地球啦!"

蜜蜂也赞叹道:"是呢,地球真的好大好大啊!"

"老师讲过,女管家也提过,说地球特别特别大,不是今天亲眼看到,还真想象不出来呢!"乔治张开双臂,做了个飞翔的动作。

突然蜜蜂欣喜若狂地尖叫起来:"太奇妙啦,哥哥!你看,城堡在地球的中心,城楼在城堡的中心,而我们此刻正在塔楼上面……"

"我们正站在世界的中心啊!"乔治抢过蜜蜂的话,两个人哈哈大笑起来。

两个人完全沉醉在眼前壮丽的美景中,思绪也插上翅膀一般飘摇到九霄云外了。

蜜蜂忽然担忧地说:"地球那么大,也许会有人迷失方向,或许会有人与自己的亲人失散,或许还有人遭遇意想不到的苦难……"

乔治耸耸肩有点不以为然,心想:"女孩子总是那么多愁善感。"他踌躇满怀地说:"地球那么大,正好可以去探险啊!蜜蜂,等我长大了,我要去征服那最远处的高山!月亮不是从那里升起的嘛,等我哪天攀上了那里的巅峰,就把月亮摘下来送给你,好不好?"

蜜蜂咯咯地笑起来,一脸憧憬地说:"真那样的话就太好了,我一定把它戴在头上,肯定漂亮得不得了!"

说完,两个人像看地图似的指指点点,找寻那些他们熟悉的地方。

蜜蜂哪儿都不认得,可嘴上又偏偏不承认:"所有的地方我都很熟悉,就是嘴上叫不出,你瞧,那个小山坡上左一块右一块的石头是怎么回事呀?"

"那是房子啊!妹妹,你不会连克拉丽德的首都都认不得了吧?瞧那儿有三条大街,有一条大街上正有一辆马车在奔驰,上星期咱们去教堂时还在那条路上走过呢,难道你给忘啦?"乔治笑道。

"哦,我看出来了,那么那条弯弯曲曲的小水沟又是哪儿啊?"蜜蜂又问。

"那可不是什么小水沟,那可是一条大河,你瞧,河上还有一座旧石桥呢！"

"是咱们小时候钓过大龙虾的那个石桥吗？"蜜蜂好像记起了什么。

"就是它，记得桥栏上还有一个没了头的女雕像呢。不过那个太小了，在这里根本看不到。"

蜜蜂嘟起小嘴说道："我一直想不明白，为什么她会没有头呢？"

"可能是她自己藏起来了吧。"乔治一脸坏笑。

蜜蜂的视线向更远处投去。"哥哥，大山那边像镜子一样闪闪发光的是大湖吗？"

"没错，是一个大湖。"乔治答道。

此时，两个人不约而同地想到了王后曾经讲到过的水妖的故事。蜜蜂提议说："哥哥，咱们为什么不到大湖那儿去看个究竟呢？"

乔治对蜜蜂这个大胆的提议十分惊讶，张大了嘴巴说："王后肯定不会允许咱们出去的，更别说跑到那么远的神秘湖了，而且王后叮嘱过咱们不许靠近那里的。"

"我的乔治哥哥什么时候变得这么乖乖听话啦？你是个大男子汉，我相信你一定有办法的，况且还有那么多老师教你本事呢！"蜜蜂打趣道。

乔治有点被激怒了："每个男孩子长大了都会称作男子汉，但不是所有的男子汉都知道天下的路该怎么走。"

蜜蜂撇撇嘴说："虽然我没有像某个男子汉夸口说要征服最高、最远的高山，也没有说过要上天去摘月亮，但是我相信自己敢于也肯定能够找到通向神秘大湖的道路，你信不信？"

听到蜜蜂的一番话，乔治登时憋得满脸通红，不知道如何回答是好。

"这位先生,现在您的脸可真像一根酸黄瓜。"蜜蜂嘲笑道。

"要是酸黄瓜就好了,脸上就不会有任何表情了。"乔治笑着自我解嘲道。

"好吧,既然这位先生不敢去,那就老实在城堡里待着吧。本小姐会亲自出发去探神秘湖,我倒要看看水妖到底长得什么样子,会不会把我拖进湖里去!临走之前呢,我会把我的布娃娃留给你,我觉得它更适合你。"

蜜蜂的话深深地刺伤了乔治的自尊心,他一咬牙坚决地说:"谁怕谁,去就去,看看谁才是小姑娘。"

 探险去

第二天吃完饭,王后向两个孩子道了声"午安"就回寝宫了。乔治跑到蜜蜂身边神神秘秘地说:"快走啊!"

"上哪儿去?"蜜蜂一头雾水。

"嘘,小点声,跟我来。"边说着边朝楼梯的方向做了一个手势。

蜜蜂不明就里地在后边跟着,很快两人就下了楼,穿过绿树成荫的庭院,到了一处隐秘的入口处,这里正是克拉丽德王国的城堡暗道。

蜜蜂拉了拉乔治的衣角,再次问道:"到底去哪里啊?"

"贵人多忘事,昨天不是说好了要去找神秘的大湖吗?"乔治目光炯炯地盯着蜜蜂。

这会儿轮到蜜蜂目瞪口呆了,昨天她只是随口说一说,没想到乔治

当了真。"那个,咱们什么准备都没有做,怎么出门啊?看看,我还穿着一双缎子鞋,怎么走远路啊?"蜜蜂说着往脚下望了望,现出为难的神色。

"真是个娇小姐,有什么可犹豫的?"乔治神气十足地说。

蜜蜂昨天还在取笑乔治,没想到没么快布娃娃就由乔治回敬给自己了。女孩子们都有一个通病,就是总喜欢用嘴皮子鼓动别人去冒险,轮到自己,反倒总是打退堂鼓。

"算啦,既然你不想去,那就一个人在家摆弄你的布娃娃吧,我要开始我的冒险旅程啦,可别说我不带你。"乔治抬腿就要走。

蜜蜂回过神来,赶紧上前拉住乔治的胳膊,乔治却推开了她。"你这个娇小姐还是在家好好待着吧。""好哥哥,你带我一起去吧,我保证不给你添麻烦。"蜜蜂带着哭腔恳求着,她虽然心里很害怕,但是一想到离开乔治就满心的不舍,而这种不舍战胜了一切。

乔治早就预料到会这样,心里窃喜,表面上却装出勉为其难的样子。见到乔治同意,蜜蜂马上破涕为笑了。

"那就赶紧出发吧。"乔治边说边做了个出发的手势,拉起蜜蜂的手迅速地入了密道,很快两人就到了宫外。"我觉得咱们最好不要从城里走,而是沿着城墙根拣些隐蔽的小路去走,免得被发现了又得被抓回来。"两个鬼鬼祟祟的小人儿就这样顺利地出了城,丝毫没有被发现。

乔治边走向蜜蜂和盘托出他的路线规划:"咱们沿着去教堂的路,肯定能再次看到那个湖。然后沿着湖的方向,从田野中一路穿过去,'走蜜蜂走过的路'也就是笔直走的意思,乡下人常这么比喻,就能到达大湖。"

"走蜜蜂走过的路!"听到自己的名字被引用其中,蜜蜂变得兴奋起来，大声地附和着。

路两边的水沟沿儿上长满了各式各样的花花草草，生机勃勃地竞相怒放着，在微风下轻轻摇曳，一股淡淡的清香沁人心脾。蜜蜂欢快地跳跃着，边哼着歌边采着，打算回宫的时候把它们献给自己的母后，只可惜这些娇嫩的花经不起太阳的照射，很快就干枯了。路过石桥时，蜜蜂让乔治把她托起来，好让她把野花束插到石人的手心儿里。

蜜蜂回头向小石头人挥别时，发现石头人的肩膀上竟然刚飞来一只可爱的小鸽子在啄食着她的野花束，不禁咯咯笑起来："小鸽子，等我们回来哦！"

两个人不知不觉在烈日下走了好长时间，汗流浃背、口干舌燥。蜜蜂舔了舔干裂的嘴唇撒着娇："哥哥，我渴了。"

"我也渴了，但是咱们早就离开了大河，这附近也没有小溪和清泉，蜜蜂乖忍一忍啊！"

他们正唉声叹气，只见一个老妇人远远走了过来，手里提着一个篮子，走近一看里面是满满的一篮红通通、水灵灵的大樱桃。乔治喜出望外，但随即就像泄了气的皮球一般。"出门太急了，一分钱都没有带。"

"哈哈，我这里有钱。"蜜蜂边说边从随身携带的小口袋里掏出来五枚金币。"老妈妈，卖我们点樱桃好吗？"

农妇看着蜜蜂递过来的金币，两眼放光，连声说道："好，好，好！"狡黠的农妇心想"这下发财了"。实际上一块金币不但可以买下整篮子里的樱桃，都买下一个大果园了。喜出望外的农妇，眼睛滴溜溜地转着，故作镇定地说："我可不能让您吃亏啊，我的小公主。"说着往蜜蜂提起的小花裙里抓了三把樱桃。

蜜蜂又递给农妇一块金币:"老妈妈,请往我哥哥的帽子里也放些樱桃吧!"

老农妇一把抓住递过来的金币,攥得紧紧的,生怕它飞了似的。笑逐颜开地又往乔治的帽子里抓了两大把,"好好尝尝,我的樱桃最甜了。"然后,脚下抹了油一样飞奔离去。看着农妇跌跌撞撞的狼狈样,两个人忍不住笑出声来。

两个人狼吞虎咽地吃起来,觉得这樱桃真像老妈妈说的那样是世界上最甜的樱桃了。乔治还特意拣了几颗圆滚滚的大樱桃,挂到蜜蜂的耳朵上给她当耳坠,红通通的大樱桃衬着雪白的肌肤,蜜蜂显得更楚楚动人了。

两个人正走着,突然蜜蜂的脚被狠狠硌了一下,疼得不禁叫出声来,走路也一瘸一拐了。乔治把她扶到路边的斜坡上坐下来,脱掉她的缎子鞋,用力一摇,一颗白色的小石子从鞋里滚了出来。蜜蜂的小脚被锋利的石子儿划破了,白色的袜子染上了斑斑鲜血。

看着蜜蜂受伤的脚,乔治不知如何是好。蜜蜂反而安慰乔治说:"没关系的哥哥,把鞋穿上继续走吧,现在一点都不疼了。"

这会儿天气特别晴朗,缕缕清风挟着泥土的芬芳扑面而来,两个小探险家重又精神抖擞起来。他们手拉着手、肩并着肩,哼唱着欢快的童谣,向着神秘的大湖勇敢地进发。

蜜蜂突然停住不唱了,大叫道:"我的鞋掉啦,我的缎子鞋掉啦!"

蜜蜂不好意思地看着自己沾满了泥土的脚,鞋什么时候掉的她都不知道。乔治往后找了一截路,才发现蜜蜂那只沾满灰尘的小鞋子,怪不得她不知道,这么薄的鞋底,难怪丢了都没什么感觉。

乔治给蜜蜂穿鞋的时候,蜜蜂不由自主地往克拉丽德城堡的方向望了望，高大的城堡缥缥缈缈，渐渐消失在远处的暮霭中。蜜蜂鼻子一酸，几颗豆大的泪珠滚了下来："哥哥，天马上就黑了，天黑以后野狼就会把我们吃掉。妈妈再也看不到我们啦，她该有多伤心啊！"乔治急忙安慰说："别担心，城堡里敲晚钟的时候，咱们会及时赶回去的，放心不哭啊！"边说边帮蜜蜂拭去了眼泪。

就在这时，一阵悠扬的歌声不知从哪儿飘来，两个人四下找寻着歌声的出处，结果一无所获。突然乔治眼前一亮道："大湖，我们要找的大湖，快看哪！"果然蜜蜂顺着乔治手指的方向，看见了梦寐以求的大湖就在不远处，也兴奋地大叫起来。

乔治高兴地把帽子远远地抛向空中，蜜蜂没舍得扔掉自己心爱的花帽子，就学着乔治的样子把自己的小缎子鞋抛向了空中。

大湖近在咫尺，倚偎在青山的环抱之中，甚至能看见那清澈的碧波中飘摇的水草，仿佛在向他们招手。蓝天白云、碧波万顷交相辉映，简直美极了。两个人都急不可耐了，但是绕来绕去，怎么都找不到通往美丽湖泊的路，乔治急得直跺脚。那些高大的绿叶和红花，密密匝匝的，就像一个天然的屏障四下里把大湖包裹得严严实实的，怎么都走不过去。

两个人正急得没办法，突然看到一个身披羊皮袄、手执竹竿的小姑娘，正赶着一群鹅朝他们走来。乔治赶紧上前去很礼貌地向放鹅姑娘询问了她的名字，并向她请教要怎么才能走到湖边去。

放鹅姑娘原来叫"吉贝特"。吉贝特神色慌张地说："你们不能去！"

"为什么呢？"

"因为……"吉贝特一脸惊恐，没有说下去。

"我们一定要去呢,请告诉我们吧!"

"那你们就沿着这条小径一直往前行走吧,但是一定不要靠得太近。"

吉贝特的话还没说完,乔治就兴冲冲地拉着蜜蜂的手,向那条掩藏在野草杂树中的荒僻的小径直奔而去。

"好饿啊,以后再出来探险的话,我一定要准备一个大箱子,里面装满各种各样的好吃的。"蜜蜂边说边用小舌头舔了舔自己樱桃般的小嘴。

"没错,下回啊出发前一定做好各项准备。我现在才知道,为什么亲爱的弗朗科去罗马时,要带那么多的火腿和满满一坛子酒。也不知道现在几点了,但是肯定不早了,咱们赶紧走吧!"乔治说。

"牧羊人只要看看太阳就知道时间的,"蜜蜂说,"虽然我不是牧羊人,不过我觉得咱们出门的时候太阳已经高过头顶,现在太阳已经西垂在离克拉丽德城堡遥远的天边了,今天的太阳有什么特别吗?怎么这么快就落了啊?"

他们正在思索着太阳的问题,一阵阵急促的马蹄声从远处传来,大路上尘土飞扬,只见一队骑兵飞奔而来,手中的长矛凛凛地泛着寒光。两个人还以为遇到了杀人不眨眼的强盗或者是吃人的恶魔,赶紧躲了起来,殊不知那是王后派出来专门寻找这两个小冒险家的士兵。

穿过一丛丛杂草,两个小家伙总算又找到一条弯弯曲曲的小径,但是比之前的更崎岖狭窄了,只能算是羊肠小道了,根本就不能并肩直行。这条荒无人烟的小道上居然有数不清的小爪印,引得两个人浮想联翩。

蜜蜂担忧地说:"会不会是小鬼的脚印啊?"

"怎么可能，也许是梅花鹿呢！"乔治笑话蜜蜂可真会想。

两个人踏着这些小脚印，一直往前走，总算看清了这条微微向下倾斜的小路，一直延伸到湖边。眼前一下开阔起来，神秘的大湖一跃出现在两个人的面前。真美啊！一排碧绿的柳树整齐地环抱着湖岸，垂下的长长金柳在微风的吹拂下，缓缓地飘摇。轻盈的苇叶也仿佛和着音乐的节拍在翩翩舞蹈。一大丛一大丛的芦苇远望去俨然一个个神秘的小岛，周围环绕着碧绿圆滚的荷叶。葱绿的荷叶捧出朵朵娇艳欲滴的荷花，五颜六色的小蜻蜓，在花花草草中来回穿梭着，划出一道道五彩缤纷的弧线。

两个人欢呼雀跃着飞奔到湖畔，乐不可支地把鞋甩到一边，把磨起水泡的小脚放在湿漉漉的石头地上，阵阵清凉，舒服极了。湖边的湿地上铺满了碧绿的水藻，还生长着细长叶片的香蒲草。此刻的大湖静极了，只听得到微风下香蒲草和车前草的叶子摩擦的声响。草丛中点缀着星星点点的小紫花，在微风吹拂下散发着缕缕清香。

两个孩子深深陶醉在这如诗如画的湖光山色中，旅途的疲劳和双脚的疼痛都抛到了九霄云外，只觉得此时此刻自己是那么地幸福。

 **水妖湖畔**

　　眼前的美景太迷人了,两个孩子绕着大湖边走边尽情地欣赏着。

　　两排柳树的中间地带是沙地,蜜蜂在沙地上行走着,这时,一只小青蛙突然从她的身旁跳进湖水里,伴着一声"扑通"的声响,湖面上顿时泛起一片涟漪,波纹缓缓地向四周荡开,环状纹越扩越大,最后湖面恢复了原来的平静。他们怎么也不会想到,这只小青蛙并非是一只普通的蛙类,而是守护这个大湖的水妖的哨兵。

　　四周非常安静,只有微风在吹拂,吹皱了平坦如镜的湖面,泛起的涟漪像是大湖在向他们微笑。

　　"哎呀,这湖真是太美了!"蜜蜂感叹地说。直到她看足了这绝妙的风景,才想起她的鞋已经破了,脚也被磨得出了血。这时她也感到饿了,她想回家了。

乔治让妹妹坐在草地上,轻声安慰着她。他找来了树叶给她敷脚。她感觉两只脚凉爽了很多,也舒服了许多。做完这些,他开始给她找可以吃的东西。道路的两旁有很多的野桑树,这个季节正是挂果的时令。乔治把帽子摘下来,用它来放桑葚,他摘的桑葚又大又甜,他端过来给蜜蜂吃,又对她说:"把你的手绢给我,我要用它包草莓,那边不远的小路边的树上还结了很多榛子,我的口袋也可以装很多。"

乔治边说边在柳树的阴凉里,给蜜蜂铺就了一个小小的草床,让她躺在那里,然后就去采果子了。

蜜蜂是个很听话的孩子,她躺在草床上环扣着双手,睁着大眼睛仰面看着深蓝的天空和不停眨着眼睛的满天星星。一天的劳累,让她很快就支撑不住了,双眼慢慢地模糊起来。

似睡非睡中,她仿佛看到了一个小矮人骑着乌鸦从天而降。她以为这是在梦里。

其实并不是她在做梦。那个小矮人骑着乌鸦看到了她,口中衔着缰绳的乌鸦很听话,小矮人勒住了缰绳,乌鸦便带着他在小姑娘头顶的天空中盘旋了几周。小矮人瞪大了眼睛仔细打量了她一番,然后又一勒缰绳,乌鸦迅速飞升,消失在了天空中。蜜蜂只是睡眠蒙眬中看到了这一切,很快就沉沉地睡熟了。

乔治采摘完榛子回来的时候,蜜蜂仍在香甜地熟睡。他没有去叫醒蜜蜂,而是悄悄地把采来的野果放在她草床的旁边,然后他来到湖边,坐了下来,安静地等着蜜蜂睡醒。此时长满水草的大湖,似乎也在熟睡中,月光在湖面上碎银般地跳跃着。这时,藏在树枝后边的月亮突然跳上了枝头,整个湖面顿时波光粼粼,大湖似乎一下子活跃了许多。

其实，那湖面上跳跃着的并非全是月亮的光辉。蓝色的火苗从湖底升上来，漂浮在了水面上，似乎这火苗的跳跃还伴随着舞曲的节奏。这时乔治看到，跳跃的火苗下面有一群女人的光亮的额头，很快，一个个头颅从翻腾的湖水里升出来，她们是那么地美丽，每个人都戴着用水草和贝壳做成的发冠。接着，乔治又看到了她们绿发覆盖的肩膀和挂满闪亮珍珠、穿裹着轻纱的胸脯。乔治马上意识到，这就是水妖！他猛然站起来想逃跑，可是已经晚了，许多的雪白冰凉的手臂只一瞬间的工夫就把他牢牢地缠住了。无论他怎么挣扎和呼叫，都无法摆脱，他就这样，被生生地拖入水底，被带进了水晶和岩石建造的大厅里。

矮人国的"俘虏"

乔治被水妖抓走了，蜜蜂却丝毫没有觉察，依然甜蜜地酣睡着。之前骑着乌鸦偷看蜜蜂的小矮人又回来了，不过这次不是一个人，而是带来了一大群小矮人。这些小矮人别看个子只及小孩子一般高，但是长垂到膝盖的花白胡须证明他们年岁已经很高了。从穿着看，他们的腰间都系着皮质的围裙，别着一只大大的铁锤，一身铁匠的装扮。这些小矮人走起路来，样子十分滑稽可笑，总是高高地蹦起，然后紧接着翻着跟头向前，身手非常地矫健。滑稽的动作搭上一本正经的表情，这群小精灵到底在想什么，还真让人捉摸不透。

小矮人们向熟睡的蜜蜂迅速地聚拢过来，围成一圈，仔细地打量着。

"怎么样，我没有骗你们吧，湖边正睡着世界上最美丽的公主，这下该信我了吧!"个子最小的小矮人以夸耀的口吻向他的伙伴们炫耀着,"这回开眼界了吧,回去好好谢谢我。"边说边捋着自己密密匝匝的大胡子。

"是啊,世界上还有谁比眼前的这位公主更美呢,她的脸就如天上的朝霞般绚烂,满头的金发就如地下的黄金一样闪亮。谢谢你啊,博巴。"一位老诗人模样的小矮人由衷地赞叹着。

"皮克,你说得对,太对了!"其他人齐声应和着,"那么我们应该怎么处置这位美丽的公主呢?"

老诗人一时回答不上来,其他的人也都没了主意。一个叫路格的小矮人粗鲁地提议道:"我看不如扎一个大笼子,把她关起来再说。"另一个叫弟格的小矮人立即反驳道:"绝对不行,笼子是用来关野兽的,怎么能这么粗鲁地对待一位这么美丽的公主呢!"

这时趁其他人也没什么更好的主意,路格继续鼓吹自己的那套歪理邪说,他狡辩道:"不把她关起来的话,她现在不是野兽,但独自在这荒山野岭待久了,慢慢就会变得野蛮的,到时候恐怕就要在笼子里被关一辈子喽!"

大家都对路格的这番谬论非常反感。一向品行善良的小矮人泰德怒斥了路格,他也就不敢再作声。泰德提议想办法将这位美丽的姑娘送回到她父母的身边,想必她的父母现在正焦急万分,但是由于不符合矮人国的做法,而没有被大家采纳。

善良的泰德着急地说:"要遵从正义,不能一味因循守旧。"可惜没有人听他的。

小矮人们你一言我一语,拿不定主意。这时候有个叫巴奥的小矮人发话了:"我觉得应该先叫醒这位姑娘,地上这么潮湿,这样一直睡到明天早上，眼睛肯定会水肿的，到时候就不漂亮了。况且睡在这阴冷潮湿的树林里，会生病的。"他的话虽然平实，但是非常入情入理，得到了一致地赞同。

老诗人模样的皮克，走近蜜蜂，目光炯炯地使劲瞪着蜜蜂，想凭自己锐利的目光唤醒她，但是眼睛都酸了，蜜蜂依然没有反应。皮克在众人的笑声中不好意思地退下来。善良的泰德见此无济于事，只好走上前轻轻拉了拉蜜蜂的衣袖。这回终于奏效了，蜜蜂缓缓地睁开了眼睛。她蒙蒙眬眬地看见自己的草床边围着一群小矮人，以为自己还在梦中。这一觉睡得太沉了，让她完全忘记了自己是在湖边探险，还以为正睡在自己闺房中舒服的大床上。任凭她怎么使劲地揉眼睛，小矮人依旧在眼前挥之不去，他们的花白胡子在清晨阳光的照耀下是那么真切。她突然意识到这是真实发生的，想起自己之前和乔治一起来湖边探险，她迅速地环顾了一下四周，丝毫不见乔治的踪影。此时她害怕极了，惊恐地大叫起来："乔治，哥哥，你在哪儿啊？"

小矮人们好奇地看着她，把她围得更紧了。蜜蜂不敢看这些相貌怪异的小矮人，用手使劲捂着脸，不停地大声哭喊着："乔治、妈妈……"

小矮人们面面相觑，不知道乔治是谁，自然也不会知道什么"乔治"去了哪儿。巴奥的心肠最软，看着眼前的姑娘这么难受也差点儿掉下泪来，忙安慰说："漂亮的小姑娘，你别伤心了，小心哭坏了眼睛。请告诉我们你是怎么来到这个地方的，那一定是一个很有趣的故事吧？"

蜜蜂早就吓得魂飞魄散了，此刻哪里听得进巴奥的话，站起身拔腿就想跑，可是她的脚又红又肿，一下子重重地摔倒在地上。这下子她哭得更伤心了。泰德走过去轻轻地扶起她，巴奥也走上前温柔地吻了吻她的手。他们的善良举动让受了惊吓的蜜蜂渐渐地冷静下来。她鼓起勇气睁开眼睛，好奇地打量着眼前的这些小矮人，发现他们丝毫没有恶意，这才放下心来。

"对不起，你们的样子实在太奇怪了，有点吓人，所以刚刚我才拼命地想逃走。我看得出来你们都是一群善良的人，可是我现在好饿啊，能不能给我些吃的，我会感谢你们的。"小矮人们齐声喊道："那好办，博巴，去找些吃的来！""能为您效劳，是我的荣幸。"只见一个小矮人上前鞠了一躬，然后迅速地骑上乌鸦，消失在湛蓝的天空中。

不过，刚刚蜜蜂说他们长相奇怪的话刺伤了小矮人，让他们有些愤愤不平。路格气鼓鼓的，皮克也在心里嘀咕着："真是个不懂事的小丫头，以貌取人，看不到我们的眼睛里闪现的智慧光芒，也看不出我们拥有移山填海的力量和特有的迷人魅力。"巴奥也愤愤地想："竟然嫌弃我们相貌丑陋，还不如刚刚不叫醒她，让她一直睡下去，直到两只眼睛肿得像两个大核桃。"宽厚的泰德却不以为意，笑着对蜜蜂说："小姑娘，你如果了解了我们，就会喜欢我们，不会觉得我们难看了。"蜜蜂不好意思地羞红了脸，赶紧向小矮人们真诚地道歉。

正说着，博巴乘着乌鸦回来了，从乌鸦的背上灵活地跳下，翻着几个跟头，将托来的金盘子放到蜜蜂身边："请用吧，迷人的小姑娘。"蜜蜂打开来，里面摆着一只香喷喷的烤山鸡、松软的白面包和一瓶清香四溢的果酒。

看来真是饿极了，蜜蜂全然不顾形象，狼吞虎咽地吃起来。边吃边和小矮人讲起她是如何来到这里的："我叫蜜蜂，是克拉丽德王国的公主，和哥哥乔治来湖边探险，哥哥去找吃的的时候，我就在草丛中睡着了。好心的小矮人们，求你们帮我找找我的乔治哥哥吧，我要同他一起回克拉丽德城堡去。"

小矮人们指着蜜蜂红肿的脚说:"肿得这么厉害,不可能走路了,乔治比你大,自己会找到回家的路,况且这附近的猛兽不是被赶走就是被杀光了,乔治不会有什么危险的,你就放心吧!"听了小矮人们的话,蜜蜂的心稍稍安下来。弟格在一边建议说:"我们来做副担架,铺上树叶和青苔,把蜜蜂公主抬进山里,去见咱们的国王吧。这么可爱的姑娘,国王一定会喜欢的。"

大家都赞成他的话,蜜蜂看看自己疼痛难忍的脚,的确是寸步难行,而且小矮人们也没有恶意,也就只好听从他们的安排了。至于以后怎么办,等脚好了再说吧,没准哪天乔治就派人来接她呢!

小矮人们说干就干,抡起手中的斧子,三两下就砍倒了两棵松树。这时路格的坏主意又冒出来:"不然咱们扎个笼子怎么样啊?"他的话马上招来了大家的一致斥责:"我们矮人国的人一向善良和睦,可不像那些大个子的人,会做出冷酷无情的事。你如果不是矮人国里最坏的小矮人,那就是最愚蠢的,你真是矮人国的耻辱。"大家都不再理睬路格,七手八脚地干起来。

他们腾空跃起,跳得跟树杈那么高,凌空砍断一枝枝树枝,很快一副精巧的担架就做好了。他们在上面铺上了一层厚厚的树叶和青苔,小心翼翼地把蜜蜂抬上去安置好,然后迅速地站成两排,"嘿"的一声扛起把手,又"哟"的一声,一溜烟地向大山深处跑去。蜜蜂望着身后的那一串串小脚印,终于明白他和乔治发现的小爪印是什么了,但是乔治现在在哪儿呢?

 **奉若上宾**

小矮人们抬着蜜蜂公主在一条又一条崎岖的蜿蜒小路上迅速地行进着，不知过了多久终于登上了一座郁郁葱葱的小山岗，他们的脚步才慢下来。这座山岗上长满了暗绿色的小橡树，块块铁锈色的巨石散落在这片静谧的小树林里。蜜蜂一抬头惊奇地发现远处朦朦胧胧的红棕色山峦竟和湛蓝湛蓝的大峡谷神奇地交融为一体，禁不住感叹大自然的鬼斧神工并造就这壮丽的奇景。

还没有来得及仔细地欣赏，蜜蜂就被抬着进入了一处荆棘丛生的神秘山洞，博巴伏在乌鸦背上在不远处的上空盘旋着，作为大家的引路者。此刻蜜蜂的心里七上八下的，不知道山洞里究竟藏着些什么。突然她在那些凹凸不平的岩石后边发现了全副武装的士兵，只见他们身披着兽皮战甲,腰插大刀,手握长矛,旁边还堆着好多猎来的飞禽走兽。见了这令人生畏的场面,吓得蜜蜂眼泪几乎又要夺眶而出,但仔细端详后她发现这些士兵虽然威严但不失温和,也就稍稍安了心。

在这些士兵的中间站着一位威风凛凛、气宇不凡的小矮人。他的装束与众不同:耳边插着一根长长的白色羽毛,头顶上有镶嵌宝石的皇冠折射出璀璨的光芒,一件考究的大斗篷披在肩头,但遮不住胳膊上一圈圈的金环发出的耀眼金光,腰间别着用象牙和白银雕成的精致号角,显示出他的高贵与尊荣。

队伍前面的小矮人见了他恭敬地叫了声"洛克王",并向他报告了发现蜜蜂的全过程。洛克王把目光缓缓地投向蜜蜂,但见眼前的女子肤如凝脂、明目生辉、清新脱俗,宛如天上的星辰熠熠生辉,内心不禁一阵狂喜,一股强烈的爱慕之情油然而生。他迈着矫捷的步伐快速地走到蜜蜂的身边,踮起脚尖在蜜蜂的手背上轻轻地吻了吻:"欢迎你,美丽的公主。请放心,在这里谁都不会伤害你,你有任何的需要,请尽管对我讲。世界上的好东西,我们这里应有尽有。项链、镜子、毛线、中国的丝绸,只要你开口,马上就有人奉上。"

对眼前这位好心的洛克王,蜜蜂感激地笑了笑说:"谢谢您!我只想要一双鞋。"

话音未落,只见洛克王用手中的长矛敲了敲岩壁上的那个铜盘,立马有个东西像子弹般飞了出来,一眨眼的工夫竟渐渐地变大,露出一张小矮人的脸来。他的脸和其他人的脸没什么区别,但腰间系着的皮围裙却让人一眼看出他的身份,他可是矮人国最厉害的鞋匠师傅,他家世代做鞋,手艺精湛,名字叫做特吕克。

洛克王转向特吕克以命令的口吻说:"你到库房去领一块最柔软的

皮子和用金丝银线织就的布,再去卫兵那里领取两颗最漂亮的珍珠,务必为这位美丽的公主做一双最舒适的鞋子,而且越快越好。"

洛克王还没有说完,特吕克就已恭恭敬敬地跪在蜜蜂的脚边,仔细地量起尺寸来。蜜蜂忙推辞说:"洛克王,非常感谢您的盛情!但是真的不需要那么美丽精致的鞋,我只要一双最普通的鞋子就好。我想早一点穿上,回我的克拉丽德王国去,见妈妈和哥哥,他们一定急坏了。"

洛克王用坚定的目光看着蜜蜂说道:"放心,你马上就会有鞋穿,但是做鞋不是让你尽早回家,而是为了让你能留下,在我的王国里自在地徜徉漫步。在这里你可以闻到各种奇异的香气,通晓各种闻所未闻的奥秘,我的臣民会热情地款待你,这是多么难得的福分啊!别再想着回什么克拉丽德了,按照我们王国的规定,一旦进入矮人国就再也不能出去了。而且,单凭你一个人是走不出矮人国的,所以不要做徒劳的努力。"

听到这里,蜜蜂失声大哭起来,大声地请求:"洛克王,我什么都不要了,请求您放我回克拉丽德吧,我要我的妈妈和哥哥,求求您啦!"

洛克王的眼中有一丝不忍,但还是坚定地摇了摇头,表示没有商量的余地。

蜜蜂合起双手,带着哭腔温柔地恳求道:"洛克王,求求您放我回去吧,我将来一定会好好报答您的。"

"算了吧,蜜蜂,只要一到灿烂阳光照耀的地面上,你马上就会把我忘掉的。"

"不会的,洛克王,我会像喜欢'啸啸'一样喜欢您的,请一定相信我!"蜜蜂继续哀求着。

"'啸啸'?'啸啸'是谁?"洛克王好奇地问道。

"一匹叫伊莎白的马，和我一起长大的心肝宝贝。以前每天早上，马仆弗朗科都会把它牵到我的卧室来，我总是会亲亲她，然后亲手喂她吃东西。现在弗朗科去罗马了，'啸啸'也长大了，没法再到我的屋子里来了，但是我每天都是那么地想念她。"

洛克王脸上不由得露出了一丝甜蜜的微笑，说道："你对一匹马尚且如此地钟情，何况对人呢？假以时日，我相信你一定会喜欢上我的。"

蜜蜂愣了一下说："也许吧。"年幼的蜜蜂又怎么会想到洛克王的话另有深意呢！

"那就拭目以待吧。"洛克王信心十足地说。

看到自己费了那么多口舌，洛克王就是不松口，蜜蜂的火气一下上来了："我是不会喜欢你的，因为你不让我回家，不让我去见我的妈妈和乔治，我恨你，小洛克王！"

"乔治，谁是乔治？"洛克王听到这个名字后，立马反弹式地问，眉头紧紧地皱起来，两只深邃的大眼睛警觉地望着蜜蜂。

"乔治就是乔治，我喜欢我的乔治哥哥，永远不会喜欢你！"蜜蜂大吼道。

刚刚洛克王还在心里暗暗地盘算等蜜蜂长大了，就娶她为妻，和她生活在一起将会幸福无比。除此之外通过她这个桥梁，小人国就可以与大人的世界重归于好，这一切都是多么地美妙。偏偏这回冒出来什么乔治，似乎蜜蜂对他有一种特殊的感情，这个乔治可能成为自己的劲敌，使那些美好的愿望通通落空。想到这里，洛克王感到心烦意乱，于是低下头皱着眉头走开了。

蜜蜂见洛克王脸色阴沉好像真的生气了，担心惹怒了他，失去重回地上的希望，赶紧追上去轻轻拽了拽他的衣角，尽量用温柔的语气请求道:"洛克王,咱们都别生气了,好不好?"

洛克王看着她可怜巴巴的样子,心中实在不忍,安慰道:"好吧,这都不是我们哪个人的错。依照矮人国祖祖辈辈的规定,你是不能回去见妈妈了,但是我能做的就是帮你托一个梦给你妈妈,在梦里你可以告诉她你在这儿的生活,这个梦一定会宽慰她的心,请相信我。"

"小洛克王,要是这样就太好了。我能不能请求您,每天晚上都能让妈妈在睡梦中见到我,我也能在睡梦中见到她?"蜜蜂绝望的心中又闪现出一丝希望。

洛克王郑重地点了点头,并从那一天起开始践行自己的诺言。自此之后每天夜里蜜蜂和王后母女两人都在睡梦中相会,互诉衷肠。虽然无法真正地见面,总算可以聊慰思念之情。蜜蜂从母亲那里得知乔治也再没有回去过,开始日夜担心和思念她的乔治哥哥。

在矮人国的日子

蜜蜂就这样留在了矮人国,她用尽各种方法,洛克王始终都不理会蜜蜂回家的请求。日子一天天过去,蜜蜂也无奈地接受了这个现实,已经不似先前那么伤心苦恼,开始有心思去打量身边这个奇异的地下王国了。矮人国虽然修在地下既大且深,但是并非漆黑一团,除了个别的山洞或房子,其余的地方都非常明亮。他们用以照明的工具,既非火把也非油灯,照耀这一切的竟是一种小球,它们可以吸收日月星辰的光亮。那些小球虽然只能发出橘黄色的光,远没有月亮那般明亮,但是楼房的轮廓和石屋翘起的屋檐都清晰可见。矮人国的那些能工巧匠们在这个广阔的地下世界,建造了宽阔的广场、整洁的街道、雄伟的宫殿……这些宫殿都被修建在高大的花岗岩上,高耸林立、气势宏伟,远远望去屋檐相连、层峦叠嶂，令人赞叹不已。

除此之外，甚至还有大得一眼望不到边的扇形大剧场，最让蜜蜂感到惊异的是矮人国一口口深不见底的水井，不似克拉丽德的水井那般狭小，甚至这里的水井的宽阔的石壁上还雕刻有各式的花纹，无不彰显着矮人们丰富的想象力和对生活的热爱，谁能想象得出如此磅礴的建筑都是出于一群小矮人之手呢！不过除了这些矮人国的能工巧匠们，世上又有谁能够造出这般壮丽的地下王国呢！

这里的小矮人们各个披着树叶织成的斗篷，圆滚滚的在房屋上灵敏地跳来跳去。一下就能从三层楼的高度跳到石头铺成的马路上，然后再像皮球似的弹起来。他们跳跃的时候，表情总是一本正经的，仿佛雕像一般。刚开始的时候，他们滑稽的表情和动作，总是惹得蜜蜂忍不住笑出声来。

这里的人们都是那么地勤劳，矿工、铁匠、珠宝匠、石匠……他们每个人都各司其职整日劳作。走到哪里都是一股热火朝天的劳作场景，锤子敲击岩石或铁器的叮当声、山洞顶上机器的轰鸣声不绝于耳。他们丝毫不感觉劳苦，而是像在进行一场精彩绝伦的演出，紧张而有节奏，并且对工艺精益求精。整个矮人国里只有一个地方很安静，那就是洛克王的王宫。

洛克王的宫殿倚山而建，由于周围的岩石形状各异、参差不齐，聪明的小矮人们就顺着它们本来的形状，借助他们的想象赋予这些粗糙的岩石以全新的生命，比如雕刻了许多英勇的士兵、翱翔的苍鹰……王宫的大门虽然不高，但是古朴肃穆的风格透着皇家的庄重与威严。在临近皇宫的地方，有一个小房子，里面挂着洁白的窗帘，木家具散发出淡淡的清香，虽然不大，但是却温馨而舒适。这里便是洛克王专门为蜜蜂建造的新家了，白天一缕缕阳光可以透过石缝钻到蜜蜂的小屋里，晚上蜜蜂也可以透过石缝看见外边闪烁的星星。

蜜蜂当初拒绝了洛克王为他安排专属用人的好意，她要自己一切从头学起，自己照顾自己。但是几乎所有的小矮人都真心喜欢她，迫不及待地争着为她效劳，送去她所需的各种东西。对她的任何请求都百依百顺，但就是不让她回到地面上去。

小矮人们通晓大自然的好多秘密，只要蜜蜂想学，他们就会毫无保留地耐心教给她。蜜蜂从他们那里学会了辨识自然界的各种动、植物，知道哪些可以食用或入药，懂得如何鉴别他们四处采回来的各种矿石，甚至有各色的奇异宝石。矮人国虽然没有文字，各种知识和经验的传授，完全来源于实践中的感知，但是蜜蜂觉得这种获取知识和技能的方式，既轻松又鲜活有趣，远远胜过课本的刻板说教和枯燥讲解。

小矮人们非常聪明，发明了很多了不起的机器。为了给蜜蜂解闷，让她不至于太想家，善良的小矮人们运用他们的巧手，制作出很多精美巧妙的玩具，就连地面上有钱人家的孩子都不曾见过。女孩子都喜欢玩具娃娃，因此他们为蜜蜂做了好多姿态各异、精致优雅的智能娃娃，他们不仅能说出诗一般的语言，还能跳出优美的舞姿。将这些娃娃放在搭建好的小剧场中，布置好舞台背景，他们甚至能自动演出各种有趣的节目。别看这些娃娃高度不及一只胳膊的长度，表演起来煞是逼真，活灵活现。他们可以模仿年迈的老人、身强力壮的男子汉、年轻美貌的姑娘，甚至娇小可爱的孩子。他们好像被赋予了真人的情感，或有着深沉的爱，或有着刻骨铭心的恨，时而欢喜，时而悲伤……

蜜蜂被他们精湛的演技深深地吸引了，每每看到精彩的地方，她都会报以热烈的掌声。其中有一个故事蜜蜂百看不厌，讲述了一个暴君贪恋一位美丽的公主，设计并凶残地杀死了公主的丈夫，幽禁了公主，还卑鄙地以公主儿子的性命相逼，为了救儿子，公主只得忍辱负重嫁给了自己不共戴天的仇敌。每每看这不幸的悲剧时，蜜蜂都会流下悲伤的眼泪，联想到自己同样被幽禁于矮人国，不能与亲人相聚，伤心不已。

矮人国里经常举行各种音乐会，蜜蜂渐渐对音乐产生了兴趣。那些知名的演奏家们都非常乐意做蜜蜂的老师。蜜蜂逐渐通晓了提琴、月琴、竖琴和其他好些不知名的乐器，并加入了演出的队伍。蜜蜂的音乐与他人不同，总是饱含着浓烈的情感，可能是她远离家乡，又经常看各色的喜剧，对生活和人情世故的体悟比别人都深的缘故吧。洛克王只要有时间，就会来看蜜蜂的演出，他总会目不转睛地一直望着她，以至于演奏的是什么他都浑然不知，他把自己所有的爱情都倾注在蜜蜂的身上，蜜蜂已经成了他快乐的源泉。

时光飞逝，岁月流转，几年间蜜蜂已出落成一个亭亭玉立的大姑娘，容貌昳丽，超凡脱俗，举手投足间尽显优雅成熟。虽然在矮人国的生活那么欢乐、那么令人陶醉，但她始终在朝思暮想着地上的一切，时刻期盼再次与母亲和乔治重逢的时刻。

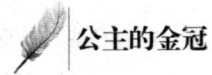 **公主的金冠**

洛克王一直耐心地等待着蜜蜂长大,直到有一天能成为自己幸福的王后,这一等就是整整六个年头。与蜜蜂相处的日子愈久,对她的喜爱与依恋也就愈加深厚。这一天洛克王终于按捺不住,决定向蜜蜂剖白心迹了。他派人将蜜蜂接到王宫中,但是见到蜜蜂后洛克王什么也没有讲,只是默默拉起她的手,走进了一处密道。是一处狭长的山洞,入口就在王宫墙壁镶嵌的一块巨石上,另一头却不知通向何方。里面很黑,两个人深一脚浅一脚,一前一后地向前挪着,蜜蜂使劲地拉着洛克王的衣角,小心翼翼地跟在身后。每向前一段,岩石就向外突一点,路也越来越窄,蜜蜂害怕极了,手里惊出了好多汗,大衣角几次都从手中滑落。走了好久好久,终于洛克王停了下来,黑暗中摸索到一扇铜门,并

打开了机关,"轰"的一声巨响,一道金灿灿的强光射了出来。

蜜蜂不由得用手遮住了眼睛,眼睛睁得大大的,"贪婪"地从指缝中欣赏着这久违了的光亮。"洛克王,我以前真是身在福中不知福啊,竟不知道这光亮是那么地美。"蜜蜂感慨道。洛克王没有说话,只是拉起她的手走进了那扇门。

蜜蜂被眼前的一切惊呆了,一根根雄伟的大理石柱子矗立着撑起了一座金碧辉煌的大厅,里面各色宝石铺就的台阶闪耀着五彩霞光,密而厚实的地毯上精致的图案令人赞叹,最高处那镶嵌着象牙和黄金的宝座更是金光闪闪,就连两侧栽种着千年棕榈树的巨大花坛也是难得的艺术品,不知出自哪位名家之手。洛克王含情脉脉地望着蜜蜂,温柔地说道:"这是我的宝库,你喜欢什么,尽管选吧。"

蜜蜂没有说话,而是继续环顾四周,只见石柱上挂满了巨大的盾牌,在阳光的照射下金光灿灿,各式的刀枪泛着寒光摆满了大厅的各个角落。在墙壁的周围整齐地摆着好多桌子,上面堆满了各种精美名贵的镜子、盘子、烛台和杯盏,一律用黄金和白银打造而成,甚至还发现一副精巧的石质棋子。

"亲爱的蜜蜂,请挑吧!"洛克王再次热烈地邀请道。

蜜蜂抬头望了望窗边隐约可见的天空,陷入了深思,与这些金银财宝相比,自由和外边的世界更让她向往。许久她终于开口了:"非常感谢您,这些奇珍异宝并不是我最想要的,我最渴望的是外边世界耀眼夺目的阳光和无私伟大的母爱,求您让我回到地面上去吧!"

洛克王静默不语,只是向斯库做了个手势,厚厚的地毯就被掀了起来,露出来一个铁迹斑斑的大箱子,从外形可以看出它年代的久远。箱盖一打开,颗颗光彩夺目的宝石闪得人眼花缭乱。洛克王伸手拨弄了几下,各色晶莹剔透的宝石因相互撞击发出悦耳的声响。这些宝石流动跳跃的线条、灵秀的设计,光与彩的气息扑面而来,让人痴迷沉醉。艳若霞光的红宝石、灿若晴空的蓝宝石、温润如泉水的绿松石,还有只产自遥远叙利亚的石榴石……美得动人心魄,每一颗宝石都是晶莹的清泉汇合了明亮的阳光,经过千万年的锤炼才融合而成的。

"请任意挑选吧!"洛克王心急地催促道。

蜜蜂摇了摇头:"小洛克王,我知道这些宝石很美,但是我更爱克拉丽德城堡顶上的万丈阳光!"

洛克王还是不甘心,赶紧打开第二只箱子,里面盛满了世所罕见的颗颗大而圆润的珍珠,发出细润光洁的柔光,令人仿佛置身于广阔宇宙的温柔怀抱,也只有将天空和海洋的赤、橙、黄、绿、青、蓝、紫全部交融在一起,才有可能汇合出那样绚丽多彩的光芒啊!

"小洛克王,这些珍珠非常美,像极了一个人的眼睛,我爱珍珠,更爱那个人的眼睛。"

这句话犹如一把匕首深深地刺伤了洛克王的心,他脸色苍白,嗫嚅着嘴唇命人赶快打开第三只箱子。洛克王亲手将里面的水晶石捧起托到蜜蜂的面前。只见这颗晶莹剔透的水晶石里面有一滴已封存了千万年的纯净水滴,随着水晶石的晃动而轻轻滚动,折射出耀眼的五彩霞光。另有一块金黄灿灿的琥珀,一只小虫子是里面永久的房客,它的小爪子和小须角都清晰可见,从它的样子便可知一直到最后一刻,它都没有放弃追寻自由的努力,仍在拼命地挣扎。假使宝石能被融化,它一定会毫不犹豫地振翅飞出这座天价的"牢笼"。

"这些都是稀世的珍宝,只要你喜欢,都可以拿走。"

"小洛克王,这些琥珀和水晶石确实非常神奇而珍贵。但是如果是我,我宁愿似山泉在山间自由地奔跑,做小虫在林间自在地嬉戏,而不是被关在这冰冷的囚笼里供人瞻仰和歆歆。我虽然无法将囚禁在琥珀里的小虫放出,也无力让水晶石里的水流出来,但是至少我可以选择远离它们,因为见到它们只能让我想起自己。"

"蜜蜂,无数世人梦寐以求的无价珍宝,你唾手可得却毫不吝惜,我果然没有爱错人,没有几个人可以像你这样拥有高尚的灵魂。既然这样,我决不勉强你,但请你一定接受我下面要送给你的礼物,以表达我对你的喜爱和崇敬。"洛克王向身边的人示意了一下,一顶金光灿灿的皇冠被递到洛克王的手上,洛克王小心翼翼地帮蜜蜂戴上,高声宣布:"蜜蜂,你以后就是我们矮人国高贵的公主!"

 加冕与求婚

矮人国一片喜气洋洋,小矮人们都身着盛装跳着欢乐的舞蹈,为即将举行的公主加冕典礼而开怀畅饮。皮克他们真心地爱戴蜜蜂,希望这位美丽的公主永远和自己生活在一起。整个王国里只有一个人闷闷不乐,这个人就是洛克王。

历经了三十天的狂欢,终于迎来了公主加冕的激动时刻。洛克王为蜜蜂举行了一个盛大而隆重的宴会,机智的皮克、善良的泰德、温柔的弟格、粗鲁的路格……这些蜜蜂的好朋友都应邀参加,见证这激动人心的一刻。随着大厅中悠扬的音乐慢慢奏起,所有的宾客全体起立致以雷鸣般的掌声。蜜蜂身着华丽的礼服、头戴王冠,在众人的目光下缓缓地走向洛克王。

洛克王身披红色的斗篷，整个人英姿焕发。此时他的表情虽然庄严肃穆，但是还是能看出他难掩内心的激动。英俊的面容上那微微翘起的嘴角，使洛克王看起来既威严又温情脉脉，他目不转睛地看着蜜蜂，一字一顿地说："我宣布，从今天起蜜蜂就是我们矮人国的公主！"现场一片欢呼。他走近蜜蜂单膝跪地："亲爱的蜜蜂公主，我爱你，你愿意做我的妻子吗？"

蜜蜂看着洛克王热切而真挚的眼神，一时语塞。她伸出手抚摸着洛克王的胡子，许久才狠下心说出来下边的话。"洛克王，我也爱您，但是只是把您当做洛克王来爱，而不能成为您真正的妻子。看到你总让我想起地面上宽厚慈爱的弗朗科。他总是给我讲各种有趣的故事，唱着自编的小曲，逗我开心。他总是那么乐观，笑着面对生活中的一切困难。要是没有灰头发和大红鼻子，他也是一个美男子呢。他喜欢我，我也喜欢他，但这种爱不是男女之间的情爱，我对您的感情和对他的感情是完全一样的。"

尽管洛克王早就预料到可能会是这样的结果，但是亲耳听到这样的拒绝，心里还是难受得厉害，两行泪唰地流了下来，他赶紧转过头去，他不想让心爱的女人看见自己这么地脆弱。过了一会儿，稍稍平静下来。"蜜蜂我爱你，希望有一天你也会爱上我，即使等不到那一天，我还是会继续爱着你。我只请求你永远对我说实话。"

"小洛克王，我保证永远不会对您说假话！"

"那么蜜蜂请告诉我实话，你心里是不是爱着另外一个人，并希望嫁给他？"

"我暂时谁都不想嫁，我只想……"

没待蜜蜂说完，洛克王大度地笑了笑，高举金杯高声祝愿矮人国的公主健康快乐，祝酒声、欢呼声此起彼伏，在王宫的上空久久地回荡。

**美梦成真**

虽然头戴金冠,成为矮人国尊贵的公主,但是蜜蜂丝毫感觉不到快乐。以前,她可以随意地跑到铁匠铺去,揪一揪好友皮克、泰德或者弟格的胡子,和他们尽情玩耍和说笑,被他们亲切地唤作"我们的蜜蜂"。自己只要一看到他们被炉火烤红的脸,就什么烦恼都忘记了。但是现在小矮人们总是尊称自己"公主殿下",毕恭毕敬地行礼,然后一声不吭。再也不能像以前一样无拘无束地同他们大声地谈笑,让蜜蜂感觉到特别地失落,后悔当了矮人国的公主。

蜜蜂的笑容越来越少,整个人显得很落寞。虽然蜜蜂当初拒绝了洛克王的求婚,但是洛克王还是无时无刻地关心她、爱护她。为了能让蜜蜂的心情好起来,洛克王处理完国事后经常去看望她。这一天两个人在王宫散步，走到一处巨石边，恰巧一束阳光从石缝里射过来，可以清晰地看到光线中金色的尘埃在自由地舞动。

蜜蜂由感而发："洛克王，自从我来了矮人国，受到您无微不至的照顾，让我既荣幸又感动，但是我在这里生活得一点都不开心。"

"克拉丽德的蜜蜂、矮人国的公主，我真心地爱着你，所以才把你留在这里。我毫不保留地把一切的秘密都告诉你，这些秘密是你永远无法从地面上的大人那里获取的。而且恕我直言，那些大人远没有我们小矮人灵巧与博学，你说是吗？"

蜜蜂点点头："您说得没错，但是我从小在大人们的世界里长大，我熟悉那里的一草一木，想念那里的亲人、朋友。比起小矮人，我更想那些地面上的人，在这里我感到很孤独。亲爱的洛克王，如果您不想让我因相思而死，就快快地让我回到地面去，去见我的妈妈吧！"

洛克王脸色发青，一个字都没有说，而是默默地转身离去，眼角分明挂着未落下的晶莹泪滴。

蜜蜂一个人呆呆地站在那里，痴痴地盯着那一缕阳光，心里充满了忧伤。温暖的阳光每天都会洒满整个大地，所有的人都能沐浴在阳光中感受着温暖和光明，而对现在的自己只能说是痴心妄想。不知不觉间，金色的光线，渐渐地变白，又渐渐地转成蓝色，夜幕已经降临了。透过那窄窄的石缝，有一颗明亮的星星在闪闪发光，像极了妈妈的眼睛。

突然有人在后面拍了一下她的肩膀，虽然力道很轻，但还是把她吓了一跳，原来是洛克王，他换上了一件黑色的长袍，手里还拿着另一件长袍。洛克王把衣服轻轻地披在蜜蜂的肩上系好，然后拉着蜜蜂的手，说了一句"跟我来"！

蜜蜂紧紧跟在洛克王的后边，越往前走她的心越紧张激动得要命，洛克王真的带她走出了地下的世界。蜜蜂贪婪地嗅着地上青草的芳香，那熟悉的香气是那么地沁人心脾。微风摇曳着嫩枝，云儿在月亮边自由自在地飘游，点点繁星就如洒落在幕布上的珍珠……那些久违了的美丽画面简直让她兴奋得发狂！

蜜蜂的快乐情绪也感染了身边的洛克王。洛克王双手托起蜜蜂，就如同托起一个洋娃娃般轻松。在月光的照耀下，只见一个黑黑的身影向着克拉丽德的方向疾速地前行。

"以前每天晚上，我都设法让你们母女在梦里重逢、互诉别情，你们欢乐地畅谈，甚至互相拥抱。今天晚上，你可以真真切切见到妈妈了，我知道你很激动，但是千万记住一定不要和她说话，更不要去摸她。否则，'托梦术'的魔力就会失效，从此你再也没法在梦中见到她。"

"好的，洛克王，我一定牢记你的话，特别小心！"过了一会儿蜜蜂激动地呼喊起来，她的声音兴奋得颤抖："哦，看见了！我看见了！"果然克拉丽德城堡的影子已在眼前。蜜蜂曾经生活的天地就在眼前，她迫不及待地从洛克王的怀中挣脱出来。她一会儿摸摸那些可爱的石头，一会儿亲亲城墙边开着的野花。转眼间，她就上了山，山坡上萤火虫星星点点，在草丛中忽隐忽现。他们径直走到一扇暗门前，洛克王毫不费力地就打开了那扇门，小矮人们精通各种机关，这扇小小的门又怎么难得住机智英勇的洛克王呢！

进门后，蜜蜂顺着螺旋形的楼梯往上迅速地爬去，不一会儿就到了妈妈的睡房。她停下脚步，双手使劲按着自己怦怦跳的胸口。她轻轻地推开门，借着天花板上吊灯微弱的亮光，蜜蜂看见了睡在床上的妈妈，她消瘦和苍老了好多，额前的长发已经灰白。这时妈妈突然从睡梦中惊醒，看到女儿，她立即大声地呼喊起来："蜜蜂，我的小心肝儿，你回来啦!"王后张开手热烈地拥抱蜜蜂,蜜蜂也不顾一切地哭喊着向母亲的怀里扑去。但突然被一股强大的力量拉住,迅速地离去,不一会儿就将克拉丽德城堡远远地甩在了身后。洛克王拉着蜜蜂疾驰着,就仿佛在拉着一根飘摇的小草,很快就回到了矮人国。

洛克王的单相思

自从与地上世界匆匆一别后,蜜蜂在矮人国待得更不安心了。她强烈地渴望着重回地上的世界,她常常坐在石阶上默默不语,透过罅隙的石缝,呆呆遥望着那一线蓝天,遥想着地面上的一切。就在石缝边顽强地生长着一棵小花,它朝着太阳的方向使劲地绽放着一朵朵小白花,就像自己一样向往着太阳,向往着外边的世界,想到这里,蜜蜂又暗自垂泪。暗暗尾随在后的洛克王,远远地望着蜜蜂抽泣的背影,心隐隐作痛。

一连多日,蜜蜂都愁眉不展,人也日渐消瘦。洛克王安排她的小矮人朋友来王宫看望她,为她排解忧愁。为了让蜜蜂重新快乐起来,这些可爱善良的小矮人们使出浑身解数。她的乐师朋友们坐在她的脚边为她吹琴打鼓，弹奏各种悠扬的乐曲。那些会跳舞的小矮人则和着音乐的节拍翩翩起舞，头戴着小风帽，别着树叶做成的帽徽，不停地翻着跟头。他们夸张的表情、滑稽的动作，终于让蜜蜂破涕为笑了。善良的泰德和温柔的弟格，自打第一眼看见蜜蜂，就喜欢上了这个可爱的小丫头，看见蜜蜂的脸上有了笑容，才舒了长长一口气。老诗人皮克还拉着巴奥为蜜蜂采来一大篮子甜美的葡萄。小矮人们纷纷关切地问道："美丽的公主，这么多人陪着你、真心地喜欢你，为什么你还是这样闷闷不乐呢？"

蜜蜂此时再也压抑不住自己内心汹涌澎湃的情感："洛克王，还有我亲爱的矮人朋友们，你们对我的好，我都知道，也非常感激。但是你们并不了解我内心真正想要什么，我是那么地想念我的乔治哥哥，我们青梅竹马一起长大，自从湖边一别后再也没有见过他，他现在应该已经成长为一位威武的骑士了。不知道从什么时候起我爱上他了，现在我是多么地渴望见到他，然后嫁给他啊！"

蜜蜂的话如晴天霹雳一样重重地砸在洛克王的心上，他的心痛得在滴血，他强压着愤怒，低声吼道："宴会上你不是明明说谁都不想嫁嘛，你为什么要骗我？"

"我没有骗您，那时候我也不能确定自己的心意，直到我再次回到克拉丽德城堡，那里的一草一木都勾起我最美好的童年记忆，回来后这几天我越发地思念他，才意识到自己的心灵深处是那么地爱他。但是我现在连他是生是死、在哪儿都不知道，想到这些，我又怎么能不伤心流泪？"

洛克王用双手紧紧捂着自己的脸，伤心得无以言表。许久，他缓缓地起身，一言不发地离开，身上的王袍无精打采地拖在后边，步履维艰，神情落寞而忧伤。

其他小矮人也放下了乐器，停止了舞蹈，呆呆地伫立着，失望地看着蜜蜂。泰德和弟格轻轻地啜泣着，任泪水洒落在蜜蜂的衣袖上，巴奥更是震惊地将满篮子的葡萄都掉在了地上，所有人都被这突如其来的状况搞得不知所措。

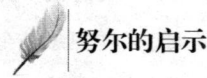 努尔的启示

洛克王把一个人关在房间里，沉浸在一片痛苦之中。作为一国之君，他不想让别人看到自己的软弱，情愿自己舔舐鲜血淋淋的伤口。洛克王坐在冰冷的地上，把头深深地埋在膝盖里，此时他怒火中烧，怎么都想不通。"她居然爱上了别人！我是国王，拥有无上的权力和无尽的金银财宝。不但如此，我还博学多才，通晓世界上许多最神奇的秘密，比所有的小矮人都优秀，也胜过所有的大人。但她偏偏爱的不是我，而是一个无知的大人。她不是以是否'建立功勋'作为选择爱人的标准，那是因为她根本就不懂什么是功勋。对，她是个见识浅薄的女人，但是我为什么还是那么地爱她呢？唉，如果得不到她的爱，在这个世界上活着又有什么意思呢？"

一连几天，洛克王都寝食难安，常常一个人跑到最偏僻的山谷里徘徊。他怎么也想不通，心情也极度烦躁。有时候，他脑子里突然会冒出来什么邪恶的想法"把她软禁起来饿上几天，强迫她嫁给我"，但是这样的念头只是一闪而过，善良正直的洛克王怎么会用这么卑鄙的手段对付自己心爱的人呢。"跪倒在她的石榴裙下，求她爱我？"那更办不到，怎么能用这么卑微的方法去乞求爱情！他真的不知道如何才好，于是他一下子把怒火转嫁到了乔治身上："最好乔治被魔鬼发落到谁都找不到的地方去，或者让他另有新欢，对蜜蜂没有任何感情……"

洛克王稍稍冷静的时候，总是想"虽然我还年轻，却受过很多的苦，但是从来没有像这次般那么难受。以前自己痛苦时，心里也总是充满了高尚和满足，用善良而怜悯的心去看待。但是现在自己痛苦绝望，内心产生了强烈私欲和邪恶的念头，甚至有些残酷无情。绝对不能让妒忌之火使自己失去理智，做出什么伤害蜜蜂的事情"。

因此洛克王开始刻意地避开蜜蜂，他生怕自己控制不住自己的情绪，在蜜蜂面前失礼，说出懦弱和粗鲁的话。但是蜜蜂爱乔治的现实总是像魔鬼一样缠着他，令他万分痛苦，万般无奈下，他决定去求助努尔——矮人国里最博学多闻的智者。

努尔的家在一口深井中，一年四季都那样地明亮、温暖和舒适，两个小星球轮流照耀着他的家，一个是温暖的小太阳，一个是温馨的小月亮。洛克王到来的时候，努尔正在他的大实验室中专注地研究什么新东西。只见努尔头上戴着一顶风帽，帽子上还插着一枝不知名的小花。小老头一副和善的面容，虽然博学多才，但是谦虚质朴、天真无邪。他热情地拥抱洛克王，并为国王的到来感到有些吃惊。

"努尔，我有事情请教你，我想在矮人国只有你能为我解答。"

"尊敬的洛克王,我不认为自己是一个聪明人,也不认为自己是个蠢人,我就是个一般人。不过我有方法知道我所不知道的事情,也许正因为这样大家才认为我是个学者,与众不同吧。"努尔谦虚地说道。

"你知道一个叫乔治的大人吗?"

"乔治?对不起我不知道这个人,也不想知道。地上的大人既愚蠢又无知,还非常地凶残,我可不想把时间浪费在他们身上。洛克王,如果说那些傲慢、可悲的大人世界里有什么值得夸奖的话,那就是男人的骁勇善战、女人的美若天仙和孩子们的活泼可爱。除此之外,满都是邪恶和滑稽可笑。和小矮人一样,他们为了生存也不得不劳动,但是他们厌恶劳动,喜欢用战争和厮杀来不劳而获。也许他们是因为生命太过短暂,短暂得来不及充实和提高自己,来不及学会生活,也许这也是造成大人们无知和残忍的原因之一吧!"

在洛克王的示意下努尔接着说下去,努尔继续发表自己的长篇大论:"地面上有些大人在受尽人世间的酸甜苦辣,历尽所有的善恶美丑后,能够看透一切,衍生出善良和纯真的高贵品格,甚至比我们小矮人的灵魂还要美一些,就像珍珠一样可以光亮他人、净化他人,因为痛苦往往会给人以启迪。"

"那你觉得我们矮人世界里的人是什么样的呢?"洛克王不禁问道。

"我们小矮人幸运多了,我们虽然不能长生不老,但是可以存活得像地球那么久,生活在地球温暖的怀抱中,不用经受风吹雨打、严寒酷暑。那些恶劣环境的磨砺和人世间争斗与厮杀的痛楚,我们小矮人是体会不到的,所以我们小矮人都很单纯和天真。我觉得我们小矮人其实有时候也有必要钻出去,感受一下大人们的严酷世界,和他们同甘共苦,体验人世间的情感，这正是我们所欠缺的。"您刚刚是不是向我打听一个大人，不好意思，跑题了！"努尔推推鼻梁上的眼镜，不好意思地说。

"是的，那个人叫做乔治。"洛克王回答道。

老努尔带着洛克王来到一间摆满了各式望远镜的房间，拿起其中的一架来。矮人国里没有文字和书籍，即便有也是从大人世界弄来，当做玩具玩玩的。而望远镜却是他们生活中不可或缺的字典和工具，用以探索自然界的种种奥秘。只要将望远镜调节到合适的角度，仔细观察，就可以了解想知道的一切。

小矮人们的望远镜都是用晶莹剔透的水晶制作而成的，有的甚至采用价值连城的大钻石制成，利用它可以看得很远很远。他们还用人们不知道的一种透明材料特制了一种能穿透城墙和岩石的望远镜。最神奇的一种望远镜甚至可以分毫不差地还原以前发生过的一切。原来，小矮人们有一种本领，那就是可以把浩瀚宇宙中很久以前的光线收集到山洞中来，靠着那些光束，来了解曾经发生的一切。那些照耀过人类、照耀过动物、照耀过花草树木的普通的光，竟然成了小矮人的知识来源，不得不让人赞叹！

老努尔非常善于观察人类，他的这一习惯，可以追溯到人类刚刚诞生的远古时代。所以如果努尔想找到谁，实在是轻而易举。他用一架普通的望远镜观察了约莫一分钟，就准确地找到了乔治的位置，然后向洛克王报告说那个乔治正被关在水妖国的一座水晶城里。而水晶城恰恰毗邻他们的矮人国。

"太好了，让他在那里待一辈子吧！"洛克王边笑边感激地拥抱了老努尔，迈着轻快地脚步走出了深井。他一路上高兴得手舞足蹈，胡子在胸前兴奋地跳跃着。小矮人们虽然不知道发生了什么事情,但是由于他们真心地爱戴洛克王,并祈望他能够幸福快乐,看到他走出了多日来的阴霾,也都开怀地笑起来,整个矮人国沉浸在一片欢乐的海洋中。

 解救乔治

洛克王并没有高兴多久,夜深人静的时候他一个人躺在床上辗转反侧,难以入睡。他想到被水妖抓去的乔治,也许正在受着痛苦的折磨和煎熬,而自己却拍手称快,这种将自己的快乐建立在别人痛苦之上的卑劣行为,实在是有违自己的原则。本性善良的洛克王感到羞愧难当、痛苦万分,他迫切想知道乔治现在过得怎么样,于是干脆爬起来,再次去造访深井中的努尔。

"努尔,我想知道,现在那个乔治到底在水妖国做什么?"洛克王一见到努尔就迫不及待地问道。

老努尔见洛克王深夜造访,吃了一惊。他早就把那个什么乔治的事情忘得一干二净了。他以为洛克王受了什么刺激,失去了理智。不过他

马上放心下来,因为他知道洛克王向来天性善良、和蔼可亲。而且小矮人即便是受什么刺激真的发起疯来,也只是头脑中产生些奇异的幻想而已。实际上,洛克王只是因为爱情,而稍稍有点反常而已,绝不会像失恋的有些人做出一些疯狂的举动。

经洛克王的再次提醒,老努尔才想起来乔治是谁。他马上拨弄起他的那架望远镜,他以极快速度进行着细微的调试,洛克王简直都看得眼花缭乱了。很快就调整好了角度,然后将过去发生的一切完整地呈现在洛克王的面前。洛克王真切地看到了乔治成长的经历,乔治原来是白色王国的王子,他的母亲临终托孤,将年幼的他托付给了克拉丽德的王后,从此与蜜蜂相亲相伴、玩耍嬉戏、形影不离。紧接着两个人又从望远镜中看到了乔治被水妖劫持的全过程。

水妖们伸出长而冰冷的手臂使劲地将乔治拖到水里,然后狠劲地往下按,水很快就漫过了他的胸膛,接着是他的眼睛。他很快就感觉喘不过气来,慢慢地闭上眼睛,昏了过去。恍惚间他听到了一阵轻柔、悦耳的歌声从远方飘过来,整个人一下子感觉清爽舒适了很多。乔治缓缓地睁开眼睛,发现自己竟然躺在一个陌生的山洞里。抬眼四顾,他发现洞里有很多巨大的水晶柱,闪着五颜六色的彩光,好多的鱼儿在身边游来游去。这难道就是传说中的水晶宫吗?见到乔治醒了,一群水妖马上围过来,押着他去面见她们的女王。水妖国的女王,威严地坐在高高的宝座上,正居高临下地看着他,绿色的眼睛打量了他许久。水妖国女王的脸鲜艳极了,比镶嵌着珍珠和珊瑚的宝座还要艳丽。

"欢迎你,我的朋友!从现在起你不必再去读那些枯燥乏味的烂书,也不必再绞尽脑汁去解那些百思不得其解的难题,也不必去干那些耗费体力的粗活了,而只需要在我们这个无忧无虑的水下世界里尽情地唱歌、快乐地舞蹈，别惹什么麻烦并与我们和平相处，就万事大吉了。"

乔治屡次强烈抗议都没有奏效，每次偷偷地逃跑也都会被很快地抓回来，慢慢地也就不得不接受这样的现实。那些水妖们满头长着长而密的绿发，远远看去就像长长的水藻一般，额头上戴着五颜六色的各式贝壳，密密麻麻地排列着，她们个个体态轻盈、能歌善舞。但是乔治哪里有心去欣赏这些，更无心向她们学歌习舞。他满脑子都在想着如何逃离这里，回到克拉丽德，回到蜜蜂的身边。

乔治时刻挂念着自己的蜜蜂妹妹，和蜜蜂嬉闹玩耍、相依相伴的甜蜜记忆，让他汲取着坚持活下去的信心和勇气。一晃数年，乔治也已长成了一个英俊潇洒的美男子，他嘴边那层淡淡的茸毛和腮边的胡须都证明他已经成长为一个真正的男子汉了，浑身洋溢着青春的活力与朝气。

这一天乔治鼓起勇气再次去朝见水妖国的女王，只见他毕恭毕敬地上前行了个礼，然后请求道："尊敬的女王，请您开恩，让我回离别多年的克拉丽德城堡去探视一下我的亲人吧，我实在太思念他们了。"

"我英俊的王子，你趁早打消这个荒唐的念头吧，你知道我是绝对不可能答应的。我是那么地喜欢你，我要把你永远地留在水晶宫，一辈子都不离开我。"

乔治急切地说："尊敬的女王陛下，谢谢您，不过我实在难以承受您那么大的荣誉与厚爱。"

"英俊的王子，你太客气了，真正的骑士可从来不会因为主人的爱而感到满足，更不会像你说的那样觉得难以承受。你那么年轻，在这里有的是施展的机会，你只要服从我，完全遵照我的意思去做就可以了，我做的一切都是为了你好，请永远相信这一点。"

"尊敬的女王,谢谢您的赏识和抬爱,我知道您喜欢我,不过我爱的是克拉丽德王国的蜜蜂公主,我们青梅竹马,一起长大。除她以外,我决不可能再爱其他任何女人了。"

女王气得脸色苍白,咬着牙恨恨地说道:"那个名叫蜜蜂的俗气大人是会死的,你怎么会爱她呢?我会想办法让你忘记她的。"

水妖女王精心挑选了很多漂亮的姑娘,引诱和迷惑乔治,企图借此让他沉溺在歌舞笙箫中难以自拔,忘却他的心上人,那个克拉丽德的什么蜜蜂。

乔治对这些丝毫提不起兴趣,他在寻找一切可能逃走的机会。但任他怎么找也找不到出口,无论往哪个方向走,都有不可逾越的巨浪挡在他的面前。他就如同鱼缸里的鱼一样被软禁在了这片明亮的水下世界了。穿过透明的墙壁,一眼就可以欣赏到这个美丽而神奇的海底世界。那些随意舒展的海葵自由地漂游,各色的珊瑚艳丽无比,见所未见的鱼儿摆着尾巴在珊瑚石和贝壳间灵活地来回穿梭。但是乔治对这一切丝毫提不起兴趣。他终日无精打采、精神委靡。

一天,乔治在宫殿的走廊里见到了一本破旧的书,书的封皮已经破损,就连装订书本的铁钉也已脱落了,只留下斑斑锈迹。这本书是从海上失事的沉船上掉落下来的,乔治找了一个僻静的角落偷偷地翻看着。书中讲述了一位高贵美丽的公主和一个英俊勇敢的骑士之间的委婉曲折的爱情故事。它用生动的笔触描写了骑士如何的伸张正义、除恶扶强,他尽自己的一切力量来保护那些弱小的孤儿、寡妇、老人……他不畏强权勇敢地与恶势力进行着抗争,最后赢得了美人的信任和人民的爱戴。乔治读着这些离奇的故事,心潮澎湃、感慨万千,他为自己的懦弱感到羞愧,对英雄的勇敢和高尚由衷地钦佩,热血在他的心中久久地激荡。

"我也要做一名勇敢的骑士，再也不能在这里贪图安乐了，我要去战斗、去拼杀，为自由而战！为了蜜蜂，为了我的臣民们，我要勇敢地战斗！"

顿时，乔治感觉到浑身充满了力量，决不能再这么活下去，他提起一把长剑，勇猛地冲向了水妖女王的寝宫。那些绿发妖女们见到他这般阵势，纷纷吓得花容失色、落荒而逃。唯独女王镇定自若地坐在高高的宝座上，冷冷地看着这一切，绿眼中露出一丝愤怒和不屑。

乔治跑到女王面前，举起剑直指着女王，大吼道："可恶的女妖，别再用你那些卑鄙的手段和花招迷惑我了，赶快打开通往地上的大门，我要重返大地，回到相亲相爱的人间去。我不要再在这个与世隔绝的鬼地方，听什么靡靡之音，看什么狗屁舞蹈！我要做一名真正的骑士，解救自己，也去解救那些受苦受难的人，快快还我自由、还我光明，不然我就杀了你！"

听了乔治的一番话，女王反而笑起来，然后坚定地摇了摇头。看着女妖如此的神情自若、稳如泰山，乔治的心里隐隐有些不安，但还是勇敢地冲上去，举起剑拼命地向妖王砍去。水妖女王依然没有动，但是不知道她暗暗施了什么妖法，乔治劈过去的长剑生生地断成了两截。女妖轻轻地一挥手，乔治顿时觉得浑身无力，动弹不得，接着被一群女妖用水藻捆起来，拖了下去。

"到底还是个孩子啊！"女王看着乔治的背影淡淡地说。

就这样，乔治被投进城堡下边最底层的水晶牢中，被严密地看守起来。乔治透过水晶墙，看到成群的鲨鱼在四周巡逻、严密地把守，它们张着大口，露出尖利的长牙，好像随时都会冲过来，将他撕得粉碎，因此他时刻警惕着，吓得夜不能寐。

谁也没想到，水晶牢筑在一片岩石之上，而岩石的下方正是矮人国最荒凉、最遥远的一处山洞。也没有人想到在遥远的矮人国中，正有两个小矮人聚精会神地观看着水妖国发生的这一切。老努尔心情很沉重，洛克王也沉默不语，老努尔率先打破了沉静。

"洛克王，您看到了想看的一切，也了解了事情的整个来龙去脉，我没必要再补充什么了。我不知道您现在是高兴还是难过，但是事情确实千真万确地发生了，这些都无法逃避。客观的事实总是残酷的，而科学又总是客观的，这也许就是人们不喜欢科学，而更喜欢诗歌的原因之一吧！亲爱的洛克王，不要再想这件事了吧，我给您唱一首动听的歌怎么样？"老努尔看着一脸严肃的洛克王安慰道。

洛克王轻轻地摆摆手，一言不发地走出了深井，此刻他的心情愈发沉重。

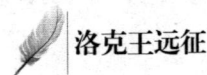 ## 洛克王远征

从老努尔那里出来后,洛克王没有回寝宫,而是径直去了他的宝库。他打开一只独立保存的小盒子,小心翼翼地从中取出一枚戒指,上面镶嵌着一颗晶莹艳丽的红宝石,这可不是一颗普通的戒指,而是一颗带有无穷力量的魔戒,但是它只能在紧要关头才能发挥巨大威力。

洛克王将戒指戴在手上,急匆匆地回到寝宫,不一会儿他就换上了远行的长袍和一双结实的靴子,独自上路了。洛克王马不停蹄地赶着路,穿过了片片油层和座座水晶宫,片刻都不曾停歇。

一路上洛克王翻过一座又一座悬崖峭壁,蹚过一条又一条湍急的江河,穿越一片片荒无人烟的戈壁和沙漠,甚至滚烫的熔岩。所到之处无不阴森恐怖、凶险恶劣。旅途的劳累和精神的高度紧张一度让他神情恍

惚,但是他依然坚定地前行着。不知走了有多久,他终于来到深黑的海底山洞,苦涩的海水从岩石的缝隙中一滴滴地渗过来,千万年的凝聚,在坑洼的地面上逐渐汇聚成了一个深沼。那个漆黑的深沼中,横行着各种凶猛的海怪。那些挥舞着巨爪的百年老章鱼,血盆大口、锋牙利齿的鲨鱼和各种奇形怪状的鱼鳖,张牙舞爪、凶狠无比。洛克王灵巧地避开一次次的攻击,翻腾着、跳跃着。终于历尽了千辛万苦,到达了山洞的尽头。

刚松了一口气,不料迎面又出现了一群身披尖刺铠甲、挥舞锋利锯齿的怪物,它们阴森恐怖的眼睛看得人不寒而栗。洛克王顾不上和它们纠缠,沿着悬崖的峭壁吃力地往上爬,但是怪物们亦步亦趋,也紧紧地跟在身后,苦苦相逼。突然,一块巨石挡住了洛克王的去路,后面的凶狠怪物正虎视眈眈地逼近,上不得上、下不得下,情况万分危急。洛克王果断地伸出手臂,用那枚魔戒触了触巨石,霎时一股亮光划破夜空,只听一声巨响,巨石便轰然而下,怪兽们吓得落荒而逃。

洛克王长长地舒了一口气,然后迅速地向出口疾驰,待他将头伸向光亮的出口,一眼便看见了被囚禁的乔治。原来,洛克王长途跋涉,历经千辛万苦、艰难险阻是为解救乔治而来。他经由老努尔的指点,找到了一条从水妖国海底通往乔治牢房的捷径。

乔治此时正坐在坚不可摧的水晶牢房中唉声叹气,满脸的绝望和无奈。突然见到一个长着大胡子、蓬头散发的大脑袋从地下冒出来,不由得惊呆了。惊憾之余,他赶紧去拔剑,竟忘了剑已经在与水妖国女王决斗的时候断作两节了。

洛克王打量着面前的乔治,自言自语道:"哦,还是个小孩子呢!"

相比于洛克王而言,乔治的确还是个小孩子。"但却是一个纯洁正直的孩子,他用自己的坚强意志,抵御住了迷人水妖的诱惑,没有接受过那该死水妖甜蜜却能致死的亲吻。这个小伙子还真了不起呢!"洛克王想着这些对小乔治的敬佩之情油然而生。

"大头怪,我跟你无冤无仇你究竟要做什么?"乔治边说着,边赤手空拳做着防御的动作。

洛克王哭笑不得,他满脸温和地说:"孩子,你这话太伤我的心了。你还不知道这件事情的整个经过,也不知道有多少人在为你的不幸遭遇担心,总之你还不太了解人生。现在还不是说这些事情的时候,如果你想逃离这里,那什么也别问,乖乖地赶紧跟我走。"

乔治二话没说,赶紧向洛克王走去,跟在他的后面顺着岩石迅速地下滑,一直滑到洞底。乔治终于忍不住发问道:"好心的小矮人,我永远忘不了你的恩情。你我素不相识,你为什么要来救我呢?你认识克拉丽德的蜜蜂公主吗?"

洛克王一听到蜜蜂的名字,脸色陡然变了,语气也变得生硬:"我是知道很多事情,但是我不喜欢别人四处打听。"

乔治不明白这个刚刚还性情温和的小矮人为什么生气了,他再也不敢吭声,默默地跟在这个大胡子的后面,穿过浓浓黑雾,避开张牙舞爪的章鱼和黑鲨。

洛克王的情绪稍稍平复了,他微笑着对乔治说:"年轻的王子,一路上辛苦了,身体还吃得消吗?"

"谢谢您的关心,我的恩人!奔向自由的路是美好的,美好的东西总是来之不易的,吃再多的苦也是值得的,我不怕吃苦。"

乔治的话震撼着小洛克王的心,他使劲咬了咬嘴唇。他把乔治带到一条长长的走廊上,然后指着一道筑在岩石上的阶梯说:"这就是你通往自由的路,爬上去你就自由了,永别了!"

"请不要说永别,我的恩人,我们素不相识,却受了您那么大的恩情,有朝一日我会报答您的!"乔治真诚地说道。

"我所做的一切,并不是为了你,而是为了另外一个人,所以你无须对我心存感恩。我看我们还是不要再见面了,因为我们决不可能友好相处的。"

乔治感觉很疑惑:"真没想到,您救了我,却不愿再与我相见,这真是痛苦啊!但是我尊重您的决定,永远会记着您的恩情。永别了,恩人!"说罢,乔治迫不及待地沿着阶梯向上爬去。这条阶梯是小矮人们修建的通往地面的路,阶梯的出口是一个已经被废弃的采石场,离克拉丽德不到一千米。奔向自由和光明是那么地令人欣喜,以致使乔治忘记了一路的疲苦!

已经出来有些日子了,洛克王心里惦念着蜜蜂,不由得加快了脚步,自从见到乔治后,他一直在想:"为什么蜜蜂偏偏会喜欢这个小伙子,而不喜欢自己呢,他既没有自己的智慧和学问,也没有自己的财富,也许看中的是他的年轻、英俊、勇敢吧?"

不管怎么样,洛克王现在心情好极了,好像丢了一个大包袱,整个人一下轻松了好多,时不时咧开嘴露出灿烂的笑容。没多大工夫,他就进了城,他专门路过蜜蜂的住所,去看看自己心爱的姑娘在做什么,他从窗户外望到蜜蜂正聚精会神地在绣花儿。

"好好打扮打扮你自己吧,我亲爱的蜜蜂,希望你幸福快乐!"洛克王热情地打着招呼。

"小洛克王,也衷心地祝福您事事顺心、无忧无虑!"蜜蜂微笑着回应。

虽然不是事事顺心，不过洛克王倒真是无忧无虑了好一阵子。自从水妖国回来后，一连数天他都胃口大开，光是野山鸡就吃了好几只。一天盛宴后，他兴致很高，特意把博巴叫过来，吩咐道：

"博巴，骑上你的乌鸦，去蜜蜂公主那儿送个口信儿，就说乔治原来一直被水妖关在她们的监牢里，现在已经重获自由了，回克拉丽德城堡了，让她不要再为那个乔治担心了！"

博巴说了声"遵命"，就赶紧骑着乌鸦飞走了，他想把这个好消息快一点带给蜜蜂。

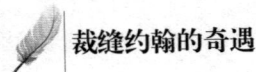 **裁缝约翰的奇遇**

赶了大半天的路，乔治终于重见天日了，他兴奋得手舞足蹈，大口大口地呼吸着地上的新鲜空气，回家的感觉真好啊！想到马上就能见到亲爱的王后和蜜蜂，他浑身都充满了力量，很快乔治就进了城，迎面正好遇到裁缝师傅老约翰。老约翰还以为见到了鬼，惊奇地大叫起来："天啊！这不是七年前掉到湖里，被水妖吃掉的白色王国王子嘛！如果不是鬼神，也一定是他的灵魂。"

看着老约翰惊慌失措的样子，乔治赶紧说："约翰师傅，您别害怕，我不是鬼！我确实是白色王国的乔治，但是我没有死。记得小时候我还经常去您的裁缝铺，向您讨一些小花布什么的，让蜜蜂给她的布娃娃做小裙子呢。"

"王子啊，您真的没有死啊，真是老天保佑啊！我太高兴了，您知道吗，自从您失踪后，全城人都为您伤心呢！还记得我的小孙子皮埃尔吗？大家都在为您伤心的时候，他总是用世界上最宽心的话安慰大家呢。他说的果然没错，您是有福气的人，怎么会死呢！"

"记得当年王后带着我和蜜蜂公主骑马打这儿经过，那会儿他还是个小孩子呢，现在也已经长大了吧？"

"可不是呢，时间过得可真快啊。皮埃尔现在也长成高大英俊的小伙子了，现在是个木匠师傅，能为您效力啦！要是他知道您回来了，不知道多高兴呢！"老约翰絮絮叨叨地继续说着，"我就知道您不是个一般的孩子，有件事儿，我到死都忘不了。那时候您还小，来我的裁缝铺要一根缝衣针，我怕您扎着手，就没有给您，没想到您竟然生气地说要去松树林子找一根松针来代替，从小您就聪明伶俐。"

"老师傅，这些年王后和蜜蜂还好吗？"乔治焦急地打断了老约翰的话。

"唉，您不知道吗？七年前就在您掉到湖里的那一天，蜜蜂公主也失踪了。据说，是被山里的小矮人抢走了。全城人都说，这一天，克拉丽德失去了两朵最高贵、最娇嫩的花朵。从此，可怜的王后再也没有过过一天安宁的日子，日思夜盼有朝一日你们能回到她的身边。她衰老得很厉害，精神也大不如从前了，常常一个人穿着黑衣裙独自在你们曾经玩耍过的林荫小路上徘徊，看着就让人伤心。这些年她一直没有放弃希望，派人四处打听你们的消息，但是一无所获。据说她每天晚上都能梦到蜜蜂公主，知道她还活着，不然她的身体早就垮了。"

"小矮人，又是小矮人！"乔治听到蜜蜂被小矮人抓走了，再也无心听老约翰的絮絮叨叨，匆匆地赶向克拉丽德城堡。一路上他都在想：

"抓走蜜蜂的小矮人和把我从水晶宫中救出的小矮人肯定不是一种人，我的救命恩人看起来是那么的和善和威严。不管怎样，现在当务之急就是想尽办法把蜜蜂赶紧救出来。"

当乔治穿过城堡的时候，女人们纷纷地拥向门口，交头接耳地议论猜测这个英俊漂亮的小伙子到底是什么人。有些人认出了他就是七年前淹死的白色王国王子，那些胆小的人们以为是魂魄显灵呢，吓得边叫边逃，还不停在胸口画着十字，祈求上帝的保佑。

有一个老婆子大声嚷嚷着："赶紧往他的身上泼圣水，把他身上亡灵的那股霉气给冲刷掉！"

"好好看看，老太太！"人群中有人反驳道，"王子的面色红润，嫩得像刚刚从地里冒出来的鲜笋，哪里像从地狱中跑出来的亡魂，倒像是从天上下凡的精灵，我敢肯定他是个大活人！"

有一个做头盔的名叫玛格丽特的女工，看到乔治是那么地英俊，忙扔下手中的活计飞奔到里面的闺房，虔诚地跪在圣母像前祈祷："圣母啊，请保佑我将来也找一个这么英俊的王子做丈夫吧！"

乔治王子回来的消息，一传十，十传百，很快便传到王后的耳朵里。王后简直不敢相信这是真的，激动得浑身颤抖。此时她正在花园里散步，林荫路上的鸟儿们也因这个好消息而齐声鸣唱起来：

归，归，归，
白国王子把家归；
把家归，把家归，
儿女全靠母亲喂；
母亲喂，母亲忧，

乔治不在王后愁。

　　弗朗科健步如飞地赶过来，扶住因激动而浑身颤抖的王后。
　　"这是真的吗，弗朗科？"
　　"是真的，尊敬的王后，这是千真万确，我们的乔治王子没有死，他已经回来了！"
　　鸟儿们此时又齐声唱起来：

　　　　回来了，回来了
　　　　乔治王子回家了，
　　　　……

　　当王后见到自己如亲生儿子般辛苦哺育的乔治，在阔别多年后重新出现在自己面前时，她激动地说不出话来，她张开双臂，乔治发疯似的扑向她的怀中，两个人相拥而泣，久久不愿分开。

小缎子鞋的故事

自从亲眼见到乔治王子后,克拉丽德王国的所有人才相信王后的话,确定蜜蜂是被小矮人抢走了。虽然蜜蜂常常托梦给王后,但是却没有告诉她是怎么一回事,也不知道应该去何处营救她。

"亲爱的王后,您放心,我一定找到我的蜜蜂妹妹,把她带回到您的身边。"乔治坚定地说。

"对,一定会找到蜜蜂公主,将她带到您身边的!"弗朗科宽慰道。

"亲爱的王后,有件事情想请求您,我爱蜜蜂,世界上任何的姑娘都比不上蜜蜂,等把蜜蜂找回来,我要娶她为妻,答应我好吗?"

王后眼含泪水,欣慰地使劲点了点头:"勇敢地去做吧,我的孩子!"

弗朗科也在一边鼓舞乔治说:"如果那样真是太好了,我从小看着你们两个长大,你们真是天作之合啊!一定要娶蜜蜂为妻,加油小伙子!"

乔治拜别了王后,带着弗朗科马不停蹄地到处去打听蜜蜂的踪迹和矮人国的情况。他们先来到老妇人莫丽叶的家,她是王后的奶娘,年事已高,早已不能哺育小孩了。弗朗科带着乔治在饲养场找到她时,她正在吆喝着鸡吃米呢,"咕,咕……"

"王子殿下,是您啊,您都长这么高了,瞧瞧多英俊啊!这只大公鸡真可恶,把其他鸡的食儿,也都抢着吃了。嘘——嘘,唉,人也是一样啊,富人仰仗权势把金银财宝都装进了自己的腰包,穷人越来越穷,富人越来越富,哪里有什么公平和道义啊!哦,对不起,我年纪大了絮絮叨叨的,你们来找我一定有什么事情吧,有什么能帮你们的吗?来,先进屋来喝点东西吧!"

"谢谢您老奶奶,我们不仅要喝,而且还要拥抱您呢!是您用自己的乳汁哺育了蜜蜂的母亲,而蜜蜂又是我最心爱的人。"

"是啊,亲爱的王子,我哺育王后的时候,特别地喜欢这个漂亮的孩子,所以也竭尽所能。王后六个月多一点就长出了第一颗小牙了,当时她的母亲,也就是已故的皇太后,还因此送给我礼物作为感谢呢!"

"老奶奶您见多识广,您知不知道小矮人的情况啊?他们抢走了蜜蜂。"

"天哪,怎么会有这种事!我现在上年纪了,老糊涂了。就算以前知道好多事儿,现在也想不起来了,有时候眼镜放在哪儿,我都想不起来,找了半天才发现它其实就在我的鼻梁上。尝尝这酒吧,可新鲜啦!"老奶奶斟了满满两杯酒递给乔治和弗朗科。

"谢谢您,老奶奶,听人说您的丈夫知道一些当时蜜蜂被抢走的情形。"

"也许吧,王子殿下。我家老头子虽然没念过什么书,但是喜欢从小客店、小旅馆打听些有趣的传闻,他记性也好,能一字不差地背下来。要是他在的话,只要你们愿意听,他可以从早到晚讲给你们听各种有趣的故事呢!他没有不知道的,也总是喜欢跟我讲,但是我稀里糊涂的,总也搞不清楚,你们让我好好想想……"

老奶奶的脑袋简直就是一锅糊涂糨子,乔治和弗朗科费了好多的工夫,才勉强得到一点关于蜜蜂的信息,总算大致了解了整个事情的始末。当时的情形大致是这样的:

七年前,乔治和蜜蜂出走的那一天,莫丽叶的丈夫正好去山里卖马。进山前,他给牲口喂了些掺了果酒的饲料,为的是让它们的腿脚更有劲儿,然后赶着马去了山脚下的一个集市上。相马和相人一样,都先看看长相,燕麦和苹果酒没有白喂,那匹马果真卖了个好价钱。莫丽叶的丈夫很高兴,一时兴起就请朋友们去喝酒,然后天南地北地胡侃起来。众所周知,只要莫丽叶的丈夫端起酒杯,整个克拉丽德王国里没有人能侃得过他。结果,这伙人,你敬我,我敬你,一来二去喝到天黑才散了回家。

他喝得酩酊大醉,往回走的时候,走错了路,迷迷糊糊走到一个山洞边,天还没有完全黑,恍惚中他看见一群小矮人,用担架抬着一个漂亮的小姑娘朝这边走过来。他一惊,稍稍清醒了些,赶紧小心谨慎地躲起来。但是一不小心将烟斗掉在了地上,就在他弯腰的时候,他发现地上有一只小缎子鞋,于是就捡了起来。就在他把鞋往兜里装的空当,那群披着斗篷的小矮人扑过来,狠狠地扇了他几个耳光,他被打得晕头转向的，烟斗也没有捡就跑回来了。

他每次喝酒的时候都会唠叨起这件事，丢了烟斗，捡回来一只鞋，还是只小姑娘穿的鞋。他说那鞋肯定是小矮人抢走的那位姑娘的。

"老奶奶，赶紧把鞋拿给我看看！"乔治急不可待地说。

一看果真是蜜蜂的小缎子鞋，乔治把它紧紧地捧在胸前，请求道："这就是蜜蜂的鞋，您能把它还给我吗？我要把它装进小香囊里，日日挂在胸前。要是蜜蜂真的找不到的话，等我死了，就让人将它放在我的棺材里，聊以慰藉我的思念之情。"

"王子殿下，您尽管拿去吧！"老奶奶听了乔治的话，也动了情，用手擦着眼角的浊泪。

"您还记得那个山洞叫什么名字吗？"乔治再次急迫地问道。

"那个洞可有名了，大家都叫它矮人洞。"

"亲爱的莫丽叶奶奶，真的是太感谢您了！您知道这个洞在什么地方吗？"

弗朗科接过话茬儿道："乔治王子，您以前肯定没有好好听我唱歌，我编了好多首歌，都是专门唱这个山洞的。"

乔治高兴地拥抱着弗朗科："太好了，我们马上回去准备一下，攻下矮人洞，救出蜜蜂！"

"嗯，一定能攻下矮人洞，救出蜜蜂。"弗朗科鼓励地说。

 解救

夜幕降临,城堡里的人都渐渐进入了梦乡,年迈体弱的王后也早已熟睡。乔治和弗朗科悄悄地走到地下兵器库去挑选兵器。好久没有战争发生了,那里的兵器架上布满了灰尘。寒光闪闪的长矛、利刃、短剑、长剑、猎刀、匕首,各式各样的武器应有尽有。根根柱子上挂着一套套的盔甲,看着这些寒光凛凛的盔甲,让人依稀记起当年勇士们骁勇善战的雄姿。护手甲是十手指紧握着锋利的长矛,护腿甲上则靠着一面盾牌。这副矛盾好像在告诫人们:"真正的勇士不仅只是自卫,更要懂得进攻。"

在众多铠甲中,乔治最后挑中了已故国王——蜜蜂父亲的战袍,想当年,蜜蜂的父亲身披铁甲、手执长矛,一直打到瓦隆岛和蒂雷岛,是

何等的骁勇善战。乔治相信这副铠甲能赐予自己无穷的力量，另外乔治还带上了老国王的盾牌，上面刻有克拉丽德王国的太阳，象征着光明和自由。弗朗科帮乔治穿好战袍后，自己则拿了一套他爷爷当年穿过的一身破旧的铠甲，戴上一顶破头盔，上面还斜插着一束羽毛，活像一把鸡毛掸子。弗朗科特意把自己打扮成这副滑稽可笑的模样，他感到生死关头、大风大浪面前，尤其需要保持这种幽默和风趣。

穿戴完毕，两个人借着月光，朝着漆黑的田野义无返顾地走去。再离暗道不远的小树林里，弗朗科早就备置好了两匹好马。他们跨上马背，马儿就像离弦的箭一般载着两人疾驰而去。不到两个钟头，他们便到了磷光闪闪、神秘莫测的矮人洞前。

"没错，就是这个洞！"弗朗科肯定地说。

两个人跳下马，手执利剑，向漆黑的矮人洞毫不畏惧地进发。

"爱情的力量使人奋勇向前，战无不胜。"名言如是说。此刻的乔治一心只想赶紧把心爱的蜜蜂救出来，对蜜蜂的爱让他无所畏惧。弗朗科这位忠实的奴仆也早已将生死置之度外。

在漆黑的山洞中，主、仆二人摸索了近一个小时，突然豁然开朗、灯火辉煌。他们感觉十分奇怪，定眼望去原来是一群闪亮的光球。地面上仰仗太阳的照射，矮人国则倚仗着这些发亮的光球来照明。借着小光球的光，他们来到一座古老的城堡前。

"我敢肯定，这就是咱们要攻克的城堡。"乔治转向弗朗科说道。

"没错，就是它！"弗朗科边说边掏出随身携带的酒囊，"别忙，让我先喝两口酒，酒助神勇，神勇才能克敌制胜。"

四下里静悄悄的，所有的人都在熟睡。乔治拔出宝剑，焦躁地向城堡的大门砍去。突然，一个细小的声响传来，他们抬起头，发现了一个

长胡子小老头,从一扇窗户里探出了头,问道:

"你们是谁啊?"

"我是白色王国的乔治!"

"来这里做什么?"

"我是来找你们这些底下的老鼠算账的!我的蜜蜂妹妹无缘无故被你们抓走,我是来救她的。赶紧把我的蜜蜂放出来,不然别怪我不客气!"乔治大声吼道。

小矮人立即明白了事情的原委,把头缩了回去,然后匆匆地跑去报告给洛克王。现在又只剩下了乔治和老弗朗科。

"我的小王子,有句话不知道该不该提醒您,您刚刚的言辞不大礼貌。"弗朗科当然无所畏惧,但是生活的磨砺使他更加精通人情世故。他明白想救出蜜蜂,恐怕不能单单靠一时的冲动,而是谋略和技巧。

血气方刚的乔治此刻哪里听得进去,他依旧大声地嚷嚷着:"你们这群见不得光的老鼠,快把门给我打开,不然我就把你们的耳朵通通割下来。"

他的话还没有说完,只见城堡的大门徐徐地敞开了,乔治不顾一切地冲进了大门,却发现所有的窗户、走廊、房顶、烟囱上早已布满了弓箭手,矮人士兵们正严阵以待。

只听轰的一声,身后的铜门紧紧地关闭,乔治惊出了一身冷汗。紧接着一阵密集的箭雨朝他们射来,乔治和弗朗科挥舞着手中的剑,挡开了一支支飞箭。

此刻,有一个小矮人正站在最高的台阶上俯瞰着他们,只见他手持金杖、头戴王冠,身上披着朱红的斗篷,威武庄严,泰然自若。乔治一手执盾牌,一手执剑,在箭雨中奋勇向前。他陡然一惊,高台上不正是自己的救命恩人嘛！乔治猛地停住，"扑通"一声跪在洛克王的脚下："恩人，没想到在这里再次见到您，您怎么会在这里，难道您和抢走我心爱蜜蜂的那伙人是一起的吗？"

"我是洛克王，矮人国的主宰，我把蜜蜂收留在矮人国，是为了让她了解矮人国的秘密。"洛克王平静地说，"年轻人，没想到你会这样冒冒失失地闯进来。不过请放心，我们小矮人不像你们大人们那样蛮不讲理，我完全了解你们的心情，所以不会为你们的胡作非为而大发雷霆。我有一条重要的原则就是永远公正，这样吧，我马上叫蜜蜂来，问问她愿不愿意跟你走。如果她愿意跟你走我决不强求，如果不愿意的话，你们决不能胡来，请马上离开。我这样做，并非是害怕你的武力，而是因为我向来秉持公正。"

四周静得没有一丝声响，所有的人都屏住呼吸，等待着蜜蜂的到来。不一会儿，蜜蜂身着白色的长裙，披着浓密的金发跑了出来。她一下扑到乔治的怀中，紧紧地拥抱他，边哭边用手锤打着乔治宽厚的胸膛。

见到自己心爱的人依偎在别人的怀中，小洛克王心痛地简直停止了呼吸，他强忍着悲痛，故作镇定地问道："蜜蜂，这就是你日思夜想要嫁的人吗？"

"是的，洛克王，这就是我的乔治。"蜜蜂高兴地回答，"我的乔治哥哥来找我了，我真是太幸福啦！"

蜜蜂不禁喜极而泣，大颗大颗的眼泪从脸颊上滚落下来，打在乔治的脸上。她此刻幸福得像个小孩子，依偎在乔治的身边，唧唧喳喳地讲个不停。她太高兴了，丝毫没有意识到此刻的她有多甜蜜，另一个人就有多伤心，那个人就是一直深爱她的洛克王！

乔治注意到了洛克王痛苦失落的表情,他抚摸着蜜蜂的头温柔地说:"我亲爱的蜜蜂,终于找到你了!你还是我心目中那个最美丽、最出色的姑娘。感谢老天,你还一直爱着我!不过,蜜蜂,你在矮人国待了这么久,难道一点也不爱洛克王吗?水妖们将我关在离你很远很远的牢房,是洛克王跋山涉水、深陷险地把我救出来的,我想他是为了你才这么做的吧!"

蜜蜂这才醒悟过来,她猛地转过身惊讶地问道:"洛克王,真的是你救了乔治?你是因为爱我,所以才救出我爱的人,对吗?"她突然感觉喉咙像有什么东西卡住一样,激动地张着嘴但再也说不出话来,哽咽着跪倒在洛克王的面前。

在场的所有小矮人都忍不住流下了眼泪,泪水濡湿了他们手中的弓箭。然而,此时的洛克王却那么地从容安详,如同一尊雕像。这一刻,蜜蜂感觉洛克王是那么的崇高和伟大,一种女儿对父亲、妹妹对哥哥、朋友对知己的复杂的爱意一齐涌上心头。突然,蜜蜂一把抓住乔治的手,说道:"乔治,我爱你,上帝知道,我有多么地爱你!可是我又怎么舍得洛克王呢?我怎么能离开他呢!"

洛克王被蜜蜂的真情深深地感动了,他觉得自己所做的一切都是值得的,他为自己的爱感到无怨无悔,到了该放手的时候了,爱一个人不就是看她能得到幸福吗?只听洛克王大吼一声:"哈,哈!你们现在全是我的俘虏了!"

所有的人都惊诧地看着洛克王,但是从他的脸上丝毫看不出发怒的征兆。这时候弗朗科走上前去,跪倒在洛克王的脚下,说道:"尊敬的陛下,如果您真的要这么做,请让我陪伴我的主人永远做您的俘虏吧!"

洛克王见弗朗科一脸认真的样子,做了个鬼脸说:"来做我盛大宴会的俘虏吧！"所有的人这才明白原来洛克王是和他们开玩笑的，都哈哈大笑起来。

蜜蜂这才注意到自己的好友——马仆弗朗科，她热情地上前去拥抱他："哦，亲爱的弗朗科，好久不见了，能在这儿见到你，真是太高兴了！呵呵，你的鸡毛掸子真好看啊，快跟我说说，你是不是又编什么有趣的歌儿啦？"

此时，洛克王潇洒地起身，邀请他们一起赴宴，庆祝蜜蜂和乔治的久别重逢。

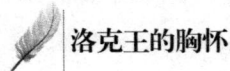 **洛克王的胸怀**

第一天的盛会已经很隆重了,第二天的盛会更是令人难忘,简直像过节一般。蜜蜂、乔治、弗朗科身着矮人国裁缝师傅专门缝制的华服,来到大厅。洛克王身着国王的盛装,率领着一群文官武将前来迎接。只见那些人都手持利刃、身着兽服,头戴插有天鹅翎的头盔,一摇一摆地走来,有趣极了。另有一些从四面八方赶来的小矮人,静悄悄地坐到长椅上。

洛克王登上一个摆满了蜡烛和金质酒杯的石桌,将蜜蜂和乔治请上前,大声地宣布:

"亲爱的蜜蜂,按照我们国家的法律,收养的外国姑娘,七年后可以重获自由!你在这里已经整整七年了,要是我强留你,就不是一个守法的公民和公正的国王了。请原谅我一直没有告诉你,我是那么怕失去你。今生今世,我最大的遗憾就是不能娶你为妻。你走之前,我要亲自为你和你的爱人举行订婚典礼。我非常乐意这么做,你不知道,我爱你超越了一切!"

整个大厅里静悄悄的,所有的人都屏住了呼吸,话说到这里有些人开始轻轻地啜泣,他们被洛克王伟大的爱而深深感动了。

洛克王接着说道:"但是,爱一个人不一定要拥有她,我爱你也不应该只是要与你结婚,而是要让你得到真正的幸福。如果此刻我心里还有一丝痛苦,那么我相信它将会像一束阴影,被你的幸福照耀得无影无踪。请把手递给我吧,克拉丽德的蜜蜂、矮人国的公主,还有你白色王国的乔治王子。"说完,他将两只手高高举起,合在了一起,并大声地宣布:

"小矮人们,大家可以作证,两位有情人在离散七年后仍然相爱,并决定重回地面,结为夫妻,相爱永远。愿他们像勤劳的园丁培植五彩的花儿那样,精心培植勇敢、谦虚和忠诚!让我们为他们祝福吧!"

小矮人们齐声高呼起来,分不清是抱怨还是高兴,不知道是为蜜蜂和乔治的幸福欢呼还是为自己国王的失落与牺牲惋惜。总之每个人百感交集,难以描述。洛克王转过身,指着满桌子的火炬、酒杯、各种精致的金银器皿说:

"请收下吧,亲爱的蜜蜂!这些都是小矮人送给你的礼物,希望你每当看到它们,能想起你的矮人朋友们,这是他们的心意。我另有礼物送给你,稍后你就知道了。"说完后,洛克王极其温柔地凝视着蜜蜂,默然不语。蜜蜂头戴着一顶玫瑰花环,美丽的脸庞因幸福更加地容光焕发,她深情地凝视着洛克王,含泪点了点头。

洛克王沉默片刻后，接着说道："孩子们，伟大的爱情是美好的，也是每个人都梦寐以求的。但是仅仅相爱是不够的，还要知道如何去爱。他既需要真情，又需要力量，两者不可或缺，同时还要有包容和怜悯之心。你们年轻、美丽又善良，但你们是大人，那么注定你们的爱情要经历各种考验。没有这一点，你们的爱情只能像这节日的华服徒有其表，而无法遮风挡雨。同甘共苦的恋人才会受到世人的爱戴。请记住忍耐、宽容和理解，才是爱的真谛！"

洛克王顿了顿，此时他浑身充斥着一种炽热而又温柔的感情。"我的孩子们，好好珍惜你们的爱情吧，祝你们幸福，永远幸福！"

洛克王讲这番话的时候，皮克、泰德、弟格、博巴、特吕克和巴奥都紧紧围在蜜蜂的身边，亲吻着她的胳膊和手，他们是那么恋恋不舍，一而再恳求她留下来。洛克王将蜜蜂的手拉过来，深情地将一枚光芒四射的戒指轻轻地套到她的手上，正是那枚打开乔治牢门的魔戒。洛克王嘱咐道：

"蜜蜂，请收下这枚魔戒，它是我送给你们的最珍贵的礼物，以后会代我保护你。无论何时，它都会让你们很快回到矮人国来。如果想逃避辛酸苦涩的尘世，随时欢迎你们回到充满着真情善意的矮人天地来，这里就是你的家，我们就是你的亲人。回去后，去告诉那些地上的大人们，不要看不起生活在地下的勤劳、善良、灵巧、智慧的小矮人。再见了，亲爱的孩子们，衷心祝你们幸福！"

"再见了洛克王，再见了我亲爱的矮人朋友们，我会想你们的，再见啦！"蜜蜂眼含热泪、恋恋不舍地离开了生活了七年的矮人国，回到阳光普照的地上，开始了她新的人生。